KB113304

좁은 문 · 전원 교향곡

일러두기
- 이 책은 André Gide, 『La Porte étroite』 『La Symphonie Pastorale』(Ebooks libres et gratuits, Canada)을 참고했습니다.
- 이 책에 실린 각각의 소설은 원작을 완역한 것입니다.

La Porte étroite · La Symphonie Pastorale

좁은 문 · 전원 교향곡

앙드레 지드 지음

살림

앙드레 지드

지드는 1897년 『지상의 양식』, 1902년 『배덕자』, 1909년 『좁은 문』을 잇따라 발표했다. 특히 『좁은 문』은 무려 18년간이나 구상한 노작으로서 오랜 기간 전 세계 독자들의 사랑을 받았으며, 이 작품으로 1947년 노벨문학상을 수상하기도 했다. 이후 1914년 『교황청의 지하실』, 1919년 『전원 교향곡』, 1924년 『코리동』을 발표했고, 1926년 『위조 지폐범들』을 발표한 이후에도 1951년 82세를 일기로 사망할 때까지 왕성한 작품 활동을 했다.

앙드레 지드의 아버지, 폴 지드

앙드레 지드는 1869년 11월 22일 파리의 개신교 신자 집안에서 태어났다. 아버지는 파리 법과 대학 교수였으며, 지드가 12살 되던 해 세상을 떠났다.

줄리엣 지드

앙드레 지드의 어머니이다. 앙드레 지드는 개신교 신자 집안에서 태어났고, 루앙 출신의 어머니도 신앙심이 깊은 개신교도였다.

지드가 12살 되던 해 아버지가 세상을 떠나자 지드의 교육은 어머니와 백모, 어머니의 가정교사였던 애너 새클턴 등 오로지 여자들의 손에 맡겨졌으며 특히 어머니의 과잉보호하에 엄격한 종교적 분위기에서 성장했다.

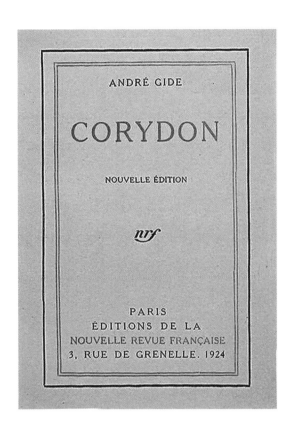

『코리동』초판본

앙드레 지드가 1924년에 발표한『코리동』초판본이다. 자크 리비에르와 함께 창립한 갈리마르 출판사에서 출간했다.

지드는 1897년『지상의 양식』, 1902년『배덕자』, 1909년『좁은 문』을 잇따라 발표했다. 1914년『교황청의 지하실』, 1919년『전원 교향곡』을 발표하며 전 세계 독자들로부터 많은 사랑을 받았다.

좁은 문 · 전원 교향곡 **차례**

La Porte étroite

좁은 문

좁은 문으로 들어가기를 힘쓰라

-「누가복음」13장 24절-

제1장

남들이라면 이 이야기로 두꺼운 책 한 권을 쓸 수 있었을지도 모른다. 하지만 내가 지금부터 하려는 이야기를 나는 내 온 힘을 다해 실제로 겪었고 그 때문에 나는 기진맥진해버렸다. 따라서 나는 매우 단순하게 기억나는 대로 적어나가려 한다. 때로는 여기저기 이야기가 조각나 있을지 모르지만 그것을 꿰맞추거나 이어주기 위해서 뭔가 새롭게 꾸며내는 일은 없을 것이다. 그런 노력을 하다보면 이 이야기를 하면서 내가 얻으려는 마지막 즐거움까지 빼앗길 수도 있기 때문이다.

나는 열두 살이 채 되기 전에 아버지를 여의었다. 아버지가 의사로 계시던 르아브르에 더 이상 머물 이유가 없다고 생각하신 어머니는 나의 학업에 도움이 되리라는 생각에 파리로 이사하기로 결정했다. 어머니는 뤽상부르 근처의 작은 아파트에 세를 들었고 미스 애슈버튼이 우리와 함께 지내게 되었다. 가족이 없었던 미스 플로라 애슈버튼은 애당초 어머니의 가정교사였지만 어머니와 가까워지더니 곧이어 절친한 친구가 되었다. 나는 그렇게 지금도 상복을 입은 모습으로밖에 기억이 나지 않는 한결같이 상냥하고 슬픈 모습의 두 여인 곁에서 자랐다. 어느 날인가, 내 생각에는 아버지가 돌아가신 지 상당한 시간이 지난 뒤였던 것 같은데, 어머니가 아침에 쓰는 모자의 리본이 검은색에서 연보랏빛으로 바뀐 것을 보고 내가 소리친 적이 있었다.

"엄마! 그 색깔은 엄마에게 어울리지 않아요!"

다음 날 어머니는 다시 검은 리본을 달았다.

나는 체질이 허약했다. 내가 조금이라도 피곤해할까 봐 어머니와 미스 애슈번이 늘 신경을 썼음에도 불구하고 내가 게으름뱅이가 되지 않을 수 있었던 것은 내가 정말로 공부에 흥미를 느끼고 있었기 때문이다. 초여름 화창한 날씨가 시작되면 두 분은 도회지를 떠나서 지낼 때가 되었다고 생각했다. 도회지 생활이 나를 해쓱하게 만든다는 것이었다. 6월 중순이면 우리는 매년 여름 뷔콜랭 외삼촌이 우리를 맞아주는 르아브르의 퐁그즈마르로 떠났다.

노르망디 지방에서 흔히 볼 수 있는, 별 특색도 없으며 별로 크지도 아름답지도 않은 정원 안에 자리 잡고 있는 외삼촌의 집은 흰색의 3층 건물로서 18세기풍의 시골 별장들과 흡사했다. 해 뜨는 쪽으로는 정원을 향해 스무 개가량의 창문이 나 있고 뒤에도 그만큼의 창문이 있지만 옆쪽으로는 창문이 없었다. 창문마다 작은 유리들이 끼워져 있었고, 그중 몇몇은 새로 끼운 것이어서 전부터 있던 녹색의 흐린 유리들 옆에서 지나치다 싶을 정도로 반짝이고 있었다. 어떤 유리들에는 집안사람들이 '거품'이라고 부르는 흠집이 나 있었으며 그곳을 통해 보면 나무들이 뒤틀려 보이기도 하고 집 앞을 지나가는 우편배달부에게 갑자기 혹이 달리기도 한다.

집 앞쪽 직사각형의 정원에는 담이 쳐져 있었다. 꽤 넓고 그늘이 진 잔디밭 정원에는 모래와 자갈이 깔린 작은 오솔길이 빙 둘러 있었다. 이쪽의 담은 꽤 낮아서 정원을 둘러싸고 있는 농가의 마당이 보였다. 농가의 마당은 시골에서 으레 그렇듯 너도밤나무를 심어놓은 길들이 경계 구실을 하고 있었다.

집 뒤편 서쪽의 정원은 시원하게 트여 있었다. 꽃들이 만발한 오솔길이 과일나무로 이루어진 남쪽 울타리 앞에 나 있었으며 그 오솔길가에 포르투갈산 월계수 나무들과 다른 나무들이 장벽처럼 심어져 있어 바닷바람을 막아주고 있었다. 북쪽 벽을 따라 나 있는 또 다른 오솔길은 나뭇가지들 사이로 사라진다. 외사촌 누이들은 그 길을 '어두운 오솔길'이라고 불렀으며 저녁 어스름이 깔린 뒤에는 좀처럼 그 길로 들어서려 하지 않았다.

이 두 오솔길은 채소밭으로 이어지고 채소밭에서 계단을 몇 개 내려가면 또 다른 정원이 나온다. 이어서 채소밭 안쪽, 작은 비밀의 문이 나 있는 담 저쪽으로 잡목 숲이 보이고 좌우에 너도밤나무가 늘어서 있는 길이 그 숲까지 이어진다. 서쪽 현관 층계에서는 그 작은 숲 너머 고원이 보이고 그 고원을 덮고 있는 수확물들을 바라보며 감탄하게 된다. 지평선 쪽으로는 별로 멀지 않은 곳에 작은 마을 교회가 보이고 저녁 무렵 바람이 잔잔할 때면 몇몇 집에서 연기가 피어오르는 모습이 보인다.

맑은 여름날 저녁이면 우리는 식사 후 그 '아래 쪽 정원'으로 내려가곤 했다. 우리는 작은 비밀의 문을 통해 밖으로 나가 주변이 어느 정도 잘 보이는 가로수 길 벤치까지 갔다. 이제는 폐허가 된 이회암 채석장 초가지붕 가까이 있는 벤치에 외삼촌과 어머니, 미스 애슈버튼이 앉아 있었다. 우리들 앞으로는 안개에 잠긴 작은 골짜기가 있었고 저 멀리 숲 위의 하늘은 금빛으로 물들어 있었다. 우리는 어두워질 때까지 이 정원 안쪽에 오래 머물러 있다. 이윽고 우리가 돌아온다. 외숙모가 응접실에 앉아 있다. 외숙모는 우리와 함께 외출하는 일이 거의 없었다…….우리 아이들에게는 그것으로 저녁은 끝이었다. 하지만 가끔은 뒤늦게 어른들이 위로 올라오는 발소리가 들릴 때까지 우리들은 방에서 책을 읽기도 했다.

우리는 정원에서 지내는 시간을 제외하고는 '공부방'에서 대부분을 지냈다. 외삼촌의 서재인 그곳에는 초등학생용 책상들이 있었다. 사촌 로베르와 나는 머리를 맞대고 공부를 했다. 우리들 뒤에는 쥘리에트와 알리사가 앉아 있었다. 알리사는 나보다 두 살이 많았고 쥘리에트는 나보다 한 살이 어렸다. 우리 넷 중에 로베르가 가장 어렸다.

나는 여기서 나의 어린 시절의 추억들을 모두 적으려는 것이 아니다. 단지 이 이야기와 연관이 있는 추억들에 대해서만 쓸 것이다. 그리고 아버지가 돌아가시던 그해 바로 이 이야기가 시작되었다고 말할 수 있다. 초상을 치른 뒤라서, 또한 비록 나 자신의 슬픔은 아니더라도 어머니의 슬픔에 지나치게 자극을 받았기에 나의 감수성은 아마 새로운 감정에 휩싸여 있었을 것이다. 나는 조숙했다. 그해 우리가 퐁그즈마르에 갔을 때 쥘리에트와 로베르는 더 어려진 것처럼 보였다. 하지만 알리사를 다시 보자 우리 둘은 이제 더 이상 어린아이가 아니라는 사실을 나는 갑자기 깨달았다.

그렇다. 그것은 분명 아버지가 돌아가신 바로 그해의 일이었다. 우리가 도착한 직후 어머니와 미스 애슈버튼이 나누던 대화가 내 기억이 맞다는 것을 확인해준다. 나는 어머니가 친구와 이야기를 나누고 있던 방으로 느닷없이 들어가게 되었다. 두 사람은 외숙모 이야기를 하고 있었다. 어머니는 외숙모가 상복을 입지도 않았으며 벌써 떠나버렸다고 화가 나 있었다(솔직히 말하면 화사한 옷차림의 어머니를 상상하기 어려운 만큼 검은 상복을 입은 외숙모의 모습은 상상하기 힘들다). 내 기억으로는 우리가 도착하던 날 외숙모 뤼실 뷔콜랭은 모슬린 옷을 입고 있었다. 늘 중재자 역할을 맡았던 미스 애슈버튼은 어머니를 진정시키려 애썼다. 그녀는 조심스럽게 자신의 의견을 내세웠다.

"어쨌든 흰옷도 상복이잖아."

"그렇다면 어깨에 두른 빨간 숄도 상복이라고 할 거야? 플로라, 댁은 내 화를 더 돋우고 있어요." 어머니가 소리쳤다.

나는 여름 방학 때 외에는 외숙모를 본 적이 없다. 외숙모가 늘 내 눈에 익은 목이 깊게 파인 가벼운 블라우스를 입고 있던 것은 분명 더위 때문이었을 것이다. 하지만 드러난 어깨 위에 걸친 숄의 화려한 빛깔보다 어머니를 더욱 못 견디게 만든 것은 가슴을 훤히 드러낸 옷차림새였다.

외숙모 뤼실 뷔콜랭은 무척 아름다웠다. 내가 지니고 있는 사진에는 당시의 외숙모 모습이 생생하게 드러나 있다. 외숙모는 너무 앳된 모습이어서 마치 옆에 앉아 있는 딸들의 언니 같았다. 그녀는 기울인 얼굴을 왼손으로 살짝 받친 채 새끼손가락을 입술을 향해 애교 있게 구부린 자세로 앉아 있다. 외숙모에게 버릇이 되어버린 자세이다. 올이 굵직한 헤어네트가 목덜미로 반쯤 흘러내린 곱슬곱슬한 머리다발을 감싸고 있다. 블라우스의 목이 파인 부분에는 검은 벨벳으로 된 느슨한 목걸이가 걸려 있고 그 끝에는 이탈리아식 모자이크 문양의 메달이 매달려 있다. 커다란 매듭이 흔들거리는 검은 벨벳 허리띠와 끈으로 매달아 의자 등받이에 매달아 늘어뜨린 차양 넓은 밀짚모자 등이 그녀를 더욱 앳되어 보이게 만들어주었다. 그녀의 내려뜨린 오른손에는 펼치지 않은 책이 들려 있다.

외숙모는 식민지 태생 백인이었다. 외숙모는 부모가 누구인지 알지 못했거나 너무 일찍 여의었다고들 했다. 나중에 어머니가 해준 말로는 버림받았거나 고아였던 그녀를 당시에 자식이 없었던 보티에 목사 부부가 거둬들였다고 한다. 이후 목사 부부는 뷔콜랭 가족이 정착하고 있는 르아브르로 그녀를 데려왔다. 보티에 집안과 뷔콜랭 집안은 서로 왕래가 잦았다. 당시 외삼촌은 해외 은행 근무를 하고 있었기에 3년 뒤에야 귀국해서 집으로 돌아왔다. 외삼촌은 어린 뤼실을 보자마자 반해버렸고 곧바로 청혼했다. 나의 외조부와 어머니가 너무 상심했음은 물론이다. 당시 외숙모는 열여섯 살이었다.

그사이 보티에 부인에게는 두 명의 자식이 생겼다. 그녀는 날이 갈수록 성격이 이상해지는 양녀가 자식들에게 나쁜 영향이라도 미칠까 봐 겁이 났다. 게다가 살림살이도 점점 궁색해졌다. 어머니는 그런 사정들 때문에 보티에 부부가 외삼촌의 청혼을 흔쾌히 받아들이게 된 것이라고 내게 설명해주었다. 게다가 내 생각으로는 처녀가 된 뤼실이 그들을 몹시 난감하게 만들었을 것이라고 생각한다. 나는 르아브르 사교계를 잘 안다. 그러니 이 매혹적인 아가씨를 사람들이 어떻게 대했을지 능히 짐작이 간다. 내가 나중에 알게 된 보티에 목사는 너무나 온유하고 신중하면서도 동시에 너무 순진한 사람이어서 음모 같은 것에 대해서는 전혀 대처할 줄 몰랐고 악(惡) 앞에서 속수무책이었다. 이 훌륭한 인격자는 분명 궁지에 처해 있었을 것이다. 보티에 부인에 대해서는 더 이상 별로 할 말이 없다. 그녀는 네 번째 아이를 낳으면서 세상을 떠났는데, 그 애는 나와 비슷한 또래였고 나중에 나의 친구가 되었다.

　　외숙모 뤼실 뷔콜랭은 우리들의 삶에 거의 끼어들지 않았다. 그녀는 점심 식사가 끝난 뒤에야 방에서 내려왔다. 그녀는 소파나 해먹에 저녁때까지 누워 있다가 나른한 모습으로 일어났다. 외숙모는 가끔 땀이라도 닦으려는 듯 손수건을 이마로 가져가곤 했다. 하지만 이마에는 땀 한 방울 없었다. 너무나 멋진 손수건이었고 나는 그 손수건 향기에 매료되었다. 그 향기는 꽃향기라기보다는 과일향기 같았다. 또한 그녀는 매끄러운 뚜껑이 덮여 있는 조그만 손거울을 허리띠 사이에서 끄집어내기도 했다. 거울은 다른 장식품들과 함께 시곗줄에 매달려 있었다. 그녀는 거울을 들여다보면서 손가락에 침을 묻혀 눈가를 적시곤 했다. 그녀는 가끔 책을 지니고 다녔지만 책은 언제나 덮여 있었으며 책갈피에는 거북 등껍질로 만든 서표(書標)가 끼워져 있었다. 누군가 그녀에게 다가가더라도 그녀는 여전히 몽상에 잠긴 채 그 사람에게 눈길을 주지 않았다. 이따금 부주의하거나 지친 그녀의 손에서, 혹은 소파 팔걸이나 치마폭 주름 사이에서 손수건이나 책, 혹은 꽃이나 서표 같은 것이 땅에 떨어지기도 했다. 어느 날 책을 주워 들었다가―물론 내 어린 시절의 추억이다―그 책이 시집인 것을 알고 나는 얼굴이 붉어졌다.

저녁 식사가 끝난 뒤 뤼실은 식구들이 앉아 있는 테이블 곁으로 오지 않고 피아노 앞에 앉아 쇼팽의 느린 「마주르카」를 기분 좋게 연주했다. 이따금 그녀는 연주를 멈추고 한 가지 음만 누른 채 꼼짝 않기도 했다.

나는 외숙모 옆에 있으면 이상하게 거북한 기분이 들었다. 일종의 경탄과 두려움이 뒤섞인 묘한 감정이었다. 아마도 어떤 막연한 본능이 외숙모를 조심하라고 미리 경고한 것 같다. 그리고 나는 그녀가 미스 플로라 애슈버튼과 어머니를 경멸하고 있다는 것을, 미스 애슈버튼은 그녀를 두려워하고 있고 어머니는 그녀를 좋아하지 않는다는 것을 느낄 수 있었다.

뤼실 외숙모, 나는 더 이상 외숙모를 원망하지 않으렵니다. 당신이 많은 잘못을 저질렀다는 것도 잊고 싶습니다……. 최소한 노여움 없이 당신에 대해 이야기해보려 합니다.

그해 여름 어느 날,―혹은 다음 해 여름인지도 모르겠다. 매년 너무 똑같은 일들이 반복되었기에 이따금 추억이 겹쳐져서 혼동을 불러일으키기 때문이다—나는 책을 찾으려고 응접실로 들어갔다. 그녀가 그곳에 있었다. 나는 곧바로 돌아서 나오려 했다. 그런데 평상시에는 나를 거들떠보지도 않는 것 같았던 그녀가 나를 불렀다.

"제롬, 왜 그렇게 빨리 나가려는 거니? 내가 무섭니?"

나는 두근거리면서 그녀에게 다가간다. 나는 그녀를 향해 억지로 미소를 지으며 손을 내민다. 그녀는 한 손으로 내 손을 잡고 다른 한 손으로 내 뺨을 쓰다듬는다.

"어쩜, 네 어머니는 이렇게 형편없는 옷을 입힌 거니! 가엾어라!"

나는 그때 커다란 옷깃이 달린 수부(水夫)복 같은 옷을 입고 있었다. 외숙모는 옷깃을 구기기 시작했다.

"이런 옷의 옷깃은 더 젖혀야 해!" 그녀는 내 윗옷의 단추 하나를 풀면서 말한다. "자, 봐! 이렇게 하니까 훨씬 멋지잖아!"

그녀는 작은 거울을 꺼내더니 내 얼굴을 자기 얼굴 가까이 끌어들인다. 그녀는 맨살이 드러난 팔로 내 목을 감고 다른 손을 반쯤 열린 내 셔츠 속으로 쑥 집어넣는다. 그녀는 웃으면서 간지럽지 않느냐고 묻고는 더 깊숙이 손을 집어넣는다……. 나는 깜짝 놀라 뒤로 물러났고 그 바람에 옷이 찢어졌다.

"어휴! 이런 바보 같으니!"라고 그녀가 외치는 사이 나는 도망갔다. 나는 정원 안쪽까지 달려갔다. 나는 채소밭의 작은 빗물 통에 손수건을 적신 다음 이마를 훔치고 뺨이며 목이며 그녀의 손길이 닿은 곳을 모두 빡빡 문질러 닦았다.

어떤 날에는 외숙모가 '발작'을 일으키기도 했다. 발작은 갑자기 일어났으며 그러면 온 집안이 발칵 뒤집혔다. 미스 애슈버튼은 허겁지겁 아이들을 데리고 나가 그 모습이 아이들 눈에 띄지 않게 했다. 하지만 침실이나 응접실에서 들려오는 비명 소리까지 막을 수는 없었다. 당황한 외삼촌이 수건과 화장수와 에테르를 찾아 복도를 달려가는 소리가 들렸다. 저녁이면 외숙모 모습은 보이지 않는 가운데 외삼촌이 수심이 가득한 얼굴로 식탁에 앉아 있었다. 외삼촌은 한결 늙어 보였다.

발작이 어느 정도 진정이 되면 뤼실 외숙모는 아이들을 곁에 오라고 불렀다. 로베르와 쥘리에트는 곁으로 갔지만 알리사는 한 번도 그 곁에 없었다. 그런 우울한 날이면 알리사는 방에 처박혀 있었고 이따금 외삼촌이 딸을 보러 방으로 찾아가곤 했다. 외삼촌은 가끔 알리사와 이야기를 나누는 사이였다.

외숙모의 발작은 하인들에게도 큰 충격을 주었다. 어느 날 발작이 유난히 심했던 날이었다. 나는 응접실에서 일어나는 소동이 비교적 잘 들리지 않는 방에 어머니와 함께 있었다. 그때 하녀 한 명이 고함을 지르며 복도를 달려오는 소리가 들렸다.

"주인님, 빨리 내려오세요! 가엾은 마님께서 돌아가시겠어요!"

외삼촌은 알리사의 방에 올라가 계셨다. 어머니가 외삼촌을 부르러 방에서 나가셨다. 15분 후 내가 머물러 있던 방의 열린 창문 앞으로 두 분이 지나갔고 어머니의 목소리가 들려왔다.

"내 분명히 말하는데, 이 모든 건 다 연극이야." 어머니는 몇 번에 걸쳐 음절을 또박또박 끊어 되풀이했다. "여-언-극."

아버지 상을 치른 지 두 해 뒤 여름 방학이 끝나갈 무렵의 일이었다. 나는 오랫동안 외숙모를 보지 못했다. 하지만 온 집안을 뒤집어 놓은 그 슬픈 사건과, 그 사건이 결말을 맺기 전에 일어났던 한 작은 사건, 그때까지 내가 외숙모에 대해 품고 있던 복잡하고 막연한 감정을 오로지 증오심만으로 바꿔버린 그 작은 사건에 대해 이야기하기 전에 먼저 내 외사촌 누이에 대해 이야기를 할 때가 된 것 같다.

알리사 뷔콜랭은 아름다웠지만 나는 아직 그 사실을 깨닫지 못하고 있었다. 나는 단순한 미모와는 다른 그 무엇에 의해 그녀 곁으로 이끌렸고 그녀 곁을 떠나지 못했다. 그녀는 분명 자기 어머니를 많이 닮았다. 하지만 그녀의 눈길은 어머니와 너무나 달랐기에 그녀가 어머니와 닮았다는 사실을 나는 한참 뒤에야 알아차릴 수 있었다. 나는 그녀의 얼굴을 묘사할 수 없다. 그녀의 얼굴 모습도, 그녀의 눈 색깔도 떠오르지 않는다.

다만 벌써 슬픔을 드러내고 있던 그녀의 웃음, 이상할 정도로 눈에서 멀리 떨어져 있는 그녀 눈썹의 특이한 곡선만이 떠오를 뿐이다. 나는 그런 눈썹을 그 어디서도 본 적이 없다……. 아니, 어쩌면 단테가 살았던 시대의 피렌체의 작은 조각품에서 본 적이 있었을까. 나는 어린 시절의 베아트리체에게도 그처럼 크게 휜 활 모양의 눈썹이 있었으리라고 상상해본다. 그 눈썹은 그녀의 시선을, 아니 그녀라는 존재 전체를 불안하면서도 동시에 확신에 찬 그 어떤 질문―그렇다! 열정적이라고 할 수밖에 없는 그 어떤 질문―을 던지는 모습으로 만들어주었다. 그녀라는 존재 자체는 오로지 질문이었고 기다림이었다……. 나는 이제 그 질문이 어떻게 나를 사로잡았고 내 삶을 좌지우지하게 되었는지 이야기해주겠다.

아마 쥘리에트가 그녀보다 더 아름다웠을지도 모르겠다.

기쁨과 건강이 그녀에게서 빛을 발하고 있었다. 하지만 그녀의 아름다움은 그녀의 언니가 지닌 우아함에 비하면 외면적인 아름다움 같았고 누구에게나 단번에 드러나 보이는 것 같았다. 내 사촌 로베르는 그 어떤 특징이 없었다. 그는 그저 내 또래의 한 명의 소년일 뿐이었다. 나는 쥘리에트와 로베르와는 어울려 놀았다. 하지만 알리사와는 이야기를 나누었다. 알리사는 결코 우리들의 놀이에 끼어들지 않았다. 아무리 먼 과거까지 되짚어 보아도 부드러운 미소를 띤 채 뭔가 심각한 생각에 잠겨 있는 그녀의 모습만 떠오를 뿐이다……. 우리는 무슨 이야기를 나누었을까? 어린아이 둘이서 무슨 이야기를 할 수 있었을까? 이제부터 나는 그에 관해 여러분들에게 이야기를 들려줄 작정이다. 하지만 그 전에 우선 외숙모 이야기를 마저 더 해야겠다. 그녀 이야기를 다시 꺼내지 않기 위해서이다.

아버지가 돌아가시고 두 해가 지났을 때 어머니와 나는 부활절 방학을 이용해 르아브르로 갔다. 우리는 시내에 있는 비교적 비좁은 뷔콜랭 외삼촌 집에 머물지 않고 그보다 훨씬 넓은 플랑티에 큰이모 집에 머물렀다. 내가 전에 별로 본 적이 없는 플랑티에 이모는 오래전부터 과부였다. 나는 나보다 나이도 훨씬 많고 성격도 매우 다른 이종사촌들에 대해서는 거의 아는 것이 없었다. 르아브르 사람들이 '플랑티에가(家)'라고 부르는 큰이모 집은 시내에 있지 않았고 시내가 내려다보이는, '산마루'라 불리는 언덕 중턱에 있었다. 반면에 뷔콜랭 외삼촌 집은 시내 상가지구 근처에 있었다. 가파른 언덕길을 통하면 두 집 사이를 빠르게 오갈 수 있었다. 나는 하루에도 몇 번씩 언덕길을 뛰어 내려갔다 올라오곤 했다.

그날 나는 외삼촌 집에서 점심을 들었다. 식사가 끝난 지 얼마 지나지 않아 외삼촌은 외출하셨다. 나는 외삼촌을 따라 그의 사무실까지 갔다가 어머니를 찾으러 다시 '플랑티에가'로 올라갔다. 하지만 집에 가보니 어머니는 큰이모와 외출 중이었고 저녁때가 되어서야 돌아온다는 것이었다. 나는 즉시 시내로 내려갔다. 마음껏 시내를 어슬렁거릴 수 있는 아주 드문 기회였다. 나는 항구로 가보았다. 항구는 바다 안개 탓에 음산해 보였다. 나는 한두 시간 부둣가를 거닐었다. 내게 갑자기 방금 전에 헤어진 알리사를 다시 찾아가 놀라게 해주고 싶다는 생각이 들었다……. 나는 시내를 가로질러 달려가 외삼촌 집 초인종을 눌렀다. 나는 이미 계단을 뛰어오르고 있었다. 문을 열어준 하녀가 나를 저지한다.

"제롬 도련님! 올라가지 마세요! 제발 올라가지 마세요. 마님이 발작을 일으키셨어요.”

하지만 나는 뿌리치고 올라간다.

“외숙모를 보러 온 게 아니라니까…….”

알리사의 방은 4층에 있다. 2층에는 응접실과 식당이 있고 3층에는 외숙모 방이 있는데 그 방에서 말소리가 새어 나온다. 방문은 열려 있고 나는 그 방 앞을 지나야만 한다. 한 줄기 불빛이 방에서 새어 나와 층계참을 가로지르고 있다. 나는 들킬까 봐 잠시 머뭇거리다 몸을 숨긴다. 그리고 방 안에서 보이는 광경에 소스라치게 놀란다. 커튼이 쳐져 있지만 두 개의 큰 촛대의 불빛이 환하게 방을 밝히고 있는 가운데 외숙모가 긴 의자에 누워 있다. 외숙모 발치에는 로베르와 쥘리에트가 서 있다. 외숙모 뒤에는 중위 계급장을 단 낯선 젊은이가 있다……. 지금 생각하면 그 자리에 두 아이가 있었다는 사실이 정말 기괴하게 여겨진다. 하지만 당시 순진했던 내게 그 사실은 오히려 나를 안심시켰다.

아이들은 그 낯선 사람을 바라보며 웃고 있고, 그 사내는 플루트처럼 맑고 부드러운 목소리로 되풀이 말한다.

“뷔콜랭! 뷔콜랭! …… 내게 염소가 있다면 분명 뷔콜랭이라고 부를 겁니다.”

외숙모가 웃음을 터뜨린다. 그녀가 젊은이에게 담배를 건네
주자 그가 불을 붙이고 그녀가 몇 모금 빨아들이는 모습이 보
인다. 담배가 바닥에 떨어진다. 젊은이가 담배를 주우려고 급히
몸을 굽힌다. 그리고 숄에 발이 걸린 척 외숙모 앞에 무릎을 꿇
는다⋯⋯. 이 우스꽝스러운 광경이 벌어지는 틈을 이용해서 나
는 들키지 않고 그곳을 빠져나온다.

이제 나는 알리사의 방문 앞에 있다. 나는 한순간 기다린다.
아래층에서 웃음소리와 말소리가 올라온다. 그 소리가 내 노크
소리를 덮어버려서인지 아무 응답이 없다. 문을 밀자 소리 없
이 열린다. 이미 어두워졌기에 알리사의 모습이 금세 눈에 띄
지 않는다. 알리사는 저물어가는 저녁 빛이 어슴푸레하게 들어
오는 십자형 유리창을 등진 채 침대 머리맡에 무릎을 꿇고 있
다. 그녀가 돌아본다. 하지만 그녀는 몸을 일으키지 않은 채 내
가 다가가자 속삭인다.
"아, 제롬! 왜 돌아왔어?"
나는 몸을 굽혀 그녀의 이마에 입을 맞춘다. 그녀의 얼굴은
눈물로 젖어 있다⋯⋯.
그 순간이 내 생애를 결정지었다. 나는 지금도 고통 없이 그

순간을 회상할 수 없다. 물론 나는 알리사가 슬픔에 젖어 있는 이유를 어렴풋하게 짐작만 할 뿐이다. 하지만 그녀가 느끼고 있는 슬픔이 이 파닥거리는 작은 영혼, 흐느낌으로 흔들리고 있는 이 연약한 육신에게는 너무도 벅찬 것이라는 것은 강하게 느끼고 있었다.

　나는 여전히 꿇어 앉아 있는 그녀 곁에 서 있었다. 나는 내 마음속에서 새롭게 일고 있는 격정을 어떻게 표현해야 할지 알 수 없었다. 하지만 나는 그녀의 머리를 내 가슴에 꼭 끌어안고 내 영혼이 흘러넘치고 있는 내 입술을 그녀의 이마에 꼭 눌렀다. 사랑과 연민에 취해, 감격과 헌신과 미덕이 뒤섞인 모호한 감정에 취해, 나는 온 힘을 다해 하느님께 호소했으며 그분께 나를 바쳤다.

　'이제 이 소녀를 공포로부터, 악으로부터, 인생으로부터 지켜 주는 것밖에는 내 삶에 다른 목표는 없사옵니다.'

　나는 기도하는 마음으로 충만해져서 무릎을 꿇는다. 나는 그녀를 감싸 안아준다. 어렴풋이 그녀의 속삭임이 들려온다.

　"제롬! 들키지 않았지? 자, 빨리 가봐! 들키면 안 돼!"

　그리고 더욱 낮은 목소리로 속삭였다.

"제롬, 누구에게도 말하면 안 돼……. 불쌍한 아빠는 아무것도 모르고 계셔……."

그래서 나는 어머니에게 아무 이야기도 하지 않았다. 하지만 플랑티에 이모와 어머니의 끊임없는 속삭임, 둘 사이에 주고받는 뭔가 은밀하면서도 안절부절못하고 근심스러워하는 모습, 두 분이 낮은 목소리로 밀담을 나누고 있는 곳에 내가 다가갈 때마다 "얘야, 어디 멀리 가서 놀아라!"라며 나를 밀어내는 모습 등을 볼 때 두 분이 뷔콜랭가의 비밀에 대해 전혀 아무것도 모르고 있지는 않는 것이 분명했다.

우리가 파리에 도착하자마자 어머니에게 르아브르로 오라는 전보가 도착했다. 외숙모가 도망갔다는 것이었다.

"누구하고요?" 내가 미스 애슈버튼에게 물었다. 어머니 혼자 르아브르로 간 것이었다.

"얘야, 어머니에게 물어보렴. 나는 대답해줄 수 없어."

그 사건에 아연해 있던 어머니의 오랜 친구는 내게 그렇게만 말했다.

이틀 후 미스 애슈버튼과 나는 어머니를 만나기 위해 르아브르를 향해 출발했다. 토요일이었다. 일요일인 다음날에는 사촌

들을 교회에서 만날 것이었고, 나는 온통 그 생각에만 사로잡혀 있었다. 나는 어린 마음에 우리들의 이 성스러운 재회에 대해 커다란 중요성을 부여하고 있었다. 요컨대 나는 외숙모 일에 대해서는 조금도 걱정하지 않았으며 그 일에 대해 어머니에게 묻지 않는 것이 마땅한 행동이라고 생각했다.

그날 아침 예배당에는 그다지 사람들이 많지 않았다. 분명히 의도적이었겠지만 그날 보티에 목사님은 '좁은 문으로 들어가기를 힘쓰라'는 그리스도 말씀을 묵상 구절로 삼았다.

알리사는 나보다 몇 줄 앞에 앉아 있었다. 그녀의 옆모습이 보였다. 나는 나 자신을 잊을 정도로 그녀를 뚫어지게 바라보고 있었기에 내가 열심히 귀를 기울이고 있는 목사님 말씀도 그녀를 통해 들려오는 것만 같았다. 외삼촌은 어머니 곁에 앉아 눈물을 흘리고 계셨다.

목사님은 먼저 성경 구절을 봉독했다.

좁은 문으로 들어가기를 힘쓰라. 멸망으로 인도하는 문은 크고 그 길이 넓어 그리로 들어가려는 자는 많고 생명으로 인도하는 문은 좁고 그 길이 협소하여 찾는 이가 적음이니라.

그런 후 목사님은 주제를 여럿으로 분명하게 나눈 다음 우선 넓은 길에 대해 말씀하셨다……. 나는 멍한 상태에서 마치 꿈속에서인 양 외숙모의 방을 다시 떠올렸다. 누워서 웃고 있는 외숙모의 얼굴이 보였다. 그리고 밝게 웃고 있는 장교의 얼굴도 보였다……. 그러자 웃음과 기쁨에 대한 생각 자체가 모욕적이며 불쾌한 것이 되었고 죄가 끔찍하게 그 모습을 드러낸 것으로 여겨졌다!

"그리로 들어가려는 자는 많고……." 목사님이 설교를 계속하셨다. 목사님이 묘사를 해감에 따라 내 눈앞에는 화려한 옷을 입고 웃으며 즐겁게 떼 지어 앞으로 나아가는 무리들의 모습이 보였다. 나는 그 무리에 낄 수 없고 끼고 싶지도 않다고 느꼈다. 그들과 걸음을 함께 할 때마다 그만큼 알리사로부터 멀어질 것만 같았기 때문이었다. 이어서 목사님은 다시 첫 구절로 돌아갔고 내게는 우리 모두 그 안으로 들어가기 위해 힘써야 하는 좁은 문이 보이는 것 같았다. 꿈에 잠겨 있는 내게 그 문은 들어가기가 매우 힘든, 그리고 고통이 뒤따르는, 하지만 그 고통에는 천국의 지복(至福)을 미리 맛보는 기쁨이 뒤섞인 일종의 압연기(壓延機)처럼 여겨졌다. 그리고 그 문은 다시 알리사의 방문이 되었다. 나는 그 방에 들어가기 위해 스스로를 버렸으며 내 속에 남아 있는 모든 이기심을 비웠다.

"생명으로 인도하는 길은 좁으니⋯⋯." 보티에 목사님이 설교를 계속했다. 이어서 나는 온갖 고행과 슬픔 너머의 또 다른 순수하고 신비로우며 거룩한 기쁨을 상상했고 내 영혼은 이미 그 기쁨을 갈망하고 있었다. 나는 날카로우면서 동시에 부드러운 바이올린 선율 같은, 알리사의 마음과 내 마음이 불타버릴 날카로운 불꽃 같은 것을 상상했다. 우리 둘은 요한 계시록에 나오는 흰옷을 입고 서로 손을 잡은 채 같은 목표를 향해 나아가고 있었다⋯⋯. 이 유치한 꿈에 대해 비웃음을 흘려도 상관없다! 나는 있는 그대로 다시 이야기하고 있을 뿐이다. 혹시 거기에 혼란스러운 점이 보인다면 그것은 그 분명한 감정을 제대로 담지 못한 불완전한 말과 불완전한 이미지 때문이다.

"찾는 이가 적음이니라"라고 보티에 목사님은 말씀을 끝내셨다. 이어서 목사님은 어떻게 하면 그 좁은 문을 찾을 수 있는지 설명해주셨다⋯⋯. "찾는 이가 적음이니라."─나도 그 적은 사람들 가운데 하나가 되리라.

설교가 끝날 무렵 나는 너무나 긴장해 있던 탓에 예배가 끝나자마자 그녀를 만나려 하지도 않고 그곳을 빠져나왔다. 나는 벌써 내 결심(이미 나는 결심한 터였다)을 시험해보고자 마음먹고 있었다.

나는 당장 그녀로부터 멀어지는 것이 그녀에게 어울리는 사람
이 되는 길이라고 생각했다.

제2장

좁은 문으로 들어가라는 이 엄격한 가르침은 미리 준비된 영혼, 천성적으로 의무를 받아들일 태세가 되어 있는 영혼을 만난 셈이었다. 나의 영혼은 나의 부모님이 직접 보여주신 모범적인 모습과 그분들의 청교도적인 규율들—그 규율들은 내 마음에서 일었던 최초의 충동들을 억제할 수 있게 해주었다—에 의해 이른바 '덕행'이라 불리는 것으로 온전히 기울어져 있었던 것이다. 내게는 자신을 억제하는 것이 다른 사람들이 방종에 빠지는 것만큼 자연스러운 일이었으며 나를 옭아매고 있는 엄격함이 내게 반감을 불러일으키기는커녕 나를 기쁘게 했다.

내가 미래에 이루고자 했던 목표는 행복이 아니었다. 내가 추구했던 것은 그 행복에 이르기 위한 무한한 노력이었다. 나는 이미 행복과 덕행을 혼동하고 있었던 것이다. 물론 나는 열네 살 소년이었기에 아직 불확실한 존재였고 변화 가능성이 있는 유연한 존재였음이 분명하다. 하지만 알리사를 향한 나의 사랑은 나를 단호하게 그 방향으로 몰아갔다. 그것은 갑작스러운 내면의 계시였고 그 덕분에 나는 스스로를 의식할 수 있게 되었다. 내게는 내가 내성적이고 움츠려 있으며 기다림에 가득 차 있으면서 남 생각은 별로 안 하고, 무언가 해보겠다는 의욕이 거의 없이 자신을 이겨내는 것 외에 다른 승리는 꿈꾸지 않는 사람으로 보였다.

나는 공부를 좋아했다. 그리고 놀이들도 깊은 생각이나 노력을 요구하는 것들에만 열중했다. 나는 내 또래의 친구들을 별로 사귀지 않았고 그들과 어울려 논다 할지라도 오로지 우정 때문이거나 그들에게 호의를 베풀고 싶어서였을 뿐이었다. 하지만 나는 보티에 목사님의 넷째 아들인 아벨 보티에와는 친하게 지냈다. 그는 이듬해 파리로 와서 나와 같은 학급에서 공부했다. 그는 상냥하고 태평스러운 사람이었으며 나는 그를 존중했다기보다는 그냥 다정한 친구로 여겼다. 어쨌든 그와 함께 있으면 나는 늘 내 마음이 향하고 있는 르아브르와 퐁그즈마르에 대해 이야기를 나눌 수 있었다. 한편 나의 외사촌 로베르 뷔콜랭도 우리와 같은 학교 기숙사생으로 들어와 생활하고 있었다. 우리보다 두 학년 아래인 그를 나는 일요일에만 만났다. 로베르는 외사촌 누이들과는 거의 닮은 점이 없었고 만일 그가 그녀들의 동생만 아니었다면 그를 만나면서 아무런 즐거움도 느끼지 못했을 것이다.

당시 나는 온통 사랑에 몰입해 있었기에 그 두 친구와의 우정도 내 사랑의 빛에 비추어서야 그 의미를 지닐 수 있었다. 알리사는 복음서에서 말하는 값비싼 진주와 같았고 나는 그 진주를 손에 넣기 위해 자기가 가진 모든 것을 팔아버리는 사람과 같았다(「마태복음」7장 45~46절). 아직 어린 내가 사랑에 대해 말한다는 것이 그릇된 것일까? 내가 내 사촌을 향해 느낀 감정을 사랑이라 칭하는 것이 잘못된 것일까? 하지만 내가 이후 경험한 그 어느 것도 이보다 더 사랑이라는 이름에 어울리는 것은 없었다. 게다가 내가 육체적 욕망이 주는 불안감에 고통스러워하는 나이가 되었을 때도 나의 그 감정은 그 성격이 별로 달라지지 않았다. 아주 어린 시절 나는 오직 그녀에게 어울릴 만한 존재가 되려고 애를 썼지, 그녀를 내 것으로 만들려 하지 않았다. 공부와 노력, 경건한 행동들을 나는 은밀하게 알리사에게 바쳤고 오로지 그녀만을 위하여 한 일을 그녀가 모르게 만드는 것이 덕행을 쌓는 일이라고 생각했다. 나는 그런 식으로 독한 술에 취하듯 겸양에 취해버렸던 것이었고, 아! 나 자신의 즐거움은 조금도 고려하지 않는 버릇, 노력을 요구하지 않는 것에 대해서는 조금도 만족할 줄 모르는 버릇이 들어버린 것이다.

오로지 나만 이런 경쟁심에 사로잡혀 있던 것일까? 알리사는 그에 대해 느낌이 없는 것 같았고 오로지 그녀만을 위해 온갖 애를 쓰고 있는 나로 인해, 혹은 그런 나를 위해 그녀가 그 무언가를 하는 것 같지는 않았다. 아무런 꾸밈없는 그녀의 영혼 속에서 모든 것은 자연스러운 아름다움을 그대로 간직하고 있었다. 그녀의 덕목에는 그냥 되는 대로 내버려둔 듯한 편안함과 우아함이 함께했으며 그녀의 천진한 웃음 덕분에 그녀의 엄숙한 눈빛은 매력적으로 되었다. 그토록 부드럽고 다정하게 그 무언가 묻는 듯 위로 들어 올리던 그녀의 시선이 내게 다시 떠오른다. 그리고 외삼촌이 마음이 흔들릴 때마다 큰딸 옆에서 도움과 충고와 위로를 구했던 것이 이해가 된다.

이듬해 여름 나는 외삼촌이 그녀와 이야기를 나누는 모습을 자주 보았다. 외삼촌은 슬픔으로 많이 늙으셨다. 식사 때는 거의 말씀이 없으셨으며 이따금 갑자기 쾌활한 표정을 애써 지어 보이셨지만 아무 말 없이 계실 때보다 우리들 마음을 더 아프게 했다. 외삼촌은 저녁에 알리사가 모시러 갈 때까지 서재에서 담배만 피우셨다. 알리사는 거의 빌다시피 해서 외삼촌을 밖으로 모시고 나와 마치 어린애 산책 시키듯 정원을 함께 거닐었다. 둘은 꽃들이 피어 있는 오솔길을 내려가 채소밭 계단 근처의 원형 교차로에 앉았다. 그곳에는 우리가 갖다 놓은 의자가 있었다.

어느 날 저녁 나는 커다란 진홍빛 너도밤나무 그늘 아래 잔디밭에서 늦게까지 책을 읽고 있었다. 내가 누워 있는 잔디밭과 오솔길 사이를 월계수 울타리가 가리고 있어서 서로 보이지는 않았지만 소리는 들을 수 있었다. 얼마 후 알리사와 외삼촌이 나누는 말소리가 들렸다. 로베르 이야기를 하고 있는 것 같았다. 그런데 알리사의 입에서 내 이름이 나왔다. 그리고 그들의 이야기를 또렷하게 들을 수 있게 되었을 때 외삼촌이 큰소리로 말씀하셨다.

"아! 그래, 걔는 언제까지고 공부를 좋아할 거야."

뜻하지 않게 염탐꾼이 된 나는 그 자리를 떠나거나 최소한 내가 그곳에 있다는 것을 알리기 위해 기척이라도 내려 했다. 하지만 어떻게? 기침을 해? 아니면 '나, 여기 있어요! 두 분 말이 들려요!'라고 외쳐? 하지만 나는 잠자코 있었다. 더 엿듣고 싶다는 호기심 때문이라기보다는 뭔가 어색하고 부끄러워서였다.

'멈춰 서지 않고 그냥 지나갈 거잖아. 이야기가 잘 들리지도 않는데 뭐⋯⋯.'

하지만 그들은 아주 천천히 걸어가고 있었다. 분명히 알리사는 평소에 늘 그렇듯이 가벼운 바구니를 옆구리에 낀 채 시든 꽃을 꺾거나 바다 안개 때문에 아직 푸릇푸릇한 채 땅에 떨어진 과일들을 울타리 밑에서 줍고 있을 것이었다.

그녀의 맑은 목소리가 들려왔다.

"아빠, 팔리시에 고모부님은 훌륭한 분이셨어요?"

외삼촌의 목소리는 거의 들리지 않았다. 뭐라고 대답하신 것 같았지만 전혀 알아들을 수 없었다. 알리사가 재차 물었다.

"정말 훌륭한 분이셨다고요?"

다시 알아들을 수 없는 대답이 들렸고 알리사가 다시 물었다.

"제롬은 똑똑해요. 그렇지요?"

내가 어찌 귀를 기울이지 않을 수 있었겠는가? 하지만 한 마디도 알아들을 수 없었다. 다시 그녀의 목소리가 들렸다.

"아빠, 제롬이 훌륭한 사람이 될 것 같아요?"

여기서 외삼촌의 목소리가 높아졌다.

"그런데 애야, 훌륭하다는 말을 네가 무슨 뜻으로 한 건지 먼저 알고 싶구나. 겉보기에는 훌륭해 보이지 않아도 그런 사람이 있을 수 있단다. 사람들 눈으로는 그렇지 않지만 하느님의 눈에는 아주 훌륭한 사람들이…….”

“저도 그런 뜻으로 말씀드린 거예요.”

“그런데…… 어디 알 수 있겠니? 걔는 아직 너무 어린데……. 그래, 분명히 전도가 유망해. 하지만 그것만으로 다 되는 건 아니지.”

“또 어떤 게 필요해요?”

“그런데, 애야, 무슨 얘길 해달라는 거니? 글쎄……, 신뢰라든가, 뒷받침이라든가, 애정 같은 것…….”

“뒷받침이란 건 뭘 말씀하시는 거예요?”

“애정과 존중 같은 거……. 내가 받아보지 못한 것 말이다.” 외삼촌이 쓸쓸하게 대답하셨다. 그런 후 더 이상 그들의 목소리는 들리지 않았다.

저녁 기도 시간에 나는 본의 아니게 저지른 경망스러운 내 행동을 뉘우쳤다. 나는 알리사에게 사과를 해야겠다고 결심했다. 하지만 실은 조금 더 자세히 알고 싶은 호기심이 섞여 있었을 것이다.

다음 날 내가 말을 꺼내자마자 알리사가 말했다.

"제롬, 남의 말을 엿듣는 건 나쁜 짓이야. 우리에게 알리거나 가버렸어야지."

"엿들은 게 아니야……. 그냥 들려온 것뿐이지……. 그리고 너랑 외삼촌은 그냥 지나가는 중이었잖아."

"우리는 천천히 걷고 있었어."

"맞아. 하지만 겨우 들릴 정도였어. 그것도 아주 잠깐뿐이었고……. 말해봐. 성공하려면 어떤 게 필요하냐고 물으니까 외삼촌이 뭐라고 대답해주셨어?"

"제롬!" 그녀가 웃으며 말했다. "너, 전부 다 들었구나! 내 입을 통해 다시 한번 듣는 게 재미있어서 그러는 거지?"

"아니야, 정말로 앞 이야기밖에 못 들었어……. 신뢰와 사랑이라고 하신 거 말이야."

"그 외에도 다른 많은 게 필요하다고 하셨어."

"그런데, 알리사, 너는 뭐라고 대답했니?"

그녀는 갑자기 진지한 표정을 지었다.

"아버지께서 삶에는 뒷받침이 필요하다고 하시기에 제롬, 네게는 어머니가 계시다고 말했어."

"오, 알리사, 어머니가 언제까지나 내 곁에 계시지 않을 걸 알면서……. 그리고, 그건 다른 이야기야……."

그녀는 고개를 숙였다.

"맞아, 아버지도 그렇게 말씀하셨어."

나는 떨면서 그녀의 손을 잡았다.

"내가 앞으로 어떻게 되건, 그건 오로지 너를 위해서 그렇게 되고 싶을 뿐이야."

"하지만 제롬, 나도 네 곁을 떠날지 모르잖아."

나는 내 말 속에 내 영혼을 담아 말했다.

"나는 결코 너를 떠나지 않을 거야."

그녀는 어깨를 가볍게 으쓱했다.

"너는 혼자 걸을 만한 힘이 없니? 우리는 누구나 오직 혼자 하느님께 나아가야 해."

"하지만 그 길을 보여줄 수 있는 건 바로 너야."

"왜 그리스도 외에 다른 길잡이를 찾으려는 거니? ……우리 둘 다 상대방을 잊고 오로지 하느님을 향해 기도드릴 때만 서로 가까워질 수 있다는 걸 모르니? 우리는…….."

"그래, 나는 매일 하느님께 기도해." 내가 그녀의 말을 잘랐다. "우리가 하나가 되게 해달라고…….."

"너는 하느님 안에서 하나가 된다는 게 무슨 뜻인지 모르는구나."

"아니야, 마음속 깊이 이해하고 있어. 똑같은 예배 대상 속에 완벽하게 함께 있다는 걸 뜻해. 네가 예배하고 있는 대상이 어떤 건지 알고서 내가 그 대상에 대해 예배를 드리는 건 바로 거기서 너를 다시 발견하고 싶어서일 거야."

"네 예배는 전혀 순수하지 않아."

"내게 너무 지나친 걸 요구하지 마. 아무리 천국이라 해도 거기서 너를 찾지 못하면 나는 천국도 멸시할 거야."

그녀는 손가락을 입술에 대며 다소 엄숙하게 말했다.

"너희는 먼저 하느님의 나라와 그 의를 구하라(「마태복음」 6장 33절)."

우리가 나누었던 대화를 옮기면서 그 내용이 너무 어린애답지 않다고 생각할 사람들이 있을지도 모르겠다는 느낌이 든다. 하지만 그런 사람들은 아이들이 때로는 매우 심각한 대화를 즐겨 나눈다는 사실을 모르는 사람들이다. 그러니 어쩌겠는가? 나는 그런 사람들에게 사과하고 싶지도 않고 이런 대화를 보다 자연스럽게 꾸미고 싶지도 않다.

우리는 라틴어 성서를 구해서 긴 구절들을 암송하기도 했다. 남동생 로베르를 도와준다는 구실로 알리사는 나와 함께 라틴어를 배웠다. 하지만 실제로는 나와 함께 책 읽기를 계속하기 위해서였을 것이다. 그리고 나도 분명히 그녀가 함께 하지 않을 것이라고 생각되는 공부에는 흥미가 없었다. 그것이 나의 성장과 발전을 가로막는 장애물이 되었으리라고 생각하기 쉬울 것이다. 하지만 실제로는 내 정신의 도약에 방해가 되지 않았다. 오히려 그 반대로 그녀가 그 무엇에서건 자유롭게 나를 앞서서 이끄는 것만 같았다. 하지만 어쨌든 나의 정신이 택한 길은 그녀가 이미 택한 것을 뒤따르는 길이었다. 그리고 그 당시 우리를 사로잡고 있던 이른바 '사고(思考)'라는 것은 우리의 감정과 사랑이 아주 교묘하게 위장한 채 겉으로 드러난 것에 지나지 않는 경우가 많았다.

어머니는 처음에는 내 감정의 깊이를 헤아릴 수 없어 불안해하셨다. 하지만 어머니는 당신의 기력이 쇠잔해진 것을 느끼자 우리 둘을 어머니의 품 안에서 맺어주려 하셨다. 오래전부터 어머니를 괴롭혀 왔던 심장병 탓에 어머니는 점점 더 자주 힘들어하셨다. 유난히 발작이 심해지면 어머니는 나를 곁으로 가까이 오게 하시곤 말씀하셨다.

"애야, 나도 이제 많이 늙었다. 언젠가 갑자기 너를 두고 떠날 것 같구나."

숨이 가빠서 어머니는 말씀을 더 잇지 못했다. 나는 더 이상 참지 못하고 어머니가 내 입에서 나오기를 기대하고 있는 게 분명한 말을 크게 외쳤다.

"엄마……, 저 알리사와 결혼하고 싶어요."

"그래, 제롬. 네게 바로 그 이야기를 하고 싶었단다."

"엄마!" 나는 흐느끼며 말했다. "알리사가 저를 사랑한다고 믿으시지요?"

"그럼. 그렇고말고."

어머니는 몇 번이나 같은 말을 다정하게 되풀이하셨다. 하지만 무척이나 힘겨워하면서 다음과 같이 덧붙이셨다.

"주님께 맡겨야 한다."

내가 고개를 숙이자 어머니가 손을 내 머리 위에 얹고 다시 말씀하셨다.

"주여, 제 아이들을 지켜주소서! 이 둘을 모두 지켜주소서!"

그 말과 함께 어머니는 얕은 잠에 빠져들었고 나는 어머니를 깨우려 하지 않았다.

어머니와 나 사이에 그런 대화는 처음이자 마지막이었다. 다음 날 어머니는 조금 회복된 듯 보였다. 나는 수업을 받기 위해 다시 학교로 돌아갔고 미처 다 나누지 못한 이 속내 이야기는 다시 침묵에 싸이게 되었다. 게다가 내가 더 이상 알고 싶은 게 무엇이 있었겠는가? 알리사가 나를 사랑한다는 사실, 나는 그 것을 한순간도 의심해본 적이 없었다. 설령 그때 내가 그 사실을 의심하고 있었다 할지라도 곧이어 일어난 슬픈 사건 때문에 내 마음속에서 그 의혹은 영영 사라져버렸을 것이다.

어느 날 저녁 어머니는 미스 애슈버튼과 내가 지켜보는 가운데 조용히 숨을 거두셨다. 어머니를 사로잡은 마지막 발작은 이전의 발작들보다 그다지 심해 보이지 않았다. 어머니가 숨을 거두시기 직전에야 증세가 위태롭게 보였기에 친척들은 미처 달려올 겨를이 없었다. 나는 어머니의 오랜 친구 곁에서 사랑하는 어머니의 주검을 밤새 지켰다. 나는 눈물이 하염없이 흐르면서도 그다지 슬픔을 느끼지 않는 자신에 대해 놀랐다. 정작 내가 그렇게 울었던 것은 자기보다 훨씬 나이가 적은 친구를 먼저 하느님 앞으로 보낸 미스 애슈버튼이 불쌍해서였다. 하지만 알리사가 곧 내 곁으로 달려오리라는 은밀한 희망이 그 슬픔보다 컸다.

이튿날 외삼촌이 오셨다. 외삼촌이 알리사는 플랑티에 이모와 함께 다음 날에야 올 것이라며 그녀의 편지를 내게 건네주셨다.

내 친구, 내 동생 제롬! 고모님께서 들으셨으면 정말 기뻐하실 말씀을 해드리기 전에 돌아가셨다니 너무나 가슴이 아파. 고모님께서 분명 기대하시던 말씀이었을 텐데…… 오, 고모님, 저를 용서해주세요! 이제 하느님께서 저희들 둘을 이끌어주시기를! 안녕, 불쌍한 친구!

그 어느 때보다 다정한 마음을 보내며, 너의 알리사가

이 편지의 뜻이 무엇이었을까? 어머니께 해드리지 못해 가슴이 아팠다는 말씀이 우리 둘의 앞날을 약속하는 이야기가 아니고 무엇이겠는가? 하지만 나는 그녀에게 곧바로 청혼하기에는 아직 너무 어렸다. 게다가 그녀의 언약이 꼭 필요했을까? 우리는 이미 약혼한 것과 마찬가지 아닌가? 우리 둘이 사랑하는 사이라는 것은 이제 친척들 사이에서 비밀이 아니었다. 외삼촌은 어머니와 마찬가지로 아무런 반대도 않으셨다. 오히려 외삼촌은 이미 나를 친아들처럼 대해주셨다.

며칠 후 부활절 방학이 찾아왔다. 나는 부활절을 플랑티에 이모 집에서 지냈으며 식사는 거의 대부분 외삼촌 집에서 했다.

펠리시 플랑티에 큰이모는 더없이 훌륭한 부인이었지만 사촌들도 나도 가깝게 지내지는 못했다. 이모는 정말 눈코 뜰 새 없이 바쁜 분이었다. 몸짓도 부드럽지 않았고 목소리도 투박했다. 이모가 우리를 향한 당신의 사랑이 넘친다는 것을 보여주기 위해 시도 때도 없이 우리를 쓰다듬고 껴안는 바람에 우리는 당황하곤 했다. 외삼촌은 누이를 무척 좋아했다. 하지만 큰이모와 이야기할 때의 음성으로 보아 큰이모보다는 나의 어머니를 더 좋아했다는 것을 쉽게 느낄 수 있었다.

어느 날 저녁 큰이모가 내게 말했다.

"얘야, 네가 올 여름을 어떻게 보내려는지 모르겠구나. 내가 어떻게 해야 할지 결정을 내리기 전에 우선 네 계획을 들어보자꾸나. 혹시 내가 도움이 될지도……."

"별로 깊이 생각해보지 않았는데요." 내가 대답했다. "여행이라도 가게 될지 모르겠어요."

큰이모가 말을 이었다.

"있잖니, 얘야, 네가 내 집에 있건 퐁그즈마르에 있건 다 좋단다. 네가 거기로 가면 외삼촌과 쥘리에트가 좋아하겠지만……."

"이모, 알리사 말씀하시는 거 아니에요?"

"맞아! 미안하다……. 네가 좋아하는 애가 쥘리에트라고 착각했지 뭐냐! 네 외삼촌이 한 달 전인가 말해줬는데도……. 얘야, 내가 너를 사랑하지만 너를 잘 모르지 않니. 만날 기회가 너무 적었어! 게다가 나는 뭘 유심히 살피는 사람도 아니고……. 나하고 상관없는 일을 살펴볼 겨를도 없고……. 넌 언제나 쥘리에트랑 어울려 놀더구나. 그래서……. 그 애는 참 예쁘고 명랑하잖니."

"맞아요. 전 아직도 쥘리에트랑 잘 어울려 놀아요. 하지만 제가 사랑하는 건 알리사예요."

"그래! 좋아, 좋아! 너 좋은 대로 해야지……. 그런데 나는 그 애를 잘 모른단다. 동생보다 말이 없잖니. 네가 그 애를 택했다면 그럴 만한 이유가 있겠지?"

"이모, 제가 알리사를 좋아하겠다고 택한 게 아니에요. 그리고 그 이유 같은 건 한 번도 생각해본 적이……."

"제롬, 화내지 말아라. 그냥 별 뜻 없이 한 말이니까……. 얘, 그러다보니 네게 무슨 말을 하려던 건지 잊어버렸잖니……. 아, 그래! 그런 일은 당연히 결혼으로 이어지게 되어 있지. 그런데 네가 상중이니까 아직 약혼할 수 없는 게 당연하잖니……. 게다가 너는 아직 어리고……. 네가 퐁그즈마르에 가 있는 게……, 지금 어머니도 없이 거기 가 있는 게…… 남들 눈에 별로 좋게 보이지 않을 거라는 생각을 했단다."

"하지만, 이모. 바로 그 때문에 여행 이야기를 말씀드린 거예요."

"그래, 좋아. 애야, 나는 내가 거기 함께 있으면 일이 좀 쉬워지지 않을까 생각했단다. 그래서 여름 얼마 동안을 미리 좀 비워놓았지."

"제가 부탁하면 미스 애슈번이 기꺼이 와 주실 텐데요."

"그분이 와 주리라는 건 이미 나도 알고 있어. 하지만 그것만으로는 부족해! 나도 가겠다. 애야, 내가 불쌍한 네 엄마 노릇을 대신 하겠다는 건 아니란다." 이모는 갑자기 흐느껴 우시면서 덧붙였다. "그저 집안일이나 좀 챙기고……. 너도, 네 외삼촌도, 알리사도 성가시게 여기지는 않을 거야."

펠리시 큰이모는 당신이 우리 곁에 있음으로 인해 빚어질 효과에 대해 크게 착각하셨다. 실은 우리들에게는 오로지 큰이모만이 성가신 존재였다.

큰이모는 예고한 대로 7월부터 퐁그즈마르에 머물렀고 얼마 지나지 않아 미스 애슈버튼과 나도 합류했다. 알리사의 집안일을 돕는다는 구실로 이모는 그토록 조용하던 집을 끊임없이 들쑤셨다. 우리를 즐겁게 해주겠다는, 혹은 그분 말마따나 일을 수월하게 해주겠다는 열의가 어찌나 컸던지 알리사와 나는 자주 이모 앞에서 움츠러들었고 반벙어리가 되곤 했다. 아마 이모는 우리가 쌀쌀맞다고 생각하셨을 것이다. 하지만 설령 우리가 입을 다물고 있지 않았다 하더라도 이모가 우리들의 사랑이 어떤 종류의 것인지 이해하실 수 있었을까? 반대로 쥘리에트의 성격은 이런 요란스러움에 잘 적응하는 편이었다. 어쩌면 이모가 쥘리에트를 눈에 띄게 편애하시는 것을 보고 반감이 생겨 이모를 좋아하지 못하게 되었는지도 모른다.

어느 날 아침, 우편물이 도착한 뒤 이모가 나를 부르셨다.

"얘야, 정말 미안하구나. 딸아이가 아프다고 와달라는구나. 너희 곁을 떠날 수밖에 없게 되었다."

이모가 떠나신 후에도 내가 퐁그즈마르에 머물러 있을 수 있을까 하는 공연한 걱정 때문에 나는 외삼촌을 보러 갔다. 내 말이 떨어지기 무섭게 외삼촌이 큰 소리로 말씀하셨다.

"아니, 누님은 왜 자연스러운 일을 복잡하게 만들려는 거지? 그래, 네가 왜 우리 곁을 떠나야 한다는 거니? 너는 이미 거의 내 아들이나 다름없지 않느냐?"

이모가 퐁그즈마르에 머문 기간은 단 보름뿐이었다. 이모가 떠나자마자 집안은 다시 평온을 되찾았다. 그 집에 다시 자리 잡은 평온은 마치 행복과 똑 닮아 있었다. 내가 아직 상중이라는 사실이 우리의 사랑을 어둡게 만든 것이 아니라 더 깊어지게 해주었다. 우리들의 단조로운 삶이 시작되었다. 우리들은 마치 소리가 잘 울리는 그런 공간에서 지내고 있는 것 같았다. 그 공간에서는 우리들 마음속 작은 움직임조차도 서로에게 울렸다.

이모가 떠나신 지 며칠 뒤 우리가 이모에 대해 이야기를 나누었던 것이 지금도 기억난다.

"어휴, 정말 야단스러우셔!" 우리들이 입을 모아 말했다. "삶의 물결이 이모님 영혼에 휴식을 주지 못해서일까? 아름다운 사랑의 자태여, 그대의 자취는 그분 안에서 이제 어떻게 되었는가!"

우리가 그렇게 말한 것은 괴테가 젊은 시절 사랑했던 17살 연상의 슈타인 부인에 대해 이렇게 썼던 것이 기억났기 때문이었다.

그 영혼 속에 비친 세상이여, 그 얼마나 아름다울 것인가!

이어서 우리는 명상의 기능을 가장 높은 자리에 놓은 가운데 사람에 대해 그 어떤 등급 비슷한 것을 설정했다. 그러자 그때까지 아무 말 없던 외삼촌이 쓸쓸한 미소를 지으며 우리를 나무라셨다.

　"얘들아, 아무리 망가진 것이라도 하느님은 그 속에서 당신 모습을 알아보신단다. 삶의 어느 한순간에 비추어 사람을 판단하지 않도록 조심해야 해. 너희들이 못마땅해하는 이모님 모습이 어떤 사건들 때문에 생긴 건지 나는 너무도 잘 알기 때문에 너희들처럼 누님을 함부로 비난할 수 없다. 젊었을 때는 그토록 매력적이던 모습이 나이가 들면서 망가지지 말란 법이 없지. 너희들이 야단스럽다고 말했지? 하지만 애당초 그 모습은 귀엽고 생기발랄하고, 충동적이고 앞뒤 안 가리는 모습, 애교가 많은 모습이었단다……. 실제로 우리들 모습은 지금 너희들 모습과 별로 다르지 않았어. 나는 제롬, 너하고 아주 비슷했던 것 같다. 아마 내가 생각하고 있는 것보다 더 비슷했는지도 몰라. 펠리시 누님은 지금의 쥘리에트와 비슷했고……. 그래, 용모와 몸매까지도 말이다……." 외삼촌은 쥘리에트 쪽을 향하면서 말을 이었다. "네가 소리를 지를 때면 불현듯 당시 누님 모습이 떠오르곤 한다. 웃는 모습도 비슷했어. 게다가 지금 네 자세 말이다, 팔꿈치를 앞으로 내밀고 깍지 낀 손으로 얼굴을 받친 채 가만히 앉아 있는 그 자세, 지금 누님에게서는 사라져버렸지만 전에는 누님이 자주 보여주던 자세였단다."

미스 애슈버튼이 내게로 몸을 돌리더니 낮게 속삭였다.

"네 어머니를 생각나게 하는 건 알리사란다."

그해 여름은 찬란했다. 세상 만물에 푸른 하늘이 스며들어 있는 것 같았다. 우리들의 열정이 악도, 죽음도 이겨냈다. 우리 들 앞에서 어둠은 물러갔다. 매일 아침 나는 기쁨으로 잠에서 깨어났다. 나는 동이 틀 무렵 자리에서 일어나 새 날을 맞으러 달려 나갔다⋯⋯. 지금도 그때를 그려보면 온통 이슬이 맺혀 있는 모습이 선명하게 떠오른다. 늦은 시각까지 잠을 자지 않는 언니보다 일찍 일어나는 쥘리에트와 함께 나는 정원으로 내려갔 다. 그녀는 나와 언니 사이의 전령이었다. 나는 그녀에게 끊임없 이 우리의 사랑에 대해 이야기해주었고 그녀는 싫증을 내지 않고 귀를 기울였다. 나는 알리사 앞에서는 하지 못했던 이야기, 그 녀를 너무 사랑하기에 말하기 두렵고 거북했던 이야기를 쥘리 에트에게는 할 수 있었다. 알리사는 이 장난을 묵인했으며 내가 자기 동생과 명랑하게 이야기 나누는 것을 좋아하는 것 같았다.

알리사는 우리가 필경 자기 이야기를 하고 있다는 것을 모르거나 모르는 척하는 것 같았다.

오, 사랑의, 흘러넘치는 사랑의 그 섬세한 책략이여! 그대는 그 어떤 비밀스런 길을 통해 우리를 웃음으로부터 눈물로, 순진하기 그지없는 기쁨으로부터 미덕의 요구로 이끌고 가는 것인가!

그 여름은 너무 순수하게, 너무 매끄럽게 달아나버렸기에 그 매끄러운 나날들에 대해 거의 아무것도 기억할 수 없다. 생각나는 사건들이라고는 대화들과 독서들뿐이었다…….

"슬픈 꿈을 꿨어." 방학이 끝나갈 무렵 어느 날 아침 알리사가 내게 말했다. "나는 살아 있고 네가 죽었어. 아니, 네가 죽어가는 걸 본 건 아니야. 그저 네가 죽었다는 사실만이 있었을 뿐이야. 무서웠어. 있을 수 없는 일이어서 네가 잠시 어디론가 가고 없을 뿐이라고 생각하려 애썼어. 우리는 헤어져 있던 거고, 다시 만날 방법이 있을 것 같았어. 어떻게 하면 다시 만날 수 있을까 안간힘을 쓰다가 잠에서 깨어났어. 오늘 아침, 여전히 나는 그 꿈에 젖어 있는 것 같았어. 마치 계속 꿈을 꾸고 있는 것 같았어. 나는 여전히 너와 헤어져 있는 것 같았고 앞으로도 아주 오래오래 헤어져 있을 것만 같았어." 그녀는 아주 낮은 목소리로 덧붙였다. "평생……, 그래 평생 동안 내내 온갖 노력을 다해야만 할 것 같아."

"왜?"

"우리가 서로 합쳐지기 위해서……. 각자 힘들게 노력을……."

나는 그녀의 말을 심각하게 받아들이지 않았다. 혹은 심각하게 받아들이기가 두려웠다. 두근두근하는 가슴으로 나는 그녀의 말에 반박하려는 듯 용기를 내서 말했다.

"그래, 나도 오늘 아침 꿈을 꿨어. 내가 너하고 너무 결혼하고 싶어서 그 어떤 것도, 심지어 죽음까지도 우리를 갈라놓을 수 없을 거라는 꿈을……."

"넌 죽음이 우리를 갈라놓을 수 있으리라고 생각하니?" 그녀가 말했다.

"내 말은……."

"반대로 죽음은 우리를 가깝게 해놓을 수 있다고 생각해……. 그래, 살아 있을 때는 갈라서 있던 것을 죽음이 다시 만나게 해줄 거야."

그 모든 말들이 우리들 속에 너무 깊이 스며들었기에 지금 내게는 그 억양까지 생생하게 들리는 것만 같다. 하지만 그것이 얼마나 중대한 의미를 지니는가는 훨씬 뒤에야 이해할 수 있었다.

여름이 물러가고 있었다. 이미 대부분의 들판이 비어버려 시야가 까마득히 열려져 있었다. 나의 출발 전날, 아니 그 전전날 저녁 나는 쥘리에트와 함께 아래쪽 정원 수풀 쪽으로 내려가고 있었다.

"어제 언니에게 암송해준 게 뭐야?" 쥘리에트가 물었다.

"어제, 언제?"

"채석장 근처 벤치에서……. 내가 두 사람만 남겨놓고 먼저 갔을 때."

"아! …… 보들레르 시 구절이었던 것 같아."

"뭔데? 내게는 들려주지 않을 거야?"

나는 별로 내키지 않는 기분으로 낭송을 시작했다.

　우리는 곧 차가운 어둠 속에 잠기리니……. (보들레르의 「가을의 노래」 일부)

내가 낭송을 시작하자 그녀가 내 낭송을 가로막으며 여느 때와는 달리 떨리는 목소리로 시구를 외어 나갔다.

잘 가거라, 우리의 너무 짧았던 여름의 생생한 밝음이여!

"뭐야! 너도 그 시를 알아?" 내가 놀라서 외쳤다. "너는 시를 좋아하지 않는 줄 알았는데……."

"아니, 왜? 오빠가 내게 시를 암송해준 적이 없어서?" 그녀가 미소를 지으며 말했다. 하지만 어딘가 억지로 짓는 미소 같았다. "오빠는 가끔 나를 순전히 바보로 아는 것 같아."

"뭐, 머리가 좋은 사람도 시를 좋아하지 않을 수 있지. 네가 시 이야기를 해본 적도 없고 암송해달라고 한 적도 없어서일 뿐이야."

"그건 언니 몫이니까……." 그녀는 잠시 말이 없더니 갑자기 물었다. "오빠, 모레 떠나?"

"그래야 할 거야."

"올 겨울에 뭘 할 거야?"

"고등 사범 학교 학생이 되는 거지, 뭐."

"언제 알리사 언니랑 결혼할 거야?"

"군대 복무 마치기 전에는 안 할 거야. 그 후에도 내가 어떤 일을 잘할 수 있을지 확실히 알기 전까지는 안 할 거야."

"약혼을 미루는 것도 어디 묶이는 게 두려워서야?"

나는 대답 없이 어깨만 으쓱했다. 그러자 그녀가 재차 다그쳐 물었다.

"그럼 뭣 때문에 약혼을 미루는 거야? 왜 곧바로 약혼을 하지 않는 거야?"

"왜 약혼을 해야 한다는 거지? 우리가 서로의 것이고 계속 서로의 것이리라는 것을 아는 것으로 충분하지, 왜 그걸 세상에 알려야 한다는 거지? 내가 기꺼이 내 삶 전체를 그녀에게 바치려고 하는데, 그런 내 사랑을 약속에 의해 묶어놓는 게 더 좋다고 생각하는 거니? 난 아니야. 서약 같은 건 오히려 사랑에 대한 모독이야……. 내가 그녀를 믿지 못하게 되지 않는 한 약혼하고 싶은 생각은 없어."

"내가 믿지 못하는 건 언니가 아니라……."

우리는 천천히 걸음을 옮겼다. 우리는 지난번 내가 본의 아니게 알리사와 외삼촌의 대화를 엿들었던 곳에 이르렀다. 불현듯 알리사가 그곳에 앉아 우리들의 대화를 들었을지도 모른다는 생각이 들었다. 조금 전에 정원으로 나가는 그녀의 모습을 보았던 것이다. 그러자 감히 알리사 앞에서는 할 수 없던 말을 할 기회가 왔다는 생각이 나를 유혹했다. 스스로 생각해낸 꾀에 신이 나서 나는 목소리를 높였다.

"오!" 나는 내 나이 또래의 다소 과장된 감정을 섞어 외쳤다. 나는 내 말 자체에 너무 몰두해 있었기에 쥘리에트가 미처 맺지 못한 말에 대해서는 전혀 생각이 미치지 않았다.

"오! 사랑하는 사람의 영혼에 몸을 기울이고 마치 거울에 비치듯 거기 비친 자신의 모습을 볼 수만 있다면! 우리가 다른 사람의 마음속을 자신의 마음속처럼, 아니 자신의 마음속보다 더 잘 들여다볼 수만 있다면! 그 애정 속에는 그 얼마나 깊은 고요함이 깃들어 있을 것인가! 그 사랑 속에는 그 얼마나 맑은 순수함이 깃들어 있을 것인가!"

나는 쥘리에트가 뭔가 동요하는 것을 보고 그것이 내 유치한 서정이 빚어낸 효과라고 생각하며 우쭐했다. 쥘리에트가 갑자기 내 어깨에 얼굴을 파묻으며 말했다.

"아, 제롬, 제롬! 난 오빠가 언니를 행복하게 해줄 거라고 믿고 싶어! 오빠 때문에 언니가 고통을 받는다면 난 오빠를 미워하게 될 거야."

나는 쥘리에트를 껴안고 그녀의 고개를 들어 올리며 말했다.

"아니야, 쥘리에트! 그렇다면 나 자신이 나를 미워하게 될 거야. 네가 그걸 알 수만 있다면! 내가 아직까지 무슨 일을 할 것인지 결정하지 않은 건 오로지 그녀와 함께 내 인생을 보다 훌륭하게 시작하기 위해서일 뿐이야. 나는 내 모든 미래를 그녀에게 걸었어! 그 무슨 일이건 그녀 없이는 하지 않을 거야."

"오빠가 그런 이야기를 하니까 언니가 뭐라고 그래?"

"아니, 그런 이야기를 아직 해본 적이 없어! 단 한 번도! 그 때문에라도 아직 약혼을 하지 않고 있는 거야. 우리 사이에는 결혼은 문제가 되지 않아. 결혼 후에 무슨 일을 할 것인가도 마찬가지이고. 오, 쥘리에트! 그녀와 함께라면 삶은 너무나 아름답게 보여서 감히 나는……. 쥘리에트, 이해할 수 있겠니? 내가 감히 이런 이야기를 그녀에게 할 수 없다는 것을."

"언니에게 깜짝 놀랄 행복을 선사하고 싶어서?"

"아니야! 그런 게 아니야. 다만 겁이 나서……. 그녀를 겁나게 할까 봐……. 이해할 수 있니? 이 크나큰 행복, 내게 흘낏 모습을 보이는 그 행복이 그녀를 두렵게 할까 봐!―언젠가 그녀에게 여행을 하고 싶지 않느냐고 물은 적이 있어. 그녀는 아무것도 원하지 않는다고, 그런 도시들이 존재하고, 그 도시들이 아름다우며, 다른 사람들이 그곳에 갈 수 있다는 사실을 아는 것만으로 충분하다고 말했어."

"그렇다면 오빠, 오빠는 여행을 가고 싶어?"

"그 어디든! 내게는 삶 자체가 여행처럼 보여. 그녀와 함께 책들과 사람들과 여러 나라들을 거쳐 가는 기나긴 여행……. 너 '닻을 올린다'라는 말이 무슨 뜻인지 생각해본 적 있니?"

"그럼, 자주 생각하는걸." 그녀가 중얼거렸다. 하지만 나는 그녀의 말에 거의 귀를 기울이지 않았다. 나는 그녀의 말을 마치 상처 입은 가엾은 새처럼 땅에 떨어지게 만들고는 내 이야기를 계속했다.

"밤에 떠나는 거야. 눈부신 새벽빛 속에서 잠을 깨고, 단둘이 불확실한 물결에 몸을 맡기고 있는 것처럼 느끼며……."

그러자 그녀가 내 말을 받았다.

"그리고 아주 어렸을 적에 지도에서 보았던 항구에 도착해서…… 모든 게 미지의 것인 그곳에…… 오빠가 선교(船橋)에 있는 모습이 보이는 것 같아. 알리사 언니가 오빠 팔에 기대어 배에 내려오고 있고……."

"우리는 곧장 우체국으로 가겠지." 내가 웃으며 덧붙였다. "쥘리에트가 우리에게 쓴 편지를 찾으러……."

"쥘리에트가 남아 있는 퐁그즈마르로부터 온 편지. 오빠와 언니에게는 너무 작고 너무 슬프고 너무 멀게만 여겨질 그곳으로부터……."

그녀가 정확히 그런 말을 했던가? 확신할 수 없다. 미리 말했듯 내 마음은 온통 사랑으로 가득 차 있었기에 사랑의 말 외에 다른 표현은 거의 귀에 들어오지 않았기 때문이다.

우리는 채소밭 계단 근처의 원형 교차로에 이르렀다. 우리가 되돌아가려고 했을 때 어둠 속에서 알리사가 갑자기 모습을 드러냈다. 그녀가 너무 창백했기에 쥘리에트가 비명을 질렀다.

"정말로 몸이 안 좋은 것 같아." 알리사가 허둥대며 중얼거렸다. "공기가 차. 나는 들어가는 게 좋겠어."

그녀는 우리 곁을 떠나 빠른 걸음으로 집으로 향했다.

"우리가 하는 말을 다 들었어!" 알리사의 모습이 멀어지자 쥘리에트가 거의 외치듯 말했다.

"그녀가 힘들어할 이야기는 한 게 없잖아. 오히려⋯⋯."

"나, 갈게." 쥘리에트가 언니 뒤를 쫓아가며 말했다.

그날 밤 나는 잠을 이루지 못했다. 알리사는 저녁 식사 때 모습을 보였다가 머리가 아프다며 곧바로 자리를 떴다. 쥘리에트와 나의 대화 중에서 무슨 이야기를 들었을까? 나는 좀 불안한 심정으로 우리가 나누었던 대화를 되새겨 보았다. 이어서 나는 내가 쥘리에트의 허리에 팔을 두른 채 너무 가까이 붙어서 걸은 게 잘못이었을지도 모른다고 생각했다. 하지만 어린 시절부터 해오던 버릇이었으며 알리사는 우리가 그렇게 긴고 있는 모습을 이미 숱하게 보았다. 아! 나는 그 얼마나 한심한 장님이었던가!

그렇게 내 잘못을 더듬더듬 찾고 있었으면서도 쥘리에트가 한 말들, 내가 거의 귀를 기울이지 않았고 잘 기억나지도 않는 그 말들을 알리사가 똑똑히 들었으리라는 생각을 어찌 한순간도 하지 않았단 말인가! 상관없어! 나는 불안감에, 또한 알리사가 나를 의심할지도 모른다는 무서운 생각에, 다른 위험들에 대해서는 생각도 해보지 않은 채 바로 다음 날 약혼하리라고 결심했다. 쥘리에트에게 했던 말에도 불구하고, 혹은 쥘리에트가 내게 해준 말에 자극을 받아 나는 모든 걱정과 두려움을 벗어던지기로, 그녀와 약혼하기로 결심한 것이다.

내가 떠나기 바로 전날이었다. 나는 그 때문에 알리사가 슬퍼한다고 생각했다. 그녀가 나를 피하는 것 같았다. 그녀와 단둘이 만날 기회 없이 하루가 지나갔다. 그녀에게 아무 말도 하지 못하고 떠나야 할 수도 있겠다는 두려움에 나는 저녁 식사 조금 전에 용감하게 그녀의 방문을 두드렸다. 그녀는 산호 목걸이를 목에 걸고 있었다. 그녀는 문 쪽으로 등을 보인 채 두 팔을 들고 몸을 숙인 채 거울을 보며 목걸이를 매려하고 있었다. 그녀는 거울 속의 나를 먼저 알아보았다. 그녀는 몸을 돌리지 않은 채 거울을 잠시 들여다보았다.

"아니, 내 방문이 닫혀 있지 않았어?" 그녀가 말했다.

"노크를 했는데 대답이 없었어. 알리사, 내가 내일 떠나는 거 알아?"

그녀는 아무 대답도 하지 않고 미처 고리를 채우지 못한 목걸이를 벽난로 위에 놓았다. '약혼'이라는 말이 너무 노골적이고 직접적인 것 같아 나는 대신 에둘러 표현했다. 알리사는 내 뜻을 알자마자 휘청거리면서 벽난로에 몸을 기대는 것 같았다……. 하지만 나 자신도 너무 떨려서 그녀 쪽으로 감히 시선을 주지 못하고 있었다.

나는 그녀 곁으로 가서 고개를 들지도 못한 채 그녀의 손을 잡았다. 그녀는 뿌리치지 않았다. 하지만 고개를 조금 숙이면서 내 손을 살짝 들어 올려 입술에 대더니 내게 가볍게 몸을 기대면서 중얼거리듯 말했다.

"아니야, 제롬, 아니야. 우리 약혼하지 마. 제발……."

내 심장이 격하게 뛰었고 그것을 그녀도 느꼈을 것이다. 그녀가 더 부드럽게 다시 말했다.

"아직은 아니야."

내가 "왜?"라고 묻자 그녀가 말했다.

"그 질문은 내가 해야 돼. 왜? 왜 마음을 바꾼 거야?"

나는 그녀에게 어제의 대화를 차마 해줄 수 없었다. 하지만 그녀는 내가 그 생각을 하고 있음을 분명 느끼고 있었을 것이다. 그녀는 마치 내 생각에 대한 대답인 양 나를 뚫어져라 바라보았다.

"너, 잘못 생각하고 있는 거야. 내게는 그처럼 많은 행복이 필요하지 않아. 우리 지금 이대로 행복하지 않아?"

그녀는 억지로 미소를 지으려 했다.

"아니. 네 곁을 떠나야 하니까."

"제롬, 들어 봐. 오늘 저녁에는 말할 수 없어……. 우리, 우리의 마지막 순간들을 망치지 않도록 해. 아냐, 아냐. 난 변함없이 널 사랑해. 안심해도 돼. 편지할게. 편지에서 설명해줄게. 편지하겠다고 꼭 약속할게. 내일 당장…… 네가 떠나자마자. 자, 이제 가줘! 봐, 내가 울고 있잖아……. 그만 가줘."

그녀는 나를 밀어내면서 가만히 몸을 빼냈다. 그것이 우리의 작별이었다. 그날 저녁 내내 나는 그녀에게 더 이상 말을 할 수 없었고 다음 날 내가 출발할 때 방에서 나오지 않았던 것이다. 나는 그녀가 창가에 서서 나를 실은 마차가 멀어지는 것을 바라보며 작별 인사 신호를 보내는 모습을 볼 수 있었다.

제3장

그해 나는 아벨 보티에를 거의 만날 수 없었다. 그는 징집에 앞서 자원입대했고 나는 고등 사범 학교 진학을 위해, 대입 자격시험 막바지 준비에 몰두해 있었던 것이다. 아벨보다 두 살이 어린 나는 그가 제대한 후 금년에 함께 고등 사범 학교에 진학할 예정이었으며 나는 대학 졸업 후에 군대에 갈 작정이었다.

우리는 반갑게 만났다. 제대 후 그는 한 달 이상 여행을 했다. 나는 혹시 그가 변하지나 않았을까 두려웠다. 하지만 좀 더 사신에 차 있었을 뿐 매력적인 모습은 조금도 잃지 않았다. 계획대로 둘 다 고등 사범 학교에 입학한 우리는 개학하기 전날 오후 뤽상부르 공원에서 만났다. 나는 더 이상 가슴속 비밀을 혼자 간직할 수 없어서 나의 사랑 이야기를 자세하게 해주었다.

하지만 그는 이미 그 사실을 알고 있었다. 그 해에 이미 몇 번의 연애를 경험한 그는 다소 우쭐하며 그 방면의 선배 행세를 하려 했지만 나는 조금도 불쾌하지 않았다. 그는 내 마지막 말이 서툴렀다며 나를 놀렸다. 여자가 다시 제정신을 차리게 놔두면 안 된다는 것이었다. 나는 그의 말을 그냥 듣고 있었지만 그의 그 훌륭한 이론이 나와 그녀에게는 전혀 어울리지 않으며 그가 우리들을 제대로 이해하지 못하고 있는 증거일 뿐이라고 생각했다.

우리가 도착한 다음 날 나는 알리사에게서 온 편지를 받았다.

사랑하는 제롬에게,

네가 제안한 것에 대해(제안이라니! 우리의 약혼을 그렇게 부르다니!) 곰곰 생각해봤어. 내가 너보다 나이가 많다는 게 나는 두려워. 너는 다른 여자들을 만날 기회가 없었으니까 아직 그런 생각을 안 했을 거야. 하지만 나는 나를 네게 맡긴 후에 내가 네 마음에 들지 않게 되면 내가 얼마나 괴로울까 하는 생각을 하게 돼. 내 편지를 읽으면서 너는 무척 화가 나겠지. 너의 항변이 들리는 것 같아. 하지만 네가 좀 더 세상 경험을 할 때까지 기다려주었으면 해.

이 모든 게 오로지 너를 위해서 하는 말이라는 걸 알겠
지? 나는 결코 너를 사랑하지 않을 수 없다는 걸 내가 알
고 있기 때문이야.

알리사

우리가 서로 사랑하지 않게 된다고! 아니, 그런 게 문제가 될
수 있단 말인가! 나는 슬프다기보다는 어이가 없었고, 너무 기
가 막힌 나머지 곧장 아벨에게 달려가 편지를 보여주었다.

"그래, 어떻게 할 작정이니?" 입술을 꼭 다문 채 고개를 설레
설레 흔들며 편지를 읽은 뒤 아벨이 내게 물었다. 잔뜩 불안과
비탄에 잠긴 나는 양팔을 옆으로 벌린 채 아무 말도 하지 못했
다. 그러자 아벨이 말을 이었다.

"어쨌든 답장은 하지 않는 게 좋겠다. 여자하고 아웅다웅하
다가는 으레 지고 마는 법이거든……. 자, 들어 봐. 토요일에 르
아브르로 가서 하루 묵자. 그리고 일요일 아침에 퐁그즈마르로
가는 거야. 월요일 첫 강의 시간까지 돌아올 수 있을 거야. 입
대 후에 네 가족들을 못 봤어. 그게 그럴 듯한 핑계가 될 수 있
을 거고, 내 체면도 세우는 셈이지. 알리사가 그건 핑계일 뿐이

라는 걸 눈치챘다면 더 잘된 일이지! 네가 알리사와 이야기를 나누는 동안 나는 쥘리에트를 맡을게. 어린애처럼 굴지 말아야 한다는 걸 명심하고……. 솔직히 네 이야기에는 뭔가 납득이 잘 안 되는 게 있어. 아마 나한테 다 털어놓지 않은 모양이지……. 상관없어! 내가 밝혀낼 테니까! 무엇보다 우리가 간다는 걸 알리면 안 돼. 네 사촌 누이를 급습해서 무장할 틈을 주지 말아야 해."

정원의 문을 열면서 내 가슴은 심하게 두근거렸다. 곧이어 쥘리에트가 우리를 맞으러 달려 나왔다. 속옷들을 손질하고 있던 알리사는 서둘러 내려오지 않았다. 우리들이 외삼촌과 미스 애슈번과 이야기를 나누고 있는 중에 마침내 그녀가 응접실로 들어섰다. 우리의 급격한 방문에 당황했을 텐데 그녀는 전혀 그런 내색을 하지 않았다. 내게 아벨이 해준 말이 떠올랐고, 나는 그녀가 그토록 오랫동안 모습을 보이지 않은 것은 나에 대해 무장을 하기 위해서라고 생각했다. 쥘리에트의 극도로 활달한 모습과 대비되어 그녀의 신중한 모습은 더욱 차갑게 보였다. 마치 내가 돌아온 것을 그녀가 탐탁지 않게 여기는 것 같았다. 최소한 그녀의 태도는 우리의 방문이 못마땅하다는 것을 짐짓 보여주려 애쓰는 것 같았고, 나는 그런 그녀의 태도 뒤에 그 어떤 격렬한 감정이 숨어 있는지 감히 찾아낼 생각조차 하지 못했다.

그녀는 우리와 멀리 떨어진 창가 구석에 앉아 수놓기에 열중해 있는 듯, 입술을 움직이며 바늘코를 헤아리고 있었다. 아벨이 입을 열었다. 정말 다행이었다. 내게는 말할 기력조차 없었기에 만일 아벨이 자신의 군대 생활과 여행 이야기를 하지 않았다면 이 재회의 첫 순간은 더없이 침울했을 것이다. 외삼촌은 유난히 근심에 싸인 모습이었다.

점심 식사가 끝나자마자 쥘리에트가 나를 따로 부르더니 정원으로 데려갔다.

"세상에, 글쎄, 내게 청혼이 들어왔어!" 단둘이 있게 되자 그녀가 거의 외치다시피 말했다. "펠리시 고모가 아빠에게 편지를 보내서, 님의 어느 포도 농장 주인이 그런 뜻을 밝혔다고 알린 거야. 고모 말씀으로는 아주 좋은 사람이고 지난번 사교 모임에서 나를 몇 번 보고 반했다는 거야."

"그래, 너도 그 사람을 눈여겨보았니?" 나는 그 사내를 향한 이유 모를 적개심을 느끼며 물었다.

"뭐, 그냥. 누군지 아는 정도야. 그냥 사람 좋은 돈키호테 같은 이야. 교양도 없고 못생긴 데다 천박하고 우스꽝스러워. 그 사람 앞에서는 고모님조차 점잔을 빼지 못할 정도야."

"그래, 그 사람…… 성공할 사람 같아?" 나는 빈정거리는 어조로 물었다.

"아니, 오빠! 농담하는 거지? 장사치라니까! 그 사람을 봤다면 그런 질문 안 했을 거야."

"그렇다면…… 외삼촌께서는 뭐라고 답하셨어?"

"내가 대답한 대로 하셨어. 나는 결혼하기에는 너무 어리다고……" 쥘리에트는 웃으며 덧붙였다. "그런데, 참 곤란하게도 고모는 그런 대답이 올 걸 미리 예상하고 계셨어. 추신으로 에두아르 테시에르 씨는─그게 그 사람 이름이야─기다릴 용의가 있다고 했다, 그 사람이 이렇게 청혼을 하는 건 미리 줄을 서기 위해서라고 쓰셨어. 정말 말도 안 돼. 하지만 어떻게 하겠어? 그 사람이 너무 못생겼다고 전해 달라고 할 수는 없잖아."

"그럴 수는 없지. 하지만 어쨌든 포도 재배하는 사람과는 결혼하고 싶지 않다고 할 수는 있지 않니?"

그녀는 어깨를 으쓱했다.

"그런 이유는 고모한테는 전혀 통하지 않아……. 에이, 그 이야기는 그만해. 알리사 언니가 편지했어?"

그녀는 유난히 수다스러웠으며 극히 흥분해 있는 것 같았다. 나는 그녀에게 알리사의 편지를 보여주었다. 그녀는 편지를 읽으면서 얼굴이 붉어졌다. 편지를 읽은 다음 그녀가 내게 물었다. 나는 그 목소리에 뭔가 화난 기색이 들어 있음을 눈치챌 수 있었다.

　"그래, 오빠는 어떡할 거야?"

　"모르겠어. 하지만 막상 여기 와보니 편지를 쓰는 게 훨씬 쉬웠을 것 같다는 생각이 들어서 벌써 온 걸 후회하고 있어. 알리사가 무슨 뜻으로 그렇게 썼는지 알 것 같니?"

　"오빠를 자유롭게 해주려는 것 같아."

　"내가 언제 자유에 연연한 적이 있었나? 아니, 대체 왜 그런 편지를 썼는지 넌 알겠니?"

　그녀는 "몰라"라고 짧게 대답했다. 하도 매몰찬 대답이었기에 오히려 나는 그 순간 그녀가 그 이유를 모르고 있지 않으리라고 확신했다. 사태가 어떻게 돌아가는지 전혀 모르는 채, 그저 막연히 확신이 든 것이었다.

　그런데 그녀가 갑자기 우리가 걸어온 오솔길 모퉁이에서 몸을 돌리더니 말했다.

　"이제 가볼래. 나랑 이야기를 나누려고 온 게 아니잖아. 벌써 너무 오래 함께 있었어."

그녀는 집을 향해 도망치듯 달려갔고 잠시 후 피아노 소리가 들렸다.

응접실로 들어가니 그녀는 계속 피아노 연주를 하며 그녀를 만나러 온 아벨과 이야기를 하고 있었다. 그녀는 무심코 손 닿는 대로 건반을 두드리고 있었다. 나는 그들을 놔두고 밖으로 나왔다. 그리고 꽤 오랫동안 알리사를 찾으러 정원을 헤매었다.

알리사는 과수원 안쪽 담 밑에서, 너도밤나무 낙엽들 사이에서 향기를 내뿜고 있는 첫 가을 국화를 따고 있었다. 대기에는 가을의 기운이 충만해 있었다. 햇빛은 과수 울타리에 간신히 훈기를 던져줄 정도였지만 하늘은 동녘 하늘처럼 맑았다. 그녀의 얼굴은 커다란 네덜란드식 농부 모자에 거의 다 가려져 마치 얼굴에 테두리가 쳐진 것 같았다. 아벨이 그녀에게 여행 선물로 갖다준 모자였다. 내가 가까이 다가갔어도 그녀는 처음에는 몸을 돌리지 않았다. 하지만 몸을 가볍게 떠는 것으로 보아 내 발자국 소리를 알아차린 것이 분명했다.

나는 얼어붙은 채 그녀가 분명히 나를 책망하는 준엄한 눈길을 내게 보내리라 생각하고 그에 대비해 마음을 가다듬고 있었다.

하지만 내가 겁먹은 발길로 그녀에게 천천히 다가가자 그녀는 내 쪽으로 고개를 돌리지도 않고 마치 토라진 아이처럼 고개를 숙인 채 등 뒤로 꽃을 가득 쥐고 있는 손을 내게 내밀었다. 마치 내게 가까이 오라는 것 같았다. 그녀의 손짓에 오히려 내가 장난삼아 멈춰 서자 마침내 그녀가 몸을 돌리더니 얼굴을 쳐들고 나를 향해 몇 걸음 다가왔다. 그녀의 얼굴에 함박웃음이 떠올라 있었다. 그녀의 눈길을 받자 모든 것이 일시에 단순해지고 쉬워졌다. 나는 별로 힘들이지 않고 평소 목소리로 그녀에게 말을 걸 수 있었다.

"네 편지 때문에 다시 온 거야."

"그런 줄 알았어." 그녀는 날카롭게 책망하는 것 같은 말투를 누그러뜨리면서 말했다. "내가 화난 건 그 때문이야. 왜 내 말을 잘못 받아들이는 거니? 그냥 단순한 이야기였을 뿐인데……. (그러자 이미 슬픔과 고통이 오로지 내가 상상해서 지어낸 것처럼, 오로지 내 마음속에서만 존재하는 것처럼 여겨졌다.) 말했잖아. 우리는 이대로 행복해. 그런데 그걸 네가 바꾸자고 해서 내가 거부한 건데 놀랄 게 뭐 있어?"

실제로 그녀 곁에 있자니 더없이 행복했다. 너무나 완벽하게 행복해서 그녀의 생각과 다른 생각은 절대로 품지 않아야만 할 것 같았다. 그리고 나는 이미 그녀의 웃음 외에 다른 것은 원하지 않았으며 그녀와 함께 꽃들이 피어 있는 따사로운 길을 손잡고 걷는 것 외에는 그 어느 것도 원하지 않고 있었다.

나는 다른 모든 희망을 단번에 포기하고 오로지 그 순간의 완전한 행복에 몸을 맡긴 채 진지하게 말했다.

"네가 좋다면, 알리사, 네가 좋다면, 우리 약혼하지 말자. 네 편지를 받고서 나는 행복하다는 것, 그런데 내가 그 행복을 깨뜨리려 하고 있다는 것을 갑자기 깨달았어. 오! 내가 지녔던 그 행복을 돌려줘. 그 행복 없이는 살 수 없어. 나는 평생 너를 기다릴 수 있을 만큼 너를 사랑해. 하지만 알리사, 네가 날 사랑하지 않게 된다거나 네가 내 사랑을 의심한다는 생각은 정말 견딜 수 없어."

"아아! 제롬, 나는 네 사랑을 의심하지 않아."

그 말을 할 때의 그녀의 목소리는 차분하면서도 쓸쓸했다. 하지만 그녀의 얼굴을 밝히고 있는 미소는 여전히 너무나 평온하고 너무나 아름다워서 나는 내가 두려워하고 항의했던 것이 부끄러워졌다. 그러자 그녀의 목소리에서 느껴지는 그 슬픔의 여운도 오직 나의 두려움과 항변에서 비롯된 것처럼 느껴졌다. 나는 밑도 끝도 없이 나의 계획에 대해, 나의 공부에 대해, 내가 얻을 것이 더 많을 것 같은 새로운 생활 방식 등에 대해 이야기하기 시작했다. 당시의 고등 사범 학교는 지금의 모습과는 달랐다. 지나칠 정도로 규율이 엄했다. 나는 알리사에게 열심히 설명했다. 그런 엄격한 규율은 게으르거나 다루기 힘든 학생들에게만 짐으로 여겨질 뿐 자발적으로 열심히 공부하는 학생들에게는 오히려 도움이 된다, 거의 수도승과 같은 그런 생활 습관에 의해 세상으로부터 유리되어 보호받고 지내는 것이 나는 좋다, 나는 바깥세상에 대해 별로 마음이 끌리지 않는다, 알리사가 바깥세상을 두려워하고 있다는 사실만으로도 세상은 내게 혐오스럽게 보일 수밖에 없다, 라고 나는 말했다. 미스 애슈번은 전에 어머니와 함께 지내던 파리의 아파트에 그대로 살고 있었다. 그녀 외에는 파리에 아는 사람이 없으니 아벨과 나는 일요일마다 그분 곁에서 지낼 것이며 매주 일요일마다 알리사에게 내 생활에 대해 낱낱이 알려주리라.

우리는 열려 있는 온실 창문턱에 앉아 있었다. 마지막 수확을 끝낸 거대한 오이 덩굴들이 제멋대로 창틀 밖까지 뻗어나가 있었다. 알리사가 내 말에 귀를 기울이며 질문을 하곤 했다. 그토록 상냥하게 주의를 기울인 적은 없던 것 같았고, 그토록 절실하게 애정을 보여준 적도 없던 것 같았다. 마치 안개가 한 점 구름 없는 맑은 창공에서 사라지듯, 모든 근심과 걱정, 아주 가벼운 마음의 동요까지도 그녀의 웃음 속에서 증발되어버렸으며 이 매혹적인 친밀감 속으로 녹아들어버렸다.

이윽고 쥘리에트와 아벨이 우리를 찾아왔다. 우리는 너도밤나무 숲 벤치에 앉아 스윈번의 시 「시대의 승리」를 각자 한 소절씩 읊으며 하루의 마지막을 보냈다. 저녁이 왔다.

그 자리를 떠날 때 알리사가 내게 입을 맞추며 말했다.

"자, 이제 다시는 소설가처럼 엉뚱한 생각 않겠다고 약속해."

반은 농담조였지만 마치 누나가 타이르는 것 같기도 했다. 나의 분별없는 행동 때문에 그런 태도를 취하게 된 것 같기도 했고, 기꺼이 그 역할을 떠맡은 것 같기도 했다.

"그래, 약혼했니?" 다시 단둘이 있게 되자마자 아벨이 물었다. 파리행 열차 안에서였다.

"이보시게, 그런 건 문제가 아니야." 나는 대답했다. 이어서 다른 질문들을 모두 차단한다는 듯 덧붙였다. "이대로가 훨씬 좋아. 오늘 저녁처럼 행복했던 적은 없었어."

"나도 그래!" 그가 갑자기 내 목을 끌어안으며 외쳤다. "정말 멋지고 신기한 일을 네게 이야기해주겠어. 제롬! 쥘리에트를 미칠 듯 사랑해! 작년에도 어렴풋이 그런 걸 느꼈어. 하지만 그

동안 이런저런 경험을 했고, 그녀를 다시 보게 될 때까지는 함구하기로 작정하고 있었던 거야. 이제 끝났어. 내 삶이 결정된 거야. '오, 나는 사랑하노라! 아니 사랑한다기보다는 숭배하노라! 나의 쥘리에트를!' 나는 오래전부터 네게서 형제로서의 애징 같은 것을 느껴왔던 것 같아!"

이어서 그는 웃고 장난치면서 팔을 벌려 나를 껴안고는 열차 좌석 위에서 마치 어린아이처럼 뒹굴었다. 그의 고백을 듣고 나는 웬일인지 숨이 막혔다. 그리고 그의 고백에 뭔가 문학적인 냄새가 나는 것이 적잖이 거슬렸다. 하지만 그토록 희열에 들떠 있는 그를 어찌 말릴 수 있겠는가?

"오, 그래! 그래, 고백했어?" 그가 하도 격정적으로 말을 쏟아내는 탓에 겨우 틈을 내서 물을 수 있었다.

"아니지! 절대 아니지!" 그가 소리쳤다. "사랑 스토리에서 가장 매력적인 부분을 그런 식으로 뛰어넘으면 안 되지! '사랑의 가장 아름다운 순간은 그대를 사랑하노라고 말할 때가 아니리니…….' 이봐, 아직 고백을 안 했다고 나를 책망하지는 않겠지. 너야말로 '느림의 대가'이니까 말이야."

"하지만," 내가 약간 짜증이 나서 말했다. "그렇다면 네 생각에는 그녀도……."

"너, 그녀가 나를 보자마자 당황하는 거 보지 못했니? 우리가 거기 있는 동안 내내 안절부절못하고, 얼굴을 붉히고, 온갖 수다를 다 떨고……. 아니야, 너는 당연히 눈치채지 못했겠지. 온통 알리사에게만 정신이 팔려 있었으니……. 어찌나 물어보는 게 많던지! 어찌나 내 말에 솔깃해하던지! 일 년 동안 엄청나게 지식이 늘었어. 대체 왜 네가 그녀가 독서를 좋아하지 않는다는 생각을 했는지 모르겠더군. 너는 책이란 것은 오로지 알리사를 위해서만 존재하는 줄 알고 있지? 하지만 아니올시다. 쥘리에트가 얼마나 유식한지 놀랄 정도였어. 저녁 식사 전에 우리가 뭘 하면서 놀았는지 알아? 단테의 「칸조네」를 외우면서 놀았다니까. 둘이서 번갈아 가며 한 행씩 외웠는데 내가 틀리면 그녀가 고쳐주었어. 너도 아는 걸 거야. 'Amor che nella mente mi ragiona(내 마음에 속삭이는 사랑의 그리움이여).' 너 그녀가 이탈리아어를 배웠다는 이야기를 왜 내게 해주지 않았지?"

"나도 전혀 몰랐어." 내가 놀라서 말했다.

"뭐야! 「칸조네」를 시작하면서 네가 가르쳐주었다고 하던데."

"내가 언니에게 읽어주는 걸 들은 걸 거야. 우리들 곁에서 자주 바느질을 하거나 수를 놓곤 했거든. 하지만 전혀 알아듣는 것 같지 않았는데……."

"맞아! 너하고 알리사는 정말 이기주의자야. 너희들은 그저 너희들의 사랑에만 푹 빠져서 이 지성이, 이 영혼이 찬란하게 꽃피어나는 것에는 눈길 하나 주지 않은 거야. 뭐, 나를 치켜세우는 건 아니지만, 내가 때맞춰 나타난 거지……. 아니야, 아니야, 너도 잘 알겠지만 너를 탓하자는 게 아니야." 그는 다시 한 번 나를 껴안으며 말했다. "단지 한 가지만 약속해줘. 알리사에게는 한 마디도 하지 마. 내 일은 나 혼자 알아서 하겠어. 쥘리에트는 이제 내게 사로잡혔어. 확실해. 다음 방학 때까지 그냥 내버려둬도 될 거야. 지금부터 그녀에게 편지도 쓰지 않을 작정이야. 하지만 신년 휴가 때 너랑 나는 르아브르에 가서 지내게 될 거고, 그러면……."

"그러면?"

"알리사는 우리가 약혼했다는 사실을 갑자기 알게 되겠지. 나는 일을 신속하게 처리할 작정이야. 그러면 어떻게 되는지 알아? 우리가 본보기가 됨으로써 네 힘으로 얻어내지 못한 알리사의 동의를 얻어낼 수 있게 해줄 거란 말이야. 우리가 너희보다 먼저 결혼할 수는 없지 않느냐고 설득하면 될 거야."

그는 이야기를 계속하면서 끝없는 이야기의 물결 속에 나를 빠뜨렸고, 기차가 파리에 도착할 때까지 그치지 않았으며 심지어 학교 교내에 들어와서도 끝내지 않았다. 우리가 역에서부터 학교까지 걸어왔는데도, 밤이 꽤 깊었는데도 아벨은 내 방까지 찾아왔고, 우리는 날이 밝을 때까지 이야기를 나누었던 것이다.

열광에 사로잡힌 아벨은 과거와 미래를 마음대로 주물렀다. 그는 이미 우리 두 쌍의 결혼식을 눈앞에 떠올리며 그에 대해 이야기했다. 그는 우리들 각자의 즐거움과 놀람을 상상하고 묘사했다. 그는 우리들의 아름다운 이야기, 우리들의 우정, 나의 사랑에서 그가 행한 역할에 도취했다.

나도 어쩌지 못하고 그토록 달콤한 그의 열정에 빠져들었고 그의 꿈같은 제안이 주는 매력에 서서히 굴복하고 말았다. 우리들의 사랑 덕분에 우리의 야망과 용기도 부풀어 올랐다. 대학을 졸업하자마자 우리 두 쌍은 보티에 목사님의 주례로 결혼을 한다. 넷은 함께 신혼여행을 간다.

이어서 우리는 각자 거창한 일에 뛰어들 것이고 우리 아내들은 기꺼이 조력을 해주리라. 교수직에 별로 관심이 없으며 글 쓰는 재주를 타고 났다고 믿고 있는 아벨은 몇 편의 성공적인 희곡 작품을 써서 이제껏 지니지 못하고 있던 재산을 순식간에 벌어들이게 되리라. 연구를 통해 얻게 될 소득보다는 연구 자체에 더 흥미를 느끼고 있는 나는 종교 철학에 몰두해서 종교 철학사를 쓰게 되리라……. 하지만 그 모든 소망들을 지금 와서 회상해본들 무슨 소용이 있겠는가?

다음 날 우리는 다시 공부에 몰두했다.

제4장

새해 방학 때까지 남은 기간이 짧았기에 알리사와의 마지막 만남에서 한껏 고양되었던 내 믿음은 한순간도 꺾이지 않았다. 나는 약속한 대로 일요일마다 그녀에게 장문의 편지를 썼다. 평일에는 친구들과 멀리하고 아벨만 자주 만났다. 나는 오로지 알리사 생각만 하고 지냈으며 좋아하는 책을 볼 때도 나 자신의 흥미보다는 그 책에서 그녀가 흥미를 보일 부분을 찾으며 그녀에게 도움이 될 만한 표시들을 잔뜩 해놓았다. 그녀의 편지들에는 나를 불안하게 만드는 구석이 있었다. 그녀는 내 편지에 꼬박꼬박 답장을 했지만 그녀가 내게 보이는 열성은 그녀 자신의 마음에서 우러나온 것이라기보다는 나의 공부를 격려하고자 하는 배려에서 비롯된 것 같았다. 그리고 나는 오로지 내 생각을 보여주고 싶은 의도에서 작품에 대한 평가와 논의, 비평 등을 했지만 그녀는 오히려 그런 것들을 자신의 생각을 감추는 수단으로 사용하는 것 같았다. 나는 이따금 그녀가 일부러 장난으로 그러는 게 아닌가 하는 의심이 들기도 했다. 하지만 무슨 상관이랴! 아무런 불평도 하지 않기로 굳게 작정하고 있던 나는 내 편지에서 그런 불안한 기색을 조금도 드러내지 않았다.

12월 말경 아벨과 나는 르아브르를 향해 출발했다.

나는 먼저 플랑티에 이모 집으로 갔다. 내가 이모 집에 도착했을 때 이모는 집에 안 계셨다. 하지만 내가 방에서 짐을 풀자마자 하인이 내게 오더니 이모가 응접실에서 나를 기다리고 계신다고 전했다.

이모는 내 건강이며 숙소며 공부 등에 대해 물어보신 후 분명 애정이 깃든 호기심에서였겠지만 조심성 없이 불쑥 물으셨다.

"애야, 네가 아직 내게 이야기를 해주지 않았구나. 그래, 퐁그즈마르에서의 일은 잘됐니? 너와 알리사 사이에 무슨 진전은 있니?"

이모가 보여준 그 경솔한 애정은 견디기 어려웠다. 제아무리 순수하고 부드러운 표현이라도 난폭하게 여겨질 수밖에 없는 섬세한 감정들을 그런 식으로 간단하게 취급해버리는 이모의 말을 듣고 있는 것은 정말 괴로운 일이었다. 그럼에도 불구하고 그토록 소박하고 다정한 이모의 말투에 대해 화를 낸다는 것은 바보짓이었다. 하지만 나도 처음에는 대꾸를 좀 하긴 했다.

"이모님, 약혼은 너무 이른 것 같다고 봄에 말씀하시지 않으셨어요?"

"그래, 나도 안다. 처음에는 다 그렇게 말하는 법이란다." 이모는 내 손을 잡더니 비장하게 움켜쥐면서 말을 이었다. "게다가 네 학업과 군복무 때문에 네가 몇 년 내로 결혼할 수 없다는 것도 잘 알아. 나는 개인적으로, 약혼 기간이 길면 안 좋다고 생각한단다. 아가씨들이 지칠 수도 있고…… 가끔 애처로운 일이 벌어지기도 하고…… 게다가 뭐 꼭 정식 약혼식이 필요한 것도 아니야……. 그저, 이제 더 이상 그 아가씨를 쫓아다닐 필요가 없다는 걸 은밀하게 확인시켜주는 것일 뿐이지. 그리고 편지 왕래라든지 교제가 정식으로 허용되는 거겠지. 그리고 흔히 일어나는 일이지만, 만일 다른 혼담이 들어오면," 이모는 은근한 미소를 지으며 넌지시 말했다. "아주 정중하게 거절할 수가 있지. 그럴 필요 없다고 말이야. 아, 참, 쥘리에트에게 청혼이 들어온 거, 너도 알고 있지? 그 애가 이번 겨울에 사람들 눈길을 많이 끌었단다. 아직 좀 어리긴 한데……. 그 애도 그렇게 답했지. 하지만 그 청년은 기다리겠다고 했단다. 정확히 말한다면 청년이라고 하긴 좀 뭣하지만……. 어쨌든 좋은 혼처야. 아주 틀림없는 사람이니까. 너, 내일 그 사람을 볼 수 있을 거다. 우리 집 크리스마스트리를 보러 올 거니까. 네가 보기엔 어떤지 말해주렴."

"하지만 이모님, 그 사람 공연한 짓을 하는 게 아닐까요? 쥘리에트는 다른 사람을 염두에 두고 있는 것 같던데요." 나는 아벨의 이름을 직접 거명하지 않으려고 애쓰면서 말했다.

"그래?" 이모는 미심쩍다는 듯 입술을 삐죽 내밀고 고개를 갸우뚱하면서 말했다. "놀라운 얘기네! 그런데 그 애가 왜 내게 이야기하지 않은 거지?"

나는 더 이상 말을 하지 않기 위해 입술을 깨물었다.

"그것 참! 어디 두고 보자꾸나. 그 애가 요즘 좀 아픈 것 같던데……. 하지만 지금 우리들이 그 애 이야기를 하고 있던 건 아니지……. 아! 알리사도 참 사랑스러운 애야……. 그런데, 얘야, 그 애한테 선언을 했니, 안 했니?"

'선언'이라는 말이 너무 거친 표현인 것 같아 내심 잔뜩 반감을 느꼈지만 정면으로 질문을 받은 데다 거짓말을 할 줄 모르는 성격이라서 나는 모호하게 대답했다.

"네."

나는 대답을 하면서 얼굴이 화끈 달아올랐다.

"그래, 뭐라고 하든?"

나는 고개를 떨구었다. 나는 대답하고 싶지 않았다. 하지만 마지못해서인 듯 더 모호하게 대답했다.

"약혼을 거절했어요."

"그래? 그 애가 옳아! 너희들에게는 시간이 얼마든지 있지. 아무렴!"

"오, 제발 그만하세요." 나는 이모의 말을 멈추고 싶었지만 소용이 없었다.

"하긴 그 애가 그런 말을 했다는 게 놀랄 일도 아니지. 그 애가 너보다 훨씬 분별력이 있어 보이니까. 그 애는……."

당시 내가 무슨 감정에 사로잡혔는지는 지금도 모르겠다. 이모의 심문에 신경이 날카로워진 때문인지 갑자기 가슴이 터질 것만 같았다. 나는 마음씨 좋은 이모의 무릎에 마치 어린아이처럼 얼굴을 묻고 흐느끼면서 외쳤다.

"이모, 이모는 모르세요. 기다리라고 한 게 아니에요."

"뭐야! 너를 거부했단 말이니?" 이모는 손으로 내 이마를 받쳐 올리면서 연민이 가득 찬 어조로 부드럽게 말했다.

"아니에요……. 꼭 그런 것도 아니에요."

나는 슬픈 듯 고개를 저었다.

"그 애가 너를 사랑하지 않을까 봐 두려운 거니?"

"아, 아니에요! 제가 두려워하는 건 그런 게 아니에요."

"얘야, 좀 더 자세히 설명해야 내가 알아들을 거 아니니?"

나는 나의 나약한 모습을 그대로 드러낸 것이 부끄럽고 슬펐다. 이모는 분명 내가 불안해하는 까닭을 이해할 수 없었을 것이다. 하지만 알리사의 거절 뒤에 뭔가 분명한 동기가 숨어 있다면 이모가 알리사에게 넌지시 물어보아 내가 그 이유를 밝혀내는 데 도움을 줄 수도 있을 것 같았다. 그런데 이모 스스로 먼저 그 말을 꺼냈다.

"얘야, 내 말 좀 들어 봐라. 알리사가 내일 아침 크리스마스 트리 꾸미는 걸 돕기 위해 올 거란다. 내가 어떻게 된 영문인지 당장 알아보고 점심 식사 때 네게 알려주마. 분명히 네가 아무 걱정할 게 없다는 걸 알게 될 거다."

나는 외삼촌 집에 저녁 식사를 하러 갔다. 실제로 며칠 전부터 앓고 있던 쥘리에트는 내게 딴 사람처럼 보였다. 눈길이 약간 사납고 차가워 보이는 것이 전보다도 더 언니와 달라 보였다. 그날 저녁 나는 두 사람 중 그 누구와도 특별히 이야기를 나눌 기회가 없었다. 게다가 나도 그럴 마음이 없었고, 외삼촌이 무척 피곤해 보였기에 나는 식사 뒤 곧 물러나왔다.

플랑티에 이모가 준비하는 크리스마스트리는 매년 많은 아이들은 물론이고 친척들과 친지들을 불러 모았다. 크리스마스트리는 계단을 통해 올라가는 현관 입구에 세워놓았다. 트리 장식은 아직 끝나지 않았다. 내가 도착한 다음 날인 크리스마스 날 아침에 이모가 말씀하신 대로 나뭇가지에 온갖 장식이며, 촛불, 과일, 과자, 장난감 같은 것을 매다는 일을 돕기 위해 알리사가 아침 일찍 이모 집으로 왔다. 나도 기꺼이 그녀 곁에서 그 일을 돕고 싶었지만 이모에게 그녀와 이야기할 시간을 내드려야 했다. 나는 그녀를 만나지 않고 집을 나섰으며 오전 내내 불안한 마음을 애써 달래야만 했다.

나는 먼저 외삼촌 집으로 갔다. 쥘리에트를 몹시 만나고 싶었던 것이다. 하지만 나보다 앞서 아벨이 그녀 곁에 있는 것을 보고는 중요한 대화에 방해가 될까 봐 바로 물러나와 점심 식사 시간이 될 때까지 부둣가와 거리를 헤매고 다녔다.

"이런 바보 같으니!" 내가 집 안으로 들어서자 큰이모가 소리쳤다. "그런 쓸데없는 걱정이나 하면서 세월 다 보낼 셈이냐! 네가 오늘 아침에 내게 해준 이야기는 도무지 종잡을 수가 없더구나. 그래서 아주 솔직하게 물어봤다. 우리 일을 돕느라 지친 미스 애슈번을 산책이나 하라고 내보낸 다음 알리사랑 단둘이 있게 되자 왜 이번 여름에 약혼을 하지 않았느냐고 단도직입적으로 물었다. 네 생각에는 그 애가 당황했을 것 같지? 아니다. 조금도 흔들리지 않고 조용히 대답하더구나. 동생보다 먼저 결혼하고 싶지 않다는 거였다. 네가 좀 더 솔직하게 물었다면 네게도 똑같이 대답해주었을 거다. 걔가 괴로워한 것도 그 때문이었던 거야. 얘야, 이 세상에 솔직한 것보다 좋은 건 없단다. 불쌍한 알리사……. 아버지 곁을 떠날 수 없다는 말도 하더구나……. 우리는 정말 많은 이야기를 했다. 정말 속이 깊은 애야. 자기가 정말 네게 어울리는 사람인지 아닌지 확신이 안 선다는 이야기도 하더구나. 자기 나이가 너무 많은 것 같다며 쥘리에트 나이 정도가 네게 어울릴 것 같다는 말도 했고……."

이모는 말씀을 계속하셨다. 하지만 더 이상 내 귀에 들어오지 않았다. 내게는 단 한 가지만이 중요했다. 알리사가 동생보다 먼저 결혼하기를 거부한다는 사실이었다. 그렇다면 아벨이 있지 않은가! 그 잘난 체하는 친구가 옳았다. 그의 말마따나 그는 우리 두 쌍의 결혼을 동시에 추진하고 있지 않은가…….

나는 이 간단한 사실을 확인하고 흥분했다. 하지만 이모에게는 그 흥분을 감추고 아주 자연스럽게 기쁜 모습만 드러내려고 애썼다. 이모는 이모 자신이 내게 그 기쁨을 선사했다고 생각하고 아주 흡족해하셨을 것이다. 점심 식사를 끝내자마자 적당한 핑계를 대고 나는 이모 집에서 나왔다. 아벨을 급히 만나보고 싶어서였다.

"거봐, 내가 뭐라고 했어!" 아벨은 내 기쁨을 그에게 전해주자 나를 껴안으며 외쳤다. "이봐, 오늘 아침 쥘리에트와 나눈 이야기는 거의 결정적이라고 말해줄 수 있어. 비록 우리는 네 이야기만 했지만 말이야. 하지만 좀 피곤하고 신경이 예민해 보이더군……. 너무 깊은 이야기를 하다가는 그녀가 불안해할까 봐 걱정이 되었어. 너무 오래 함께 있다가는 흥분시킬까 봐 걱정도 되었고……. 네가 한 말을 듣고 보니 다 된 거야! 얼른 가서 지팡이와 모자를 가져올게. 네 외삼촌 집으로 함께 가자고……. 혹시 내가 가는 도중 날아오르면 붙잡아줄 준비 단단히 하고……. 지금 오리포리온(괴테의 파우스트에 나오는 파우스트와 헬레나 사이에 태어난 아들로서 하늘로 날아오름 – 옮긴이 주)보다 더 몸이 가벼워진 기분이라니까……. 자기 언니가 네 청혼을 거절한 게 오로지 자기 때문이라는 걸 쥘리에트가 안다면……. 그리고 곧바로 내가 청혼을 한다면……. 아, 제롬, 벌써 오늘 저녁 크리스마스트리 앞에서 기쁨의 눈물을 흘리실 아버지 모습이 보이는 것 같아. 무릎을 꿇고 있는 네 명의 약혼자들 머리 위에 축복의 손길을 뻗으시는 모습이 보이는 것 같아. 미스 애슈버튼은 한숨 속에 증발해버릴 것이고 플랑티에 이모는 블라우스 속으로 녹아내릴 것이며 환하게 불이 밝혀진 크리스마스트리는 하느님의 영광을 찬미하며 복음서에 나오는 산들처럼 손뼉 칠 거야 (「이사야」55장 12절).”

해 질 무렵이 되어서야 크리스마스트리의 불이 켜졌고 주변에 아이들과 친척들, 친지들이 모였다. 아벨과 헤어진 후 나는 너무나 초조하고 불안해서 생트아드레스 절벽까지 멀리 산책을 갔다. 도중에 길을 잃고 헤맨 탓에 이모 집에 돌아왔을 때는 이미 크리스마스 축제가 시작된 뒤였다.

현관에 들어서자마자 알리사의 모습이 보였다. 그녀는 나를 기다리고 있었던 듯 곧장 내게로 왔다. 그녀는 밝은색 블라우스의 목 부분에 오래된 자그마한 자수정 십자가를 걸고 있었다.

어머니를 기억하기 위해 내가 그녀에게 준 목걸이로서 아직 그녀가 그 목걸이를 목에 걸고 있는 모습을 본 적은 없었다. 초췌한 모습에 고통스러운 표정을 하고 있어 마음이 아팠다.

"왜 이렇게 늦은 거야?" 그녀가 뭔가에 짓눌린 듯 빠르게 말했다. "너하고 이야기를 나누고 싶었는데."

"절벽까지 갔다가 길을 잃었어……. 그런데 어디 아파? 오, 알리사, 대체 무슨 일이야?"

그녀는 마치 당황스러운 듯 내 앞에 서서 입술을 바르르 떨었다. 그토록 고통스러워하는 모습에 가슴이 옥죄어와 나는 감히 질문조차 하지 못했다. 그녀는 내 얼굴을 끌어당기려는 듯 내 목에 손을 댔다. 뭔가 하고 싶은 말이 있는 것 같았다. 그런데 바로 그 순간 손님들이 들어섰다. 그녀는 맥이 풀린 듯 손을 떨어뜨렸다.

"더 이상 시간이 없어." 그녀가 중얼거렸다. 그러고는 내 눈에 눈물이 글썽한 것을 보고, 마치 내 시선이 던지는 질문에 답하듯 말했다. 마치 이런 말도 안 되는 해명으로 나를 안심시키려는 듯이…….

"아니야……, 걱정 마……. 그냥 머리가 좀 아플 뿐이야. 애들이 너무 시끄러워서……. 그래서 이리로 피해 온 거야…… 이제

가봐야겠어."

그녀가 갑자기 내 곁을 떠났다. 집 안으로 들어선 사람들이 그녀와 나 사이를 갈라놓은 셈이었다. 나는 그녀를 따라 응접실로 들어가 그녀를 만나려 했다. 방 안쪽에 그녀의 모습이 보였다. 그녀는 아이들에게 둘러싸여 놀이를 설명해주고 있었다. 그녀와 나 사이에는 아는 사람들이 여럿 있었기에 그 사람들 곁을 지나간다면 가는 도중 누구에겐가 붙잡힐 것만 같았다. 나는 누군가와 인사나 대화를 나눌 수 있는 상황이 아니었다. 혹시 벽을 따라서 간다면……

나는 시도해보았다. 내가 정원으로 향한 커다란 유리문 앞을 지날 때 누군가 내 팔을 잡았다. 쥘리에트였다. 그녀는 문틈에 반쯤 몸을 숨기고 커튼에 몸을 가린 채 그곳에 서 있었다.

"온실로 가자." 그녀가 다급하게 말했다. "할 말이 있어. 오빠가 먼저 가 있어. 금방 따라 갈게."

그런 뒤 문을 살짝 열고 그녀는 정원으로 사라졌다.

대체 무슨 일이 있었던 것일까? 나는 아벨을 다시 만나고 싶어졌다. 그가 무슨 말을 한 것일까? 그가 무슨 짓을 한 것일까? 나는 현관으로 되돌아 나와 쥘리에트가 기다리고 있는 온실로 갔다.

쥘리에트는 얼굴이 새빨갛게 달아올라 있었다. 눈썹을 잔뜩 찌푸리고 있어 눈길에 고통스러운 기색이 역력했으며 두 눈이 열에 들뜬 듯 번득이고 있었다. 목소리조차 거칠었고 마치 경련을 일으키고 있는 것 같았다. 그녀는 뭔가 분노에 사로잡혀 흥분해 있었다. 나는 불안한 상태에서도 그녀의 아름다움에 놀랐고, 그 아름다움이 어쩐지 나를 난처하게 만들었다. 우리는 단둘이 있었다.

"언니가 말해줬어?" 나를 보자마자 그녀가 말했다.

"겨우 한두 마디. 내가 늦게야 돌아왔거든."

"내가 언니보다 먼저 결혼하길 언니가 바라고 있다는 걸 오빠는 알아?"

"응, 알아."

그녀가 나를 뚫어져라 바라보았다.

"언니는 내가 누구하고 결혼하길 바라는지도 알아?"

나는 대답 없이 가만히 있었다.

"바로 오빠야!" 그녀가 소리를 질렀다.

"무슨 말도 안 되는 소리를!"

"맞아, 말도 안 되지?" 그녀의 목소리에는 절망감과 승리감이 묘하게 뒤섞여 있었다. 그녀는 몸을 일으켰다. 아니, 그보다는 차라리 몸을 한껏 뒤로 젖혔다고 하는 편이 옳았다.

"이제 내가 뭘 해야 하는지 알겠어." 그녀는 온실 문을 열면서 뜻 모를 말을 중얼거렸다. 이윽고 온실 문이 쾅 하고 닫혔다.

머리가 온통 흔들렸고 가슴이 쿵쾅거렸다. 피가 머리까지 치솟는 것 같았고 관자놀이가 쿵쿵 뛰었다. 혼란에 빠진 가운데 오로지 한 가지 생각밖에는 없었다. 아벨을 만나야 해. 그 친구라면 이 두 자매의 이 이상하기 짝이 없는 말들을 설명해줄 수 있을 거야……. 하지만 나는 다시 응접실로 들어갈 엄두가 나시 않았다. 모두들 당혹해하는 내 꼴을 눈치챌 것이 분명했기 때문이다.

나는 온실 밖으로 나왔다. 정원의 차가운 공기가 내 마음을 어느 정도 가라앉혀주었다. 나는 정원에 얼마간 그대로 머물러 있었다. 어스름이 찾아왔고 저녁 바다 안개가 마을을 짙게 덮고 있었다. 나뭇잎은 다 졌고 하늘은 더없이 황량해 보였다. 노랫소리가 들려왔다. 아이들이 크리스마스트리 주변에 모여 부르는 합창 소리임이 분명했다.

나는 현관을 통해 다시 안으로 들어갔다. 응접실과 곁방의 문이 열려 있었다. 이제 텅 비어버린 응접실에서 피아노에 약간

가려진 채 이모가 쥘리에트와 이야기를 나누고 있는 모습이 보였다. 곁방에는 손님들이 크리스마스트리 주변에 모여 있었다. 아이들이 찬송가를 마쳤고 잠시 침묵이 흐른 뒤에 보티에 신부님이 크리스마스트리 앞에서 설교하듯 이야기를 시작했다. 그는 자신이 이른바 '좋은 씨뿌리기' 기회를 결코 놓치는 법이 없었다. 불빛과 열기가 왠지 불쾌했다. 나는 밖으로 나가려 했다. 순간 문간에 기대 서 있는 아벨의 모습이 보였다. 조금 전부터 그곳에 있었던 것이 분명했다. 그는 적의를 품은 눈길로 나를 바라보더니 우리의 시선이 마주치자 어깨를 으쓱했다. 나는 그에게 다가갔다.

"이런 바보!" 그가 나지막하게 내뱉더니 불쑥 밖으로 나가자고 말하며 덧붙였다. "아버지의 훌륭한 말씀들은 이제 진절머리가 나!"

밖으로 나가자마자 걱정스런 표정으로 그를 바라보는 내게 그가 다시 한번 "이런 바보!"라고 되풀이했다. "이 바보야! 그녀가 사랑하는 사람은 바로 너란 말이야! 그래, 그 말을 내게 해 줄 수 없었니?"

나는 어안이 벙벙했다. 도무지 무슨 말인지 알아들을 수조차 없었다.

"그래, 그럴 수 없었겠지! 너 혼자선 알아차릴 수도 없었을 테니!"

그는 내 팔을 붙잡고 사납게 흔들었다. 앙다문 입 사이로 흘러나오는 그의 목소리는 떨리고 있었고, 쇳소리가 났다.

그가 큰 걸음으로 나를 이리저리 끌고 다니는 동안 나는 한동안 아무 말도 하지 못했다. 이윽고 나 역시 떨리는 목소리로 그에게 말했다.

"아벨, 제발 흥분을 가라앉히고 무슨 일이 있었는지 말해줘. 난 정말 아무것도 몰라."

희미한 가로등 불빛 아래서 그가 갑자기 나를 멈춰 세우더니 내 얼굴을 똑바로 바라보았다. 그러더니 나를 와락 끌어안으며 머리를 내 어깨에 묻은 채 흐느끼며 중얼거렸다.

"미안해! 나 역시 바보였어. 너만큼 제대로 보지 못한 거야."

울음이 그를 좀 진정시킨 것 같았다. 그는 다시 고개를 들더니 걸음을 옮기면서 말을 이었다.

"무슨 일이 있었느냐고? 지금 그 이야기를 한들 무슨 소용이 있겠어? 네게 말했듯이 아침에 쥘리에트하고 이야기를 했어. 유달리 예쁘고 활기가 있었어. 나는 나 때문인 줄 알았지. 그런데 오로지 둘이서 네 이야기를 한 때문이었어."

"그때는 그걸 몰랐니?"

"확실하게는 몰랐어. 하지만 이제는 사소한 것들까지도 훤히 다 이해가 돼."

"오해한 게 아닌 게 확실해?"

"오해! 이봐, 장님이 아니고서야 그녀가 널 사랑한다는 게 안 보일 리 없어!"

"그렇다면 알리사는……."

"자기를 희생한 거야. 동생의 비밀을 알아차리고는 양보하려 한 거지. 어때, 이 친구야! 뭐, 그렇게 이해하기 힘든 이야기도 아니잖아. 하지만…… 나는 쥘리에트에게 다시 한번 이야기를 해보려고 했어. 그런데 이야기를 꺼내자마자, 아니 내가 무슨 말을 하는지 알아듣자마자 나와 함께 앉아 있던 소파에서 벌떡 일어나더니 몇 번이고 '분명히 그럴 줄 알았어'라고 되풀이 하더군. 그 어느 것도 확신하지 못하는 사람의 말투로……."

"이봐, 제발 그런 말장난은 그만둬줘."

"왜? 난 이 이야기 자체가 한바탕 재미난 소극(笑劇) 같은 데……. 쥘리에트는 제 언니 방으로 뛰어들었어. 갑자기 격한 목소리가 들리기에 깜짝 놀랐지. 나는 쥘리에트를 다시 만나고 싶었지만 잠시 후 방에서 나온 건 알리사였어. 머리에 모자를 쓰고 있더군. 나를 보더니 어색해하는 것 같았어. 내게 황급히 인사말을 건네고는 지나가더군……. 그게 다야."

"쥘리에트는 다시 만나지 못했고?"

아벨은 잠시 망설였다.

"봤어. 알리사가 가버리자 내가 방문을 열었어. 쥘리에트가 벽난로 앞 대리석 위에 팔꿈치를 기댄 채 꼼짝 않고 있더군. 뚫어져라 거울을 들여다보고 있었어. 내가 들어오는 소리를 듣고도 고개조차 돌리지 않은 채 발을 구르며 '제발 좀 내버려 둬!'라고 소리 지르더군. 너무 냉담한 목소리라서 더 이상 아무 말도 못하고 나와버렸지. 정말로 그게 다야."

"그러면…… 이제……?"

"어휴, 다 털어놓고 나니 속이 시원하네……. 이제 어떻게 하느냐고? 그야 어떻게 해서든 쥘리에트의 상사병을 고쳐줘야지. 내가 알리사를 잘못 안 게 아니라면 말이야. 그러지 않으면 그녀는 네게 돌아오지 않을걸."

우리는 한동안 말없이 거닐었다.

"돌아가자." 이윽고 그가 말했다. "지금쯤 손님들도 다 갔을 거야. 아버지께서 기다리고 계실지 몰라."

우리는 되돌아갔다. 응접실에는 아무도 없었다. 곁방에는 장식도 벗겨내고 불도 꺼진 크리스마스트리 곁에 이모와 이모의 두 아들, 뷔콜랭 외삼촌, 미스 애슈버튼, 목사님, 알리사와 쥘리에트, 꽤 우스꽝스러워 보이는 사람 한 명이 남아 있었다. 나는 그 사람이 이모와 길게 이야기 나누는 것을 보았었지만 그때까지도 그가 바로 쥘리에트가 말한 그 청혼자라는 것은 모르고 있었다. 그는 우리들 중 그 누구보다도 키가 크고 건장했으며 혈색이 좋았고 머리도 거의 다 벗겨져 있었다. 마치 신분이나 환경, 인종이 전혀 다른 사람 같았고 우리들 사이에서 스스로 이방인인 듯 느끼고 있는 것 같았다. 그는 카이젤 수염처럼 갈라진 거대한 콧수염 끝을 초조한 듯 잡아당기고 비틀고 있었다. 현관문은 열려 있었고 불은 꺼져 있었다. 우리 둘 다 소리를 내지 않고 조용히 들어섰기에 아무도 우리가 온 것을 알아차리지 못했다. 순간 나는 뭔가 무서운 예감에 사로잡혔다.

"잠깐!" 아벨이 내 팔을 붙잡았다.

그 미지의 사나이가 쥘리에트에게 다가가는 모습이 보였다. 그가 쥘리에트의 손을 잡았고 그녀는 그에게로 시선을 돌리지도 않은 채 하는 대로 내버려두고 있었다. 캄캄한 어둠이 내 마음에 몰려왔다.

"아벨, 대체 무슨 일이지?" 나는 도무지 이해할 수 없다는 듯, 혹은 차라리 잘못 알고 있기를 바란다는 듯 말했다.

"맙소사! 그녀가 자기를 스스로 막 깎아내리고 있는 거야." 그가 쉿소리를 내며 말했다. "언니에게 지고 싶지 않다는 거지. 천사들이 저 높은 곳에서 박수를 치겠다!"

미스 애슈번, 이모와 함께 쥘리에트를 둘러싸고 있던 외삼촌이 쥘리에트에게 와서 그녀를 껴안았다. 보티에 목사가 가까이 다가왔다……. 나는 한 걸음 앞으로 나섰다. 순간 알리사가 내 모습을 알아채고 내게 달려와 떨리는 목소리로 말했다.

"제롬, 이러면 안 돼! 쥘리에트는 저 남자를 사랑하지 않아! 오늘 아침에도 그렇게 말했어. 어서 말려, 제롬! 아, 쟤가 어쩌려고……."

알리사는 절망적으로 애원하면서 내 어깨에 매달렸다. 그녀의 고통을 덜어줄 수만 있다면 목숨이라도 바치고 싶은 심정이었다.

크리스마스트리 곁에서 갑자기 비명이 들렸다. 이어서 혼란스런 움직임……. 우리는 달려갔다. 쥘리에트는 정신을 잃고 이모의 품에 쓰러졌다. 저마다 달려들어 그녀에게 몸을 기울이고 있었기에 나는 가까스로 그녀를 볼 수 있었다. 마치 헝클어진 머리카락이 무섭도록 창백해진 그녀의 얼굴을 뒤로 잡아당기고 있는 것 같았다. 그녀의 몸이 움찔움찔하는 것으로 보아 예사로운 기절이 아닌 것 같았다.

"오, 아니야! 아니야!" 이모가 겁에 질린 외삼촌을 달래며 높은 목소리로 외쳤다. 보티에 목사는 집게손가락을 하늘로 향한 채 외삼촌을 위로했다. 이모가 계속 외쳤다. "아니야! 정말 아무것도 아닐 거야! 흥분했을 뿐이야. 단순한 신경 발작이야. 테시에르 씨, 당신 힘이 세니까 우리를 좀 도와줘요. 얘를 내 방으로 데려가요. 자, 내 침대로……. 내 침대로……."

그런 후 이모는 당신의 맏아들 쪽으로 가더니 뭐라고 귓속말을 했다. 그러자 그가 곧장 자리를 떴다. 의사를 부르러 가는 모양이었다.

이모와 청혼자는 반쯤 몸이 젖혀진 쥘리에트의 어깨 아래를 받치고 있었다. 알리사는 동생의 다리를 들어 올려 살며시 안고 있었다. 아벨은 아래로 젖혀진 그녀의 머리를 받쳤다. 아벨이 몸을 구부리고 그녀의 흩어져 있는 머리카락을 쓸어 모으며 미친 듯 입을 맞추고 있는 모습이 보였다.

방 앞에서 나는 멈춰 섰다. 사람들이 쥘리에트를 침대에 눕혔다. 알리사가 테시에르 씨와 아벨에게 뭐라고 말했지만 내게는 들리지 않았다. 그녀가 그들을 문 앞까지 배웅하며 쥘리에트가 쉴 수 있도록 플랑티에 이모와 자신만 쥘리에트 곁에 있고 싶다고 말했다.

아벨이 내 팔을 잡고 나를 밖으로 끌어냈다. 우리는 목적도 없이, 기력도 없이, 아무 생각도 없이 오랫동안 어둠 속을 걸었다.

제5장

　나는 사랑 외에는 내가 살아갈 이유를 찾을 수 없었다. 나는 사랑에 매달렸고 그 외에 아무것도 기대하지 않았으며 내 사랑하는 여인에게서 오는 것 외에는 그 어느 것도 기대하고 싶지 않았다.

　이튿날 내가 그녀를 보러 가려고 집을 나서려는데 이모가 나를 멈춰 세우더니 방금 받았다며 내게 편지를 한 통 내밀었다.

　쥘리에트의 심한 흥분 상태는 아침에 의사가 처방해준 물약을 먹고서야 겨우 진정되었어요. 제롬이 며칠간 여기 오지 않았으면 해요. 쥘리에트가 그의 발소리나 목소리를 알아차릴 테니까요. 그 애에게는 절대 안정이 필요

해요. 쥘리에트의 상태로 보아 여기 오래 머물러야 할 것
같아 걱정이 돼요. 고모, 제롬이 떠날 때까지 만날 수 없
게 되면 편지를 할 거라고 전해주세요.

금족령은 오로지 내게만 내려진 것이었다. 이모를 비롯해 누
구든 외삼촌 집의 초인종을 자유롭게 누를 수 있었다. 실제로
이모는 바로 그날 아침에도 그곳에 가볼 작정이었다. 내 발소리
나 목소리? 얼마나 말도 안 되는 구실이란 말인가! 그래, 좋다!
"알았어요. 저는 가지 않겠어요."
당장 알리사를 만날 수 없다는 것은 너무나 쓰린 일이었다.
하지만 한편으로는 만남이 두렵기도 했다. 동생이 저렇게 된
것을 내 탓으로 여길까 두려웠고 화가 난 그녀의 모습을 보느
니 참고 보지 않는 것이 나을 것 같았다.
어쨌든 아벨은 만나보고 싶었다.
밖으로 나가려는데 하녀가 내게 쪽지를 건네주었다.

네가 걱정할까 봐 이렇게 쪽지를 남긴다. 쥘리에트와 그
토록 가까이 있다는 게 견디기 힘들다. 어젯밤 너와 헤어
진 직후 사우샘프턴행 배에 몸을 실었다. 런던에 있는 S의

집에서 나머지 방학을 보낼 작정이다. 학교에서 다시 만
나자.

　인간적 도움을 줄 수 있는 사람들이 동시에 내게서 사라졌다.
그곳에 더 있어봤자 오로지 고통만을 안길 것이 뻔해서 나는 개
학 전에 파리로 돌아왔다. 나는 내 시선을 하느님께로, 모든 참
다운 위안, 모든 은혜와 모든 온전한 선물의 원천인 그분께로
돌렸다. 나는 나의 고통을 그분께 바쳤다. 나는 알리사도 나와
함께 하느님 품에서 안식처를 구하리라 생각했으며, 그녀도 기
도를 하리라는 생각에 힘을 내서 열심히 기도할 수 있었다.
　알리사와 편지를 주고받는 일 외에는 별 다른 일이 벌어지
지 않은 명상과 공부의 시간이 꽤 길게 지속되었다. 나는 그녀
에게 받은 편지를 모두 간직해두었다. 이제부터는 흐릿해진 내
기억을 그 편지들의 도움으로 되짚어갈 수 있을 것이다.
　나는 이모로부터, 처음에는 오로지 이모로부터만, 르아브르
소식을 받아볼 수 있었다. 나는 이모를 통해 처음 며칠 동안 모
두들 쥘리에트의 상태 때문에 너무 불안해했다는 사실을 알 수
있었다. 내가 떠나온 지 12일 만에 나는 알리사의 짤막한 편지
를 받아볼 수 있었다.

사랑하는 제롬, 더 일찍 편지를 하지 못해서 미안해. 불쌍한 쥘리에트의 상태 때문에 그럴 겨를이 없었어. 네가 떠난 이후로 한시도 그 애 곁을 떠날 수 없었어. 고모님께 우리들 사정을 네게 전해달라고 부탁했으니 그렇게 해주셨을 거야. 그런데 사흘 전부터 쥘리에트가 한결 좋아졌어. 벌써 하느님께 감사드리고 있지만 아직 기뻐하기는 이른 것 같아.

　나는 지금까지 로베르 이야기는 별로 하지 않았다. 로베르는 나보다 며칠 뒤늦게 파리로 돌아와서 내게 누이들 소식을 전해 줄 수 있었다. 그의 누이들 때문에 나는 내 마음이 자연스럽게 이끌리는 것 이상으로 그에게 신경을 써주고 있었다. 그는 농과 대학에 다니고 있었으며 학교가 쉴 때마다 나는 그를 돌봐주었고 그를 즐겁게 해주려고 애를 썼다.
　나는 로베르를 통해 알리사나 이모에게 직접 묻기 곤란한 사실들을 알 수 있었다. 에두아르 테시에르는 쥘리에트의 소식이 궁금해서 끈질기게 찾아왔다. 하지만 로베르가 르아브르를 떠날 때까지 그녀는 그를 다시 만나주지 않았다. 또한 내가 떠나온 이후 그녀는 언니 앞에서 완강하게 침묵을 지키고 있었으며 어떤 방법으로도 그 침묵을 깰 수 없었다는 사실을 알게 되었다.

얼마 후 나는 이모를 통해 쥘리에트가 약혼했다는 소식을 들었다. 내가 짐작했던 대로 알리사는 그 약혼이 당장 깨지기를 바랐지만 쥘리에트 자신이 가능한 한 빨리 공표하라고 요구했다는 것이었다. 하도 결심이 단단해서 그 어떤 충고도 명령도 간청도 소용이 없었으며 그런 말을 들으면 그녀는 이마에 주름살을 새긴 채 눈길을 떨구고 침묵에 빠져들었다는 것이다.

시간이 흘렀다. 나는 알리사로부터 매우 실망스러운 짧은 쪽지밖에 받지 못했다. 하지만 나도 무슨 말을 써 보내야 할지 모르는 상태였다. 겨울의 짙은 안개가 나를 감싸고 있었다. 아아, 공부하느라 밝힌 등불도, 내 사랑과 신앙의 열정도 내 마음속 어둠과 냉기를 물리쳐주지 못했던 것이다! 다시 시간이 흘렀다.

그리고 갑자기 봄기운이 돌던 어느 날 아침 알리사가 이모에게 보낸 편지를—이모는 당시 르아브르에 없었다—이모가 내게 보내주었다. 그중 우리들의 이야기에 도움이 되는 부분을 옮겨 적으면 다음과 같다.

고모님 말씀대로 테시에르 씨를 집 안으로 맞아들였어요. 그분과 오랫동안 이야기를 나누었어요. 그분은 나무랄 데

없는 모습을 보여주었고 저는 이 결혼이 애당초 제가 생
각했던 것만큼 불행하지는 않으리라고 생각하게 되었어
요. 물론 쥘리에트가 그분을 사랑하지 않는 건 분명해요.
하지만 한 주 한 주가 지나갈수록 사랑받을 만한 가치가
있는 사람이라고 생각되었어요. 그분은 상황을 정확히
꿰뚫어보고 있었고 쥘리에트의 성격에 대해서도 잘못 보
지 않고 있었어요. 그분은 쥘리에트를 향한 자신의 사랑
이 진정한 사랑이라고 확신하고 있었고 자신의 변함없는
사랑을 꺾을 수 있는 것은 아무것도 없다고 장담했어요.
말하자면 사랑에 푹 빠져버린 거지요.

정말 제롬이 제 동생을 그토록 잘 돌봐주고 있어서 감동
했어요. 저는 제롬이 의무감에서 그렇게 한다고 생각해
요.—아마 저를 기쁘게 해주기 위해서이겠지요—로베르
의 성격은 제롬과 잘 맞지 않거든요. 하지만 수행해야 할
의무가 고되면 고될수록 한층 더 영혼을 갈고 닦을 수 있
고 영혼이 고양될 수 있다는 것을 제롬은 깨달았을 거예
요. 정말로 고결한 생각이지요! 이런 생각을 한다고 저를
너무 비웃지 마세요. 그런 생각이 저를 지탱해주고 있고
쥘리에트의 결혼을 좋은 일로 받아들이려는 제 노력에

도움이 되니까요.

사랑하는 고모님, 고모님의 애정 어린 배려가 얼마나 도움이 되는지 몰라요! 하지만 저는 불행하다고 생각하지 않아요. 오히려 저는 그 반대라고 말할 수도 있어요. 쥘리에트를 뒤흔든 시련이 제게 좋은 여파를 미쳤으니까요. 제가 그 뜻도 제대로 모르면서 입으로 되뇌었던 복음서 말씀의 뜻이 환하게 밝혀진 거예요. 바로 '사람을 믿는 자여, 불행하니라(「예레미야」 17장 5절)'라는 말씀이에요. 제가 성경에서 그 구절을 읽기 전에 제롬이 제게 보내준 작은 크리스마스카드에서도 읽은 적이 있었어요. 제롬이 열두 살, 제가 열네 살이었을 때였어요. 아주 예뻐 보이는 꽃다발 그림이 그려져 있는 카드였고 옆에는 코르네유가 번안해 놓은 이런 시구가 적혀 있었어요.

그 어떤 매력이 세상을 이기고
나를 오늘 하느님께로 인도하는가?
사람들 위에 초석을
쌓는 자는 불행하도다!

솔직히 말씀드리면 저는 예레미아의 그 간결한 구절이 훨씬 더 좋아요. 당시 제롬은 그 문구는 별로 염두에 두지도 않은 채 카드를 골랐을 거예요. 하지만 제롬이 보낸 편지들로 보아, 요즘 제롬은 저와 비슷한 생각으로 기울어져 있는 것 같아요. 저는 우리 둘을 동시에 하느님 곁으로 가까이 가게 해주신 데 대해 매일 하느님께 감사드리고 있어요.

제롬에 대해 고모님과 나누었던 대화를 상기하면서 저는 그의 공부에 방해가 되지 않도록 전처럼 긴 편지는 이제 쓰지 않기로 마음먹었어요. 어쩌면 고모님은 제가 그에 대한 이야기를 이렇게 많이 하는 걸로 보상이 될 거라고 생각하시겠지요. 너무 길어질 것 같으니 이제 그만 써야겠어요. 이번에는 저를 너무 야단치지 마세요.

이 편지를 읽고 내게 얼마나 많은 생각이 들었던가! 나는 이모의 무분별한 간섭(알리사가 편지에서 언급한 대화는 어떤 것이었기에 그녀가 내게 침묵을 지키도록 만든 것일까?)과 이 편지를 내게 보내준 그 눈치 없는 친절이 저주스러웠다. 나는 이미 알리사의 침묵 때문에 괴로워하고 있었는데, 아! 그녀가 내게 해주지 않은 말을 편지를 통해 남에게 해주었다는 사실을 이런 식으로 알려줄 게 뭐란 말인가! 그 모든 것이 나를 화나게 만들었다. 우리 둘 사이의 비밀을 이모에게 그렇게 털어놓다니! 그토록 자연스럽고 그토록 차분하게, 그토록 진지하게, 그리고 그토록 쾌활하게!

"그렇지 않아, 이 딱한 친구야! 이 편지가 자네에게 직접 온 게 아니라는 걸 빼놓고는 뭐 그렇게 화낼 내용이 있나?"라고 늘 나와 함께 지내는 아벨이 내게 말했다. 나는 아벨과만 이야기를 나눌 수 있었다. 내가 고독 속에서 끊임없이 마음이 약해지고 자신을 믿을 수 없게 되어 동정과 공감이 필요해질 때면 나는 우리의 성격 차이에도 불구하고, 혹은 차라리 우리의 성격이 달랐기에 그에게 매달렸다. 내가 어쩔 줄 모르는 상태에 빠졌을 때 그의 충고가 내게 효과가 있음을 알고 있었기 때문이다.

"자, 이 편지를 검토해보자." 그는 편지를 책상 위에 펼쳐놓으면서 말했다. 나는 사흘 밤을 분한 상태에서 보냈고 나흘째까지 그런 분한 마음에 사로잡혀 있었다.

"쥘리에트와 테시에르 문제는 그냥 사랑의 불길 속으로 던져버리자고. 그 불길이 어떤 건지는 우리 잘 알지 않나? 맙소사! 내게는 그 테시에르라는 양반, 그 불길에 타 죽어버리는 나방처럼 보이는군."

"그래, 그 문제는 그냥 넘기지." 나는 그의 농담에 기분이 상해서 말했다. "남은 문제나 이야기해보지."

"남은 문제? 다 네 문제잖아. 한데 뭐가 그리 불만이야! 한 줄 한 줄마다, 한 구절 한 구절마다 온통 네 생각뿐인데……. 그냥 네게 쓴 편지라고 해도 되겠군. 펠리시 이모님이 네게 편지를 보내준 건 진짜 수신인에게 돌려준 것일 뿐이야. 네게 직접 보내기 어려우니까 부득이 저 맘씨 좋은 이모님에게 먼저 보낸 거야. 그 코르네유의 시 구절이, 실은 라신의 시 구절이지만— 이모님에게 무슨 의미가 있겠나? 장담하지만 네게 말을 건 거라니까. 전부 다 네게 보낸 거야. 네 사촌 누이가 보름 내로 이만큼 길고 상냥한 편지를 보내게 만들지 못한다면 너는 정말 멍청이야."

"그녀는 절대로 그렇게 하지 않을걸!"

"그건 오로지 네게 달려 있어! 충고를 원해? 지금부터 사랑이니 결혼이니 하는 이야기는 한 마디도 꺼내지 마. 아주 오랫동안…… 동생 사건이 있고 나서 바로 그 점을 그녀가 원망하고 있다는 걸 모르겠니? 그저 남매간 정에 관한 이야기만 하고, 로베르 이야기만 써 보내라고. 너도 꾹 참으면서 그 바보

녀석을 꾸준히 돌봐주고 있잖아. 그저 그녀의 지성이나 즐겁게 해주라고……. 나머지는 저절로 해결될 거야. 아! 내가 대신 편지를 쓸 수 있다면!"

"너는 그녀를 사랑할 자격이 없어."

그럼에도 불구하고 나는 아벨의 충고를 따랐다. 그러자 실제로 알리사의 편지가 다시 활기를 띠기 시작했다. 하지만 쥘리에트가 행복까지는 아니더라도 최소한 마음의 안정을 찾을 때까지 그녀가 스스럼없이 기쁨을 드러내거나 아무 망설임 없이 마음을 터놓게 하기는 기대하기 어려웠다.

어쨌든 그녀가 전해주는 쥘리에트에 대한 소식은 점차 좋아져 갔다. 쥘리에트는 7월에 결혼식을 올릴 예정이었다. 그때는 나나 아벨이나 공부하느라 정신이 없을 것이라고 알리사는 편지에 썼다. 우리가 결혼식에 참석하지 않는 게 나을 것이라는 속마음을 은근히 드러내고 있었던 것이다. 우리는 시험을 핑계로 축전을 보내는 것으로 대신했다.

결혼식이 있은 지 보름 후에 알리사가 편지를 보내왔다.

사랑하는 제롬에게,

어제 우연히 네가 보내준 예쁜 라신의 책에서 네가 옛날에 보내준 크리스마스카드—난 그걸 성경 갈피에 끼워 넣고 십 년 이상 보관하고 있어—에 적혀 있던 네 행의 시구를 다시 발견하고 얼마나 놀랐는지 몰라.

그 어떤 매력이 세상을 이기고
나를 오늘 하느님께로 인도하는가?
사람들 위에 초석을
쌓는 자는 불행하도다!

나는 그 구절을 코르네유가 쓴 시구로 알았고 솔직히 그다지 대단하다고는 생각하지 않았어. 그런데 그 네 번째 영적 찬가를 계속 읽어가다가 너무 아름다운 구절을 발견하고 네게 보내지 않을 수가 없었어. 네가 책 여백에 아무렇게나 내 이름 머리글자를 적어놓은 것으로 보아 너도 그 구절들을 틀림없이 알고 있었던 것 같아. (실제로 나는 내 책이나 알리사의 책에서 내가 좋아하는 구절을 발견하면 그녀에게 알려주고 싶어서 그녀 이름의 머리글자를 적어놓곤 했다.)
암튼 상관없어. 내가 좋아서 옮겨 적는 거니까. 처음에는 내가 발견했다고 생각한 구절이 실은 네가 이미 내게 보내준 것임을 알고 조금 속이 상하긴 했어. 하지만 너도 나처럼 그 구절을 좋아한다는 생각에 너무 기뻐서, 그런 못된 감정은 씻은 듯 사라졌어. 그 구절을 이렇게 옮겨 적자니 마치 너와 함께 읽고 있는 것 같아.

불멸의 지혜로부터 나온 목소리가
우리에게 울려 우리를 깨우친다.
인간의 자식들이여,
그대들의 수고의 열매는 무엇인가?
헛된 영혼들이여, 그대들은 어찌하여
너희들 혈관을 흐르는 그토록 순수한 피로
너희에게 자양이 될 빵이 아니라
이전보다 더 그대를 배고프게 만드는 헛것을
사들이는 잘못을 저지르는가!
내가 그대에게 권하는 빵은
천사들이 양식으로 삼는 것이니,
하느님께서 그분의 가장 좋은 밀알로
손수 만드신 것이니,
그토록 감미로운 그 빵은

너희가 좇는 세상의
식탁에 오르는 것이 아니니라.
나를 따르는 자에게 이 빵을 주노니
내게 가까이 오라. 너희는 살기를 원하는가?
받아라, 먹어라, 그리고 살아라.

(……)

복되게 당신에게 사로잡힌 영혼은
그대의 멍에 아래서 평화를 얻고,
결코 마르지 않는 생명의 물로
목을 축이리니.
누구나 이 물을 와서 마실 수 있나니,
이 물은 모든 이를 초대하노라.
그러나 우리는 미친 듯 달려 나가며
진흙탕 물을 찾거나
끊임없이 물이 빠져나가는
거짓 웅덩이를 찾고 있나니.

얼마나 아름답니, 제롬! 얼마나 아름답니! 너도 나처럼 정말로 아름답다고 생각하지? 내가 읽고 있는 책에 나온 짧은 주석에 의하면 오말 양이 이 송가를 낭독하는 걸 들은 맹트농 부인이 너무 감동한 나머지 '눈물을 주르르 흘리며' 그 일부를 다시 한번 낭독하라고 시켰대. 나는 이 구절을 전부 암기했고, 아무리 다시 읽어도 싫증이 나지 않아. 내 낭송을 네가 들을 수 없다는 사실이 슬플 뿐이야.

신혼여행 간 사람들에게서는 계속 반가운 소식만 전해 오고 있어. 이 지독한 더위에도 쥘리에트는 베이욘과 비아리츠에서 정말 즐겁게 지냈다는 거야. 그 후 두 사람은 퐁타라비를 방문한 뒤에 뷔르고스에도 머물렀고 피레네 산맥을 두 차례나 넘었대…… 최근에는 쥘리에트가 몽세라에서 아주 들뜬 편지를 보내왔어. 님으로 가기 전에 바르셀로나에 열흘간 머물 거라고 했어. 에두아르는 포도 수확일 때문에 9월까지는 님으로 돌아와야 한대.

일주일 전부터 아버지와 나는 퐁그즈마르에 있어. 미스 애슈번이 내일 올 거고 로베르도 나흘 후면 올 거야. 걔가 시험에 낙제한 걸 너도 알고 있겠지? 시험이 어려웠던 게 아니고 시험관이 워낙 이상한 걸 물어서 당황했던 모양 이야. 그 애가 열심히 공부한다고 네가 써 보낸 걸로 보아 시험 준비가 부족했다고는 생각하지 않아. 아마 시험관이 학생들을 그런 식으로 골탕 먹이는 걸 좋아하는 것 같아.

제롬, 네가 시험을 통과한 것에 대해서는 축하한다는 말도 할 필요가 없을 것 같아. 너무나 당연한 일로 여겨지거든. 제롬, 나는 너를 정말로 굳게 믿고 있어! 네 생각만 하면 마음이 희망으로 벅차오르거든. 이제 네가 내게 말한 적이 있는 연구를 시작할 수 있겠지?

이곳 정원에는 변한 게 아무것도 없어. 하지만 집 안은 텅빈 것 같아! 제롬, 내가 왜 올해는 이곳에 오지 않는 게 좋겠다고 했는지 이해하겠지? 그게 더 나을 것 같아서였어. 나는 그 생각을 틈만 나면 되새기고 있어. 너를 보지 못한 채 이렇게 오래 떨어져 있는 게 정말 힘든 일이거든……. 이따금 나는 나도 모르게 너를 찾고 있는 자신을 발견하곤 해. 책을 읽다가 갑자기 고개를 돌리기도 하고…….

네가 꼭 거기 있는 것 같아서야!

편지를 다시 쓰기 시작했어. 지금은 밤이야. 모두들 잠들어 있어. 나는 창문을 열어놓고 늦게까지 편지를 쓰고 있어. 정원은 향기로 그득하고 공기는 따스해. 우리가 아주 어렸을 때 뭔가 아주 아름다운 것을 보거나 들으면 '하느님, 이런 아름다운 것을 창조해주셔서 감사합니다!'라고 생각했던 거 기억나? 오늘 밤 나는 내 온 마음을 다해 이렇게 생각하고 있어. '하느님 이렇게 아름다운 밤을 만들어주셔서 감사합니다!' 그러자 불현 듯 네가 여기, 내 곁에 있었으면 싶었고, 네가 곁에 있는 것처럼 느꼈어. 너무나 격렬한 느낌이었기에 네게도 그 느낌이 전해졌을지도 몰라.

그래, 너도 편지에서 그렇게 이야기했지. 고결하게 태어난 영혼에게 찬미는 감사의 마음과 함께하는 거라고……. 아, 아직도 쓰고 싶은 게 얼마나 많은지! 나는 쥘리에트가 편지에서 쓴 그 빛나는 나라에 대해 생각하고 있어. 그리고 그보다 훨씬 더 크고, 훨씬 더 빛나고, 훨씬 더 인적이 드문 그런 나라에 대해서도 생각해. 어떤 식으로일지는 모르지만 언젠가 우리가 함께 그 신비스러운 그 거대한 나라를 함께 보게 될 거라는 이상한 확신이 내 속에 자리 잡고 있어.

　내가 이 편지를 읽으면서 그 얼마나 크나큰 기쁨에 사로잡혔는지, 내가 얼마나 애절하게 사랑의 눈물을 흘렸는지 쉽게 짐작할 수 있을 것이다. 이어서 편지들이 줄지어 왔다. 알리사는 분명 내가 퐁그즈마르에 오지 않은 것에 대해 고마워하고 있었으며 금년에는 자기를 보러 오지 말아달라고 간청하고 있었다. 하지만 그녀는 내가 없는 것을 아쉬워하고 있었으며 내가 곁에 있기를 바라고 있었다. 편지를 한 장 한 장 넘길 때마다 나를 부르는 소리가 들리고 있었다. 내가 그 부름에 맞서는 힘을 어디서 얻었던 것일까? 아마도 아벨의 충고와 나의 이 기쁨을 갑자기 잃을 수도 있으리라는 두려움에서였을 것이다. 또한 마음이 이끌리는 것에 대해 저항하는 나의 본능적인 성격에서 비롯되었을 것이다.
　이어서 온 그녀의 편지들 중에서 이 이야기에 도움이 될 부분들을 추려서 소개한다.

사랑하는 제롬에게,

네 편지를 받고 정말 기뻤어. 네가 오르비에토에서 보낸 편지에 대해 답장을 하려던 참이었는데 연달아 페루자와 아시시에서 보낸 편지들이 도착한 거야. 내 마음은 여행 중이고 내 몸만 이곳에 남아 있는 것 같아. 실제로 나는 움브리아의 하얀 길 위에 너와 함께 서 있는 것 같아. 너와 함께 아침에 떠나서 완전히 새로운 눈으로 동이 트는 걸 바라보고 있어. 코르토나의 테라스에서 정말로 나를 불렀니? 네 목소리가 들렸거든……. 아시시 너머 산속에서 정말 지독하게 목이 말랐지! 프란체스코 수도사가 준 물은 얼마나 맛이 좋았던지! 오, 나의 친구! 나는 너를 통해 모든 것을 보고 있어. 성 프란체스코에 대해 네가 써 보낸 이야기들은 얼마나 좋았던지! 맞아, 우리가 추구해야 할 것은 생각의 해방이 아니라 생각의 고양(高揚)이야! 해방에는 언제나 오만이 뒤따르고 오만은 가증스러운 거야. 반항하는 데 야망을 두지 말고 봉사하는 데 야망을 둘지어다…….

님에서 들려오는 소식은 너무 반가운 것뿐이어서 마치 기쁨에 온몸을 맡겨도 좋다는 허락을 하느님으로부터 받은 것만 같아. 이번 여름 유일한 근심은 가엾은 아버지의 상태야. 정성껏 보살펴드리는데도 늘 슬픔에 잠겨 계셔. 아니, 잠시만 혼자 계시게 내버려두면 다시 슬픔에 빠져들어 점점 더 거기서 헤어나오시지 못하는 것 같아. 우리를 둘러싸고 자연에서 들리는 기쁨의 말들이 아버지께는 이상하게 들리는 것 같고 이제는 아예 들으려고도 하시지 않는 것 같아. 미스 애슈버튼은 잘 지내고 계셔. 그분들에게 네 편지를 모두 읽어드리곤 해. 네 편지는 사흘 동안 우리들의 이야깃거리가 되곤 해. 그러면 또 다음 편지가 오고…….

로베르는 그저께 떠났어. 그 애는 남은 방학을 R이라는 친구 집에서 보내려 해. 아버지가 모범 농장을 경영하고 계신대. 확실히 이곳의 우리들 생활이 그 애에게는 즐겁지 않은가봐. 그 애가 떠나겠다고 했을 때 격려해줄 수밖에 없었어.

해줄 말이 너무 많아. 정말로 끝없이 이야기를 이어나가고 싶어. 하지만 이따금 말이나 뚜렷한 생각이 떠오르지 않을 때도 있고……. 오늘 나는 마치 꿈속인 양 이 편지를 쓰고 있어. 뭔가 무한히 풍요로운 것을 주고받은 듯한

숨 막히는 감각을 느끼면서…….

우리가 어떻게 몇 달 동안 아무 말도 않고 지낼 수 있었을까? 분명 겨울잠을 자고 있었나봐. 오, 그 무서운 침묵의 겨울이 영원히 끝나버렸으면! 너를 되찾은 이후로 내 삶, 내 사고, 우리들의 영혼, 모두가 아름답고 찬미할 만하고 한없이 풍요롭게 여겨져.

9월 12일

피사에서 보낸 네 편지 잘 받았어. 이곳 날씨도 너무 좋아. 노르망디가 내게 이토록 아름답게 보인 적은 없었어. 그저께 나는 혼자 들판을 그냥 되는대로 아주 오랫동안 거닐었어. 태양과 기쁨에 흠뻑 취한 채 지친 게 아니라 고양(高揚)이 된 채 집으로 돌아왔어. 작열하는 태양 아래 밀짚 더미들이 얼마나 아름답던지! 굳이 이탈리아에 있다고 상상하지 않더라도 모든 것이 놀랍도록 아름다웠어.

그래, 제롬, 네가 말했듯이 자연의 '은은한 찬가' 속에서 나는 기쁨에의 초대를 듣고 이해했어. 나는 새들의 노래 속에서 그 초대 소리를 들었고 온갖 꽃들의 향기 속에서 그 내음을 맡았으며 기도의 유일한 형태는 바로 찬미밖에 없다는 것을 깨달았어. 형언할 수 없는 사랑에 충만한 성 프란체스코와 함께 '나의 하느님! 나의 하느님! e non altro(오직 그뿐)!'이라고 되풀이하면서.

내가 무지몽매주의에 빠졌다고 걱정할 건 없어. 요즘에도 책을 많이 읽고 있어. 요즘 비가 많이 온 덕분에 찬양하는 마음을 책 속에 접어 넣은 셈이라고나 할까? 말브랑슈를 읽고 나서 곧장 라이프니츠가 클라크에게 보낸 편지를 읽기 시작했어. 그리고 좀 쉬려고 셸리가 쓴 『첸치가(家)』를 읽기 시작했는데 별 재미는 없어. 네가 화를 낼지는 모르지만 우리가 지난여름 함께 읽었던 키츠의 네 편의 오드가 셸리와 바이런의 모든 작품들보다 값진 것 같아. 보들레르의 몇 편의 소네트를 위고의 전 작품과 맞바꾸고 싶은 것과 마찬가지야. 위대한 시인이라는 말은 별 의미가 없어. 중요한 건 순수한 시인이 되는 거야……. 오, 나의 동생! 내게 이 모든 것을 알려주고 이해할 수 있게 해주고 사랑할 수 있게 해주어서 고마워.

아니야, 며칠 동안 만나는 기쁨을 위해 여행을 일찍 끝내지 말아줘. 진지하게 하는 말이지만 아직 우리가 다시 만나지 않는 게 좋을 것 같아. 정말 내 말을 믿어줘. 네가 내 곁에 있다 할지라도 이보다 더 네 생각을 할 수는 없을 거야. 너를 힘들게 하고 싶지는 않아. 하지만 지금은 네가 곁에 있는 걸 원치 않게 되었어. 솔직히 고백할까? 오늘 저녁에라도 네가 온다는 걸 알게 되면…… 나는 도망쳐 버릴 거야.

오, 이…… 나의…… 이 감정을 설명해달라고는 하지 말아줘. 제발 부탁이야. 나는 다만 내가 끊임없이 네 생각을 하고 있다는 것(그것만으로도 너는 충분히 행복할 거야), 나는 이 상태로 행복하다는 것을 알고 있을 뿐이야.

(……)

이 마지막 편지를 받아본 지 얼마 후, 그러니까 이탈리아로부터 돌아온 지 얼마 후 나는 군대에 징집되었고 낭시로 배속되었다. 그곳에 아는 사람은 단 한 명도 없었다. 하지만 나는 그런 외로움을 즐겼다. 그녀의 편지가 나의 유일한 안식처이며 그녀에 대한 추억이 롱사르가 말한 대로 '나의 유일한 엔텔레키아(완전무결한 상태에 도달한 현실 - 옮긴이 주)'임이 분명하게 드러나 연인으로서의 나의 자부심을 충족시켜준 때문이며, 알리사도 그것을 분명히 알게 된 때문이다.

실제로 나는 우리가 따라야만 하는 힘든 규율들을 아주 가볍게 견뎌낼 수 있었다. 나는 모든 것을 굳건하게 감당해냈고 알리사에게 보낸 편지에서도 그녀가 곁에 없다는 사실 외에는 그 어느 것에 대해서도 불평을 하지 않았다. 그리고 우리는 그렇게 기나긴 이별 자체를 우리들의 꿋꿋함에 어울릴 만한 시련으로 여겼다. '절대로 불평하지 않는 너, 나약한 모습은 상상할 수조차 없는 너'라고 알리사는 편지에 썼다. 그녀의 말을 입증하기 위해서라면 내가 견뎌내지 못할 일이 무엇이 있었겠는가?

우리가 만나지 못한 지 거의 한 해가 흘렀다. 알리사는 그에 대해서는 조금도 생각하지 않는 것 같았으며 이제부터 그녀의 기다림이 시작된다는 투였다. 나는 그 점을 지적하고 그녀를 나무랐다.

그러자 그녀가 편지로 답해왔다.

우리 이탈리아에 함께 있지 않았니? 감사할 줄도 모르는구나! 나는 단 하루도 네 곁을 떠난 적이 없어. 그러니 지금 당분간 내가 너를 따를 수 없다는 걸 이해해줘. 내가 이별이라고 부르는 것은 그 정도, 겨우 그 정도를 말하는 것일 뿐이야. 물론 나는 군복을 입은 네 모습을 그려보려고 무척 애를 써……. 하지만 도저히 상상이 안 돼. 기껏해야 저녁에 강베타 거리의 작은 방에서 글을 쓰거나 책을 읽고 있는 네 모습이 떠오를 뿐이야……. 그걸로 안 돼? 실제로 일 년 뒤에 퐁그즈마르나 르아브르에서 너를 다시 만나게 될 거야.

일 년! 나는 이미 지나간 날들은 헤아리지 않아. 나의 희망은 천천히, 아주 천천히 다가오고 있는 미래의 어느 한 점에 붙박여 있어. 정원 안쪽에 있던 담장 기억나? 담장 아래 국화가 심겨져 있었고 우리는 그 담장 위를 걸어 다녔던 것 기억나? 쥘리에트랑 너는 마치 천국에 곧장 오르려는 회교도처럼 겁도 없이 그 위를 걸어 다녔지. 나는 한 걸음만 옮겨도 어지러웠어. 그러면 너는 저 아래쪽에서 소리쳤지. "발밑을 보지 마! 앞만 봐! 앞으로만 가! 목표에 눈을 고정해!" 그런 후 너는 담장 저쪽 끝으로 기어 올라가 나를 기다렸지. 그게 네 말보다 훨씬 나았어. 그러면 더 이상 떨리지 않았거든. 더 이상 어지럽지도 않았어. 나는 너만 보고 있었어. 나는 네 열린 품으로 달려가 안겼지…….

제롬, 너에 대한 믿음이 없다면 나는 어떻게 될까? 나는 네가 강한 사람이라고 느껴야 하고, 네게 의지해야만 해.

약해지면 안 돼.

우리는 그렇게 짐짓 우리의 기다림을 연장했다. 그리고 일종의 도전 정신으로, 또한 불완전한 만남에 대한 두려움으로 며칠 동안의 나의 연말 휴가를 파리에서 미스 애슈버튼과 함께 보내기로 합의했다.

여러분에게 이미 말한 대로 나는 이곳에 그녀의 편지를 모두 옮겨 적은 것은 아니다. 다음은 2월 중순에 그녀에게서 받은 편지이다.

그저께 파리가(街)를 지나가다가 M서점 진열대에 아벨의 책이 버젓이 진열되어 있는 것을 보고 정말 놀랐어. 전에 네가 말해준 적이 있었지만 실제로는 믿을 수 없었거든. 참을 수가 없어서 서점으로 들어갔어. 그런데 책 제목이 너무 터무니없어서 차마 점원에게 말하지 못하고 망설였어. 그냥 아무 책이나 한 권 집어 들고 서점을 나설까 하는 생각까지 들었어. 그런데 다행히 계산대 옆에 그『교태』라는 책이 무더기로 쌓여 있었던 거야. 나는 그중 한 권을 집어 들고 입을 열 필요도 없이 100수를 던져주고 나왔어.

아벨이 내게 책을 보내주지 않은 건 정말 다행이야! 부끄러워서 책장을 넘길 수 없었거든. 책 자체가 부끄럽다기보다는 아벨이, 네 친구인 아벨 보티에가 그 책을 썼다는 생각에 부끄러웠어. 그 책에서 내가 본 것은 외설이라기보다는 차라리 어리석음이었어. 나는 책장을 하나하나 넘기면서 일간지 「르 탕」의 평론가가 칭송한 재능을 찾으려 했지만 헛수고였어. 르아브르 같은 작은 도시에서는 아벨이 자주 사람들 입에 오르내리고, 그의 책이 대단한 성공을 거두었다는 걸 나는 알아. 그 책에 대해 경쾌하고 우아하다고 하는 소리도 들려.

하지만 내가 보기에 그건 그저 치유 불가능한 정신의 경박함을 뜻할 뿐이야. 당연히 나는 그 책에 대해 신중하게 입을 다물고 있고, 그 책을 읽었다는 이야기도 네게만 하는 거야. 가엾은 보티에 목사님도 처음에는 실망하신 것 같았어. 하지만 결국은 '자랑스러워하지 않을 이유가 어디 있나'라고 생각하시는 것 같아. 주변 사람 모두 그분이 그렇게 생각하시도록 부추기고 있으니까. 어제 플랑티에 고모님 댁에서 V부인이 불쑥 "목사님, 아드님이 큰 성공을 거둬서 기쁘시겠어요"라고 말하자 목사님은 약간 당황한 듯 "뭘요, 아직 그 정도로는……"이라고 대답하셨어. 그러자 고모님이 "꼭 그렇게 될 거예요! 암, 그럴 거예요!"라고 맞장구를 치셨어. 물론 악의가 전혀 없는 말씀이셨어. 하지만 어찌나 격려하는 투였는지 모두들 웃기 시작했고, 목사님도 웃으셨어.

그 '신 아벨라르'(중세 프랑스 신학자. 여제자인 엘로이즈와 사랑의 편지를 주고받음 – 옮긴이 주)격인 작품이 무대에 오르게 되면 어떤 일이 벌어질까? 불바르의 어느 극장에선가 공연 준비 중이라고 하고 신문에도 그 이야기가 벌써 나왔어! 오, 가엾은 아벨! 그가 원하던 성공이 정말 그런 것일까? 그는 그 성공에 만족할까?

나는 어제 『내면의 위안』에서 이런 구절을 읽었어. '진실하고 영원한 영광을 얻으려는 자여, 일시적인 영광을 마음에 두지 말라. 마음속으로부터 일시적인 영광을 멸시하지 않는 자는 천국의 영광을 사랑하지 않음을 스스로 드러내는 자이니라.' 나는 생각했어. '오, 하느님, 감사합니다. 그 어떤 영광과도 비할 바 아닌 천국의 영광의 길에 제롬을 선택해주신 것을!'

단조로운 일과 가운데 몇 주, 몇 달이 흘러갔다. 하지만 온 생각이 오로지 추억과 희망에만 매달려 있었기에 나는 세월이 느리거나 시간이 지루하다는 느낌을 전혀 가질 수 없었다.

외삼촌과 알리사가 6월에 쥘리에트를 만나러 님 근교로 갈 예정이었다. 쥘리에트는 출산을 앞두고 있었다. 그런데 뭔가 별로 좋지 않은 소식 때문에 그들은 출발을 앞당겨야 했다. 이후 알리사는 내게 이런 편지를 보냈다.

네가 르아브르로 보낸 마지막 편지는 우리가 떠난 직후 에 도착했어. 그런데 어떻게 일주일이나 지나서야 내 손 에 들어올 수 있었는지 모르겠어. 한 주 내내 나는 왠지 초조하고 무섭고 불안하고 위축된 마음 상태였어. 오, 내 동생! 나는 너와 함께 있을 때만 진실로 나일 수 있고 나 이상일 수 있어…….
쥘리에트는 다시 건강해졌어. 우리는 하루하루 그 애의 출 산을 기다리고 있지만 별로 초조해하지는 않아. 내가 오늘 아침 네게 편지를 쓰는 걸 그 애도 알아. 우리가 애그비브 에 도착한 다음 날 그 애가 내게 물었어. "그런데, 제롬은 어떻게 지내? 여전히 언니에게 편지를 써?" 거짓말할 수 없어서 그렇다고 하자 그 애가 말했어. "있잖아, 다음에 제롬에게 편지 쓸 때……." 그 애는 잠시 망설이더니 아주 부드럽게 미소 지으며 말을 이었어. "내가 다 나았다고 말해줘……." 나는 그 애가 언제나 명랑하기만 한 편지를 보낼 때마다 그 애가 행복한 척 연기를 하는 건 아닐까, 자기 스스로 그 연기에 속아 넘어가고 있는 건 아닐까 걱정이 되곤 했어……. 지금 그 애가 행복으로 삼고 있는 건 그 애가 꿈꾸었던 것, 그 애가 자신의 행복을 좌우하리라고 생각했던 것과는 너무 달라.

아! 행복이라고 불리는 것은 왜 이렇게 영혼과 긴밀히 맺어져 있고, 겉으로 보기에 행복을 이루고 있는 것처럼 보이는 요인들은 어쩌면 이렇게 하찮은 것에 불과할까! 내가 황야를 산책하면서 내게 든 수많은 생각들을 다 이야기하지는 않겠어. 다만 그중에 가장 놀라운 것은 내가 더 이상 즐거움을 느끼지 못한다는 사실이야. 쥘리에트의 행복에 나도 함께 부풀어 올라야 하는데……. 그런데 왜 내 마음은 자꾸 스스로도 이해할 수 없는 우울감에 빠지는 것일까? 왜 그걸 물리치지 못하는 것일까? 내가 느낄 수 있는, 최소한 내가 확인할 수 있는 이 고장의 아름다움조차 나의 이 설명할 수 없는 슬픔을 더 짙게 해줄 뿐이야……. 네가 이탈리아에서 편지를 했을 때 나는 너를 통해 모든 것을 볼 수 있었어. 그런데 지금은 너 없이 나 혼자 바라보는 모든 것을 마치 네게서 훔쳐내고 있는 것 같다는 느낌이 들어. 퐁그즈마르나 르아브르에서는 비 내리는 궂은 날을 견디는 힘을 길렀었는데 결국 여기서는 그 힘이 아무 쓸모도 없게 된 거야. 그리고 그게 소용이 없다는 걸 느끼고는 불안해하는 거야.

이곳 사람들과 이 고장의 웃음은 내 기분을 상하게 해. 내가 스스로 '슬프다'라고 말하는 것은 단지 그들만큼 떠들썩하지 않다는 것에 불과한 것인지도 몰라. 분명히 이전의 내 기쁨에는 그 어떤 오만함이 들어 있었던 것 같아. 이 낯선 쾌활함에서 뭔가 모멸감 같은 것을 느끼기에 하는 말이야. 이곳에 온 뒤로는 기도도 제대로 드리지 못했어. 하느님이 전과 같은 자리에 계시지 않다는 유치한 생각까지 들었어. 안녕, 이만 편지를 끝낼게. 이런 신성 모독적인 말이, 내 나약함과 슬픔이 부끄럽고, 무엇보다 그걸 고백했다는 게 부끄러워. 만일 오늘 저녁 우편배달부가 이 편지를 가져가지 않는다면 내일 찢어버릴 거야.

알리사가 다음에 보낸 편지에서는 조카딸의 출생, 자신이 조카딸의 대모가 되었다는 사실, 쥘리에트와 외삼촌이 기뻐한 일 등에 대해서 쓰여 있었다······. 하지만 그녀는 자신의 감정에 대해서는 일언반구도 없었다.

그 후에 편지는 다시 퐁그즈마르에서 왔다. 쥘리에트는 7월에 그곳에 함께 머물러 있었다.

에두아르와 쥘리에트가 오늘 아침 떠났어. 무엇보다 내 귀여운 대녀가 떠난 게 섭섭해. 6개월 후에 다시 만나게 되면 그 애 몸짓 하나하나도 알아보지 못하겠지. 아직까지는 그 애의 새로운 모습 하나하나 그 어느 것도 놓치지 않고 지켜보았는데······. 무언가 이루어간다는 것은 언제나 신비스럽고 놀라워! 우리가 그 모습에 자주 놀라지 않는 건 주의해서 보지 않기 때문이야. 아, 내가 얼마나 자주 그 희망에 가득 찬 요람에 몸을 기울이고 시간을 보냈는지! 그 어떤 이기심과 자기만족 때문에 우리의 성장은 그토록 일찍 멈춰버리는 것일까? 왜 모든 피조물은 최선의 것을 향한 갈망을 접고 하느님과 멀리 떨어진 곳에 붙박여 있는 것일까? 오! 우리가 하느님 곁으로 더 가까이 갈 수 있고 가까이 가기를 원한다면……. 오, 얼마나 멋진 경쟁이 벌어질까!

쥘리에트는 너무 행복해 보여. 처음에는 그 애가 피아노도 멀리하고 책도 읽지 않는 게 슬펐어. 하지만 에두아르 테시에르는 음악도 좋아하지 않고 책에도 취미가 별로 없어. 쥘리에트는 남편과 함께 할 수 없는 기쁨을 단념함으로써 현명하게 처신한 것 같아. 그 대신 그 애는 남편 일에 흥미를 붙였고 남편도 그 애에게 사업에 관한 이야기를 모두 들려줘. 올해는 사업이 크게 확장되었대. 제부는 르아브르에 중요 고객들이 생긴 게 모두 결혼 덕분이라고 우스갯소리처럼 말하곤 해. 제부가 지난번 사업차 여행을 갔을 때 로베르가 함께했어. 제부는 로베르를 아주 자상하게 잘 돌봐줘. 자기가 그 애 성격을 잘 이해하고 있다면서 그 애가 곧 이 사업에 흥미를 느끼게 될 거라고 기대하고 있어.

아버지는 몸이 훨씬 건강해지셨어. 딸이 행복해하는 모습을 보시고 다시 젊어지신 것 같아. 농장과 정원 일에 다시 흥미를 갖게 되셨고 때로는 내게 큰 목소리로 책을 읽어달라고 하시기도 해. 미스 애슈번과 함께 자주 그런 기회를 가졌었는데 테시에르 가족이 오는 바람에 중단되었던 거야. 지금 내가 두 분께 읽어드리고 있는 책은 『위브너 남작 여행기』야. 나도 무척 재미있게 본 책이야. 이제부터 나도 독서를 많이 하게 될 것 같아. 하지만 네가 좀 읽을 만한 걸 알려줬으면 좋겠어. 오늘 아침에도 이 책 저 책 뒤적거렸지만 어느 한 권에도 마음이 끌리지 않았거든!

그때부터 알리사의 편지는 점점 더 혼란스럽고 절박해져 갔다. 그녀는 여름이 끝나갈 무렵 편지를 보내왔다.

네가 불안해할까 봐 두려우면서도 내가 너를 얼마나 기다리고 있는지 말해주지 않을 수 없어. 너를 다시 만나기 전에 보내야 할 나날들이 매 순간 나를 짓누르고 압박하는 것 같아. 아직 두 달이나 남았다니! 너와 멀리 떨어져 있던 나날들보다 훨씬 길게 느껴져. 기다림을 잊기 위해 시도하는 모든 일들이 내게는 부질없는 일시적 방편으로만 여겨져서 이제는 그 어떤 것에도 전념할 수가 없어. 책들은 아무 매력도, 아무 의미도 없으며 산책도 재미

없고 자연 전체가 그 위광을 잃었어. 정원도 퇴색해서 그 향기를 잃었고……. 너의 고된 일, 네가 스스로 선택한 것이 아닌 강제적 훈련이 부러워. 끊임없이 너를 너 자신과 떼어내고 너를 고단하게 하고, 하루를 정신없이 지나가게 한 다음, 저녁에는 지칠 대로 지친 너를 잠 속으로 던져버리겠지. 네가 군사 훈련에 대해서 써 보낸 멋진 묘사가 머릿속에서 떠나지 않아. 요 며칠 밤, 잠을 잘못 이루다가 기상나팔 소리에 화들짝 놀라 잠에서 깨어나곤 했어. 정말 그 소리가 들렸다니까. 네가 이야기한 그 가벼운 도취감, 아침 녘의 상쾌한 기분, 반쯤 아찔한 그런 기분들을 얼마든지 상상할 수 있어……. 새벽의 차갑고 눈부신 빛 속에서 말제빌의 고원은 그 얼마나 아름다울까!

얼마 전부터 몸이 좀 안 좋아. 아! 하지만 그다지 심각한 건 아니야. 단지 너를 너무 기다려서 그런 것 같아.

이어서 6개월 후에 받아본 편지.

나의 벗, 이게 나의 마지막 편지야. 네가 언제 돌아올 건지 아직 확정된 건 아니지만 그렇게 늦어지지는 않을 거잖아. 이제 더 이상 네게 편지를 쓸 수 없을 거야. 너를 퐁그즈마르에서 만날 수 있으면 좋으련만 날씨가 나빠지고 추워지니까 아버지께서 시내로 들어가자고 하셔. 이제 로베르도, 쥘리에트도 집에 없으니 네가 우리 집에 충분히 머물 수 있을 테지만 그래도 역시 펠리시 고모님 댁에 머무는 게 나을 것 같아. 고모님도 너를 정말 반갑게 맞아주실 거야.

우리가 다시 만날 날이 가까워질수록 내 기다림은 점점 더 불안으로 변해 가. 거의 두려움에 가까울 정도야. 네가 돌아오기를 그토록 바랐는데 이제 내가 그걸 두려워하고 있는 것 같아. 더 이상 그런 생각하지 않으려고 애쓰고 있어. 네가 누르는 벨 소리, 네가 계단을 올라오는 발자국 소리를 상상하면 심장이 멈추고 가슴이 꽉 조이는 것 같아……. 무엇보다 내가 네게 무슨 말인가 할 수 있으리라는 기대는 하지 말아줘……. 거기서 내 과거가 끝나버릴 것 같은 기분이야. 그 너머에는 아무것도 보이지 않아. 내 삶이 멈추고…….

그러나 나흘 뒤, 그러니까 제대를 일주일 앞두고 그녀에게서 짤막한 편지를 한 통 또 받았다.

나의 친구에게,

네가 르아브르에 머물며 나와 만나는 시간을 너무 길게
연장하지 않겠다는 데 동의해. 우리가 이미 편지에서 주
고받은 말 외에 더 나눌 말이 뭐 있겠어? 그러니 학교에
등록하기 위해 28일에 파리로 가야 한다면 그렇게 해. 우
리가 함께 지낼 수 있는 시간이 이틀밖에 없다고 해서 너
무 섭섭해할 것도 없잖아. 우리에게는 한평생이 남아 있
지 않니?

제6장

우리는 플랑티에 이모 집에서 첫 만남을 가졌다. 군 생활을 했던 탓인지 갑자기 내가 둔해지고 뻣뻣해진 느낌이 들었다. 이어서 알리사도 내가 변했다고 여기고 있다는 생각이 들었다. 하지만 이런 기만적인 첫인상이야 우리들 사이에서 무슨 의미가 있겠는가! 나는 내가 알던 그녀의 모습을 전혀 찾아볼 수 없을까 봐 두려워 처음에는 그녀를 감히 똑바로 쳐다보지도 못했다. 아니다! 우리들을 어색하게 만든 것은 그런 것이 아니었다. 사람들이 우리에게 억지로 강요한 약혼자로서의 터무니없는 역할, 서둘러 우리 둘만 남겨 놓고 우리들 앞에서 사라지려는 그들의 태도가 우리들을 어색하게 만든 것이다. 서둘러 우리들 곁을 떠나려고 수선을 피우는 이모에게 알리사가 마침내 외쳤다.

"아니에요, 고모님! 고모님이 계셔도 조금도 방해가 되지 않아요. 둘만이 비밀스럽게 나눌 이야기도 없어요."

"아니야, 얘들아! 내가 너희들 속을 잘 알지. 그렇게 오랫동안 떨어져 있으면 자질구레한 할 말이 산처럼 쌓이는 법이란다."

"고모님, 제발⋯⋯. 고모님이 나가시면 훨씬 더 불편해져요." 그렇게 말하는 알리사의 목소리에는 노여움이 섞여 있어서 정말 그녀의 목소리인지 의심이 갈 정도였다.

"이모님, 이모님이 나가시면 한 마디도 안 할 겁니다." 나는 웃으며 말했다. 하지만 알리사와 단둘만 남으면 어쩌나 하는 두려움도 나는 느끼고 있었다.

세 사람 사이에 다시 대화가 시작되었다. 하지만 짐짓 즐거운 체하는 유치한 대화였으며 겉으로 활기차 보이는 대화 뒤에는 저마다 불안감이 감춰져 있었다. 외삼촌이 점심 식사에 나를 초대했기에 우리는 다음 날 다시 만나기로 했다. 덕분에 우리는 이 어설픈 연극 같은 만남을 끝내게 되었다는 것을 다행으로 여기며 쉽게 헤어질 수 있었다.

나는 식사 시간 훨씬 전에 외삼촌 집에 도착했다. 알리사는 친구와 이야기를 나누고 있었다. 그녀는 차마 친구를 돌려보내지 못했고 그 친구도 알아서 떠날 만큼 생각이 깊지 못했다. 이윽고 그 친구가 떠나고 단둘이 남게 되자 나는 왜 그 친구에게 점심 식사를 함께 하자고 권하지 않았느냐며 짐짓 놀라는 척했다. 우리는 둘 다 신경이 예민해져 있었고 잠을 제대로 자지 못해 피곤한 상태였다. 외삼촌이 오셨다. 외삼촌이 무척 늙으셨다는 내 생각을 알리사가 눈치챘다. 외삼촌은 귀가 어두워져서 내 말을 잘 알아듣지 못하셨다. 외삼촌이 알아들을 수 있도록 거의 고함을 지르다시피 했기에 내 이야기 자체가 뒤죽박죽이 되었다.

점심 식사가 끝나자 약속했던 대로 플랑티에 이모가 우리를 데려가기 위해 마차를 타고 오셨다. 이모는 알리사와 내게 이곳에서 가장 아름다운 길을 단둘이 거닐 기회를 줄 요량으로 오르셰에서 마차를 대기시켜 놓겠다고 했다.

계절에 비해 무더운 날씨였다. 우리가 걸어온 언덕 쪽은 해가 쨍쨍 내리쬐었고 아무런 정취도 없었다. 헐벗은 나무들은 우리에게 아무런 쉴 곳도 마련해주지 않았다. 이모의 마차가 기다리고 있을 곳으로 빨리 가야겠다는 생각에 우리는 무리할 정도로 걸음을 재촉했다. 머리가 깨질 듯 아파서 아무 생각도 떠오르지 않았다. 태연한 척하기 위해서였는지, 혹은 말을 대신할 수 있다는 생각에서였는지 나는 알리사의 손을 잡고 걸었고 그녀는 그대로 내맡겼다. 흥분으로 인해서, 또한 빠른 걸음 때문에 숨이 차서, 게다가 우리의 침묵이 어색해서 우리들의 얼굴은 벌겋게 달아올랐다. 나는 관자놀이가 뛰는 것을 느꼈다. 알리사의 얼굴은 보기 딱할 정도로 달아올라 있었다. 나는 우리가 축축하게 젖은 손을 맞잡고 있다는 것을 문득 느끼고는 어색해져서 잡은 손을 쓸쓸히 놓아버렸다.

우리가 너무 서둘렀던 탓인지 마차보다 훨씬 전에 네거리에 도착했다. 이모는 우리에게 이야기를 나눌 시간을 주려고 다른 길로 천천히 마차를 몰아 왔던 것이다. 우리는 비탈에 앉았다. 둘 다 땀에 흠뻑 젖어 있었기에 불어오는 찬바람에 몸이 오싹 떨려왔다. 얼마 후 우리는 마차를 맞으러 자리에서 일어났다. 그런데 딱한 이모의 귀찮은 배려 때문에 우리는 최악의 상황에 빠졌다. 우리들이 충분히 대화를 나누었다고 생각한 이모가 우리들의 약혼에 대해 물었던 것이다. 더 이상 참을 수 없었는지 알리사는 눈물을 글썽거리며 머리가 몹시 아프다는 핑계만 댔을 뿐이다. 우리는 돌아오는 길에 아무 말도 하지 않았다.

다음 날 잠에서 깨어나니 몸이 무겁고 감기에 걸려 있었다. 몸이 너무 불편해서 나는 오후가 되어서야 외삼촌 집으로 가볼 수 있었다. 운 나쁘게도 알리사는 혼자 있지 않았다. 펠리시 이모의 손녀 중 한 명인 마들렌 플랑티에가 함께 있었던 것이다. 나는 알리사가 그 애와 자주 즐겁게 이야기를 나눈다는 것을 알고 있었다. 그 애는 며칠 동안 할머니 댁에 와 있었다. 내가 들어서자 그 애가 외쳤다.

"돌아가실 때 언덕 쪽으로 가실 거면 함께 가요."

나는 엉겁결에 그러자고 했다. 그 결과 알리사와 단둘이 있을 수 없었다. 하지만 이 귀여운 아이가 함께 있는 게 우리에게 도움이 된 것이 분명했다. 전날처럼 견디기 어려운 어색함을 더 이상 겪지 않았던 것이다. 셋 사이에 대화가 이어졌고 내가 우려했던 것처럼 쓸데없는 이야기는 없었다. 내가 작별 인사를 할 때 알리사가 묘한 미소를 지었다. 내게는 그때까지도 내가 내일 떠난다는 사실을 그녀가 의식하지 않고 있는 것 같았다. 게다가 가까운 시일 안에 다시 만날 수 있으리라는 생각에 나의 작별 인사에는 슬픈 기색이 들어 있지 않았을 것이다.

하지만 저녁 식사 후에 뭔가 알지 못할 불안감에 나는 다시 시내로 내려갔다. 나는 외삼촌 집의 벨을 누를까 말까 한 시간 정도 망설였다. 나를 맞아준 것은 외삼촌이었다. 알리사는 몸이 불편하다며 자기 방에 올라가 있었으며 아마 잠든 것 같았다. 나는 외삼촌과 몇 마디 말을 나눈 후 다시 그곳을 떠났다.

이처럼 자꾸 일이 빗나가서 화가 났지만 그 누구를 탓한들 아무 소용이 없었다. 설령 일이 제대로 되었다 하더라도 우리는 또다시 우리들 간에 서먹서먹한 분위기를 만들어냈을 것이다. 하지만 알리사도 나와 같은 생각을 하고 있으리라는 사실이 그 무엇보다 나를 슬프게 했다. 파리로 돌아오자마자 그녀에게서 편지가 왔다.

나의 벗에게

얼마나 슬픈 만남이었니! 너는 남들 탓을 하는 것 같았지만 꼭 그렇다고 생각하는 것 같지는 않았어. 이제 우리는 늘 그러리라는 생각이 들어. 아! 제발 다시는 만나지 않도록 해!

둘이 나눌 이야기가 그렇게 많았는데도 왜 그렇게 어색했고 거북한 감정을 느꼈으며 마비된 것처럼 침묵을 지키게 되었을까? 네가 돌아온 첫날은 그 침묵조차 행복했어. 그 침묵은 곧 사라질 것이며 네가 멋진 이야기들을 해주리라 생각한 때문이야. 그러기 전에는 네가 떠나지 않을 거라고 생각했어.

하지만 오르셰에서의 우리의 침울한 산책이 침묵으로

끝나는 것을 보고, 특히 우리들이 잡았던 손을 놓고 아무런 희망 없이 떨어뜨렸을 때 내 가슴은 비탄과 고통으로 무너져 내리는 것 같았어. 내가 슬펐던 건 네가 잡았던 내 손을 풀어놓았기 때문이 아니야. 네가 그러지 않았다면 분명히 내가 그랬을 것이라고 느낀 때문이야. 이미 내 손은 네 손 안에서 더 이상 아무런 기쁨도 맛보지 못하고 있었으니까.

다음 날, 그러니까 어제 아침 내내 나는 미친 듯 너를 기다렸어. 너무 초조해서 집 안에 있지 못하고 네가 방파제에서 나를 기다리고 있을 것이라는 말을 남기고 밖으로 나왔어. 나는 오랫동안 파도가 일렁이는 바다를 바라보았지만, 너 없이 혼자 바라보고 있다는 게 너무 고통스러웠어. 나는 문득 네가 집에서 나를 기다리고 있을지도 모른다는 생각에 집으로 돌아왔어. 오후에는 나 홀로 있을 수 없다는 것을 나는 알고 있었어. 전날 마들렌이 찾아오겠다고 했거든. 나는 오전에 너를 만나볼 수 있으리라 생각하고 그 애를 오라고 한 거야. 하지만 우리 둘이 만나서 즐거운 시간을 가졌던 건 오로지 그 애와 함께 있었을 때뿐이었지. 잠시 동안 나는 그 편안한 대화가 오랫동안,

아주 오랫동안 지속될 것 같은 환상에 빠졌었어. 내가 마들렌과 함께 앉아 있는 소파로 네가 다가와 나를 향해 몸을 굽히며 작별 인사를 했을 때 나는 아무 말도 할 수 없었어. 마치 모든 게 끝난 것 같았어. 나는 그제야 갑자기 네가 떠난다는 것을 깨달은 거야.

네가 마들렌과 함께 떠나자마자 네가 떠난다는 사실이 말도 안 되고 참을 수 없게 여겨졌어. 내가 뒤따라 나갔던 거 알아? 네게 말을 하고 싶었어. 네게 한 마디도 해주지 못한 모든 말들을 다 해주고 싶었어. 나는 고모님 댁으로 달려갔어. 하지만 너무 늦었어. 시간이 없었고, 차마 그럴 수도……. 나는 절망해서 집으로 돌아와 네게 편지를 쓰기로……. 더 이상 네게 편지를 쓰고 싶지 않다는 편지를…… 이별의 편지를……. 우리들이 주고받은 편지는 한낱 신기루에 지나지 않으며 우리들은 다만 스스로에게만 편지를 쓰고 있었다는 것을…….

그리고 오오, 제롬, 나는 내가 쓴 그 편지를 찢어버렸어. 정말이야. 하지만 지금 그것과 거의 똑같은 내용을 다시 쓰고 있어. 아, 내 친구! 나는 너를 여전히 사랑해! 아니, 오히려 네가 내 가까이 오자마자 내가 느꼈던 그 동요와 어색함, 바로 그것 덕분에 나는 내가 너를 얼마나 깊이 사랑하고 있는지 그 어느 때보다 절실하게 느낄 수 있었어. 하지만 절망적이었어. 고백하지만 나는 멀리서만 너를 사랑할 수 있었으니까. 오, 내게는 전에도 그런 생각이 들었었어! 그런데 그토록 고대하던 우리의 만남이 내게 그걸 확인시켜준 거야. 그리고 너도 그걸 받아들여야 해. 안녕, 진정으로 사랑하는 내 동생! 하느님께서 너를 지켜주고 인도해주시기를! 우리는 누구나 하느님 곁으로 다가갈 때만 아무런 죄의식을 느끼지 않을 수 있어.

이어서 이 편지로 나를 괴롭힌 것만으로는 부족했는지, 알리사는 다음 날 다음과 같은 추신을 보내왔다.

우리 둘 사이의 문제에 대해서 좀 더 신중한 행동을 부탁하고 싶어. 너와 나 사이에만 간직해야 할 것들을 네가 수도 없이 쥘리에트와 아벨에게 이야기해서 내가 얼마나 여러 번 상처를 입었는지 몰라. 바로 그 때문에 나는 오래전부터 네 사랑이 머리로 하는 사랑이며 애정과 성실에 지적(知的)으로 집착하는 것이나 아닌지 의심해 왔어.

그녀는 내가 자신의 편지를 아벨에게 보여주지나 않을까 하는 걱정에서 추신을 덧붙였음이 분명했다. 도대체 어떤 통찰력이 작동해서 이런 의심을 하고 이런 주의를 주게 된 것일까? 혹시 내가 전에 보낸 편지들에서 내 친구가 내게 해준 충고의 흔적을 발견했던 것일까?

사실 나는 당시 아벨에게서 상당한 거리감을 느끼고 있었다. 우리는 각자 서로 다른 길을 걷고 있었던 것이다. 그러니 나의 슬픔이라는 고통스러운 짐을 나 혼자 짊어지라는 이 요구는 정말 쓸데없는 짓이었다.

나는 이어지는 사흘 내내 오로지 탄식만 하며 보냈다. 알리사에게 답장을 하고 싶었다. 하지만 너무 깊이 논의를 진행하다가, 혹은 조금이라도 서툰 말을 해서 우리들의 상처를 치유 불가능할 정도로 악화시킬까 봐 두려웠다. 나의 사랑이 몸부림치는 편지를 나는 스무 번도 넘게 다시 시작했다. 이 눈물 젖은 편지를 지금도 눈물 없이는 다시 읽을 수 없다. 결국 나는 편지를 부쳤으며, 그 편지의 사본은 다음과 같다.

알리사! 나를, 아니 우리 둘 모두를 불쌍히 여겨줘! 네 편지를 보고 가슴이 너무 아파. 네가 두려워하는 것을 웃어

넘길 수만 있다면! 그래, 네가 편지에서 쓴 걸 나도 느꼈어. 하지만 그런 생각을 하기가 두려웠던 거야. 오, 알리사, 너는 겨우 상상 세계에 지나지 않는 것에 너무나 무서운 현실성을 부여하고 있어! 그리고 그것으로 우리 사이에 너무 두꺼운 벽을 만들고 있어!

만일 네가 나를 향한 사랑이 약해졌다고 느낀다면……. 아! 네 편지에서는 아니라고 부정하고 있지만 그런 무서운 가정을 떨쳐버릴 수만 있다면! 그렇지만 않다면 네가 일시적으로 느끼는 불안 따위야 무슨 상관이 있겠어.

알리사, 논리적이 되려고만 하면 내가 쓰려는 문장은 얼어붙어 버려. 이제 오로지 내 마음에서 들리는 신음 소리만 들려올 뿐이야. 능숙한 말을 쓰기에는 나는 너를 너무나 사랑해. 너를 사랑하면 사랑할수록 점점 더 네게 무슨 말을 해야 할지 모르겠어! '머리로 하는 사랑'이라니! 그에 대해 내가 뭐라고 답해야겠어? 나는 내 온 영혼을 다해 너를 사랑하는데 내가 어떻게 내 지성과 마음을 구별할 수 있겠어? 하지만 우리의 서신 교환이 너의 그런 가혹한 비난의 빌미가 된 거라면, 편지에 의해 한껏 고양되었다가 갑자기 현실 속에서 추락을 경험하고 그토록 심한 상처를 입게 된 거라면, 이제 네가 내게 편지를 쓰면서도 실제로는 너 자신에게 편지를 쓸 뿐이라고 계속 생각한 다면, 내게 또다시 이런 편지들을 보내와 도저히 내가 견딜 수 없게 만들 것이라면 제발 우리 사이의 서신 왕래를 당분간 멈추기로 하자.

이런 내용에 이어서 나는 그녀의 판단에 항의하면서 우리가 다시 만날 수 있다는 믿음을 달라고 간청하고 호소했다. 이전의 만남에서는 모든 것이 뒤틀려 있었다. 무대 장치도 단역 배우들도 계절도 그러했으며 우리의 만남에 대해서는 거의 진지하게 준비를 하지 않은 채 고양된 상태에서 주고받은 편지들도 그러했다. 이번에는 다시 만날 때까지 침묵을 지키리라. 나는 그녀에게 봄에 퐁그즈마르에서 만나자고 했다. 거기에서라면 과거의 추억도 내게 유리하게 작용할 것 같았고 외삼촌도 부활절 휴가 동안 알리사가 괜찮다고 하는 날들을 택해 나를 반갑게 맞아주실 것이라고 생각했다.

확고한 결단이 섰기에 나는 편지를 부치자마자 다시 공부에 전념할 수 있었다.

*

그 해가 가기 전에 나는 알리사를 다시 만나야만 했다. 몇 달째 건강이 악화되어 있던 미스 애슈번이 크리스마스를 나흘 앞두고 세상을 떠난 것이다. 제대 후 나는 다시 그녀와 함께 지내고 있었다. 나는 그녀 곁을 잠시도 떠나지 않았기에 임종을 지킬 수 있었다. 알리사에게서 온 편지를 받아보니 그녀가 나의 슬픔보다는 우리 사이의 침묵의 약속에 더 마음을 쓰고 있음을 알 수 있었다. 그녀는 장례에 참석하지 못하시는 외삼촌 대신에 잠깐 장례식에만 다녀가겠다고 했다.

장례식 때나 영구차를 따라갈 때나 그녀와 나 거의 둘밖에 없었다. 우리는 나란히 걸으면서 겨우 몇 마디 말만 나누었을 뿐이다. 하지만 교회에서 그녀가 내 곁에 앉자 나는 몇 번이고 내게로 향하는 그녀의 부드러운 시선을 느꼈다. 헤어질 무렵 그녀가 말했다.

"그래, 그게 좋겠어. 부활절 전까지는 아무것도 하지 말자."

"그래, 하지만 부활절에는……."

"너를 기다릴게."

우리는 묘지 입구에 있었다. 나는 그녀에게 역까지 바래다주

겠다고 했다. 하지만 그녀가 손짓으로 마차를 불렀고, 작별 인
사 한 마디 없이 내 곁을 떠났다.

제7장

"알리사가 정원에서 너를 기다리고 있다."

4월 말 내가 퐁그즈마르에 도착하자 외삼촌이 아버지처럼 나를 따뜻하게 껴안아주시며 말씀하셨다. 처음에는 그녀가 나를 서둘러 맞아주지 않은 데 대해 실망했지만 이내 우리가 다시 만나야 할 순간 나누어야만 하는 진부한 인사말을 생략할 수 있게 해준 데 대해 그녀에게 고마워했다.

그녀는 정원 안쪽에 있었다. 나는 원형 교차로 쪽으로 걸어갔다. 해마다 이맘때쯤이면 활짝 피어나는 라일락, 마가목, 금잔화, 병꽃나무 들이 그곳을 빽빽하게 둘러싸고 있었다. 너무 멀리서부터 그녀의 모습을 보지 않으려고, 아니, 내가 다가가는 모습을 그녀에게 보이지 않으려고 나는 정원의 다른 쪽 길을 통해 그곳으로 갔다. 나뭇가지들 아래, 그 그늘진 길의 공기는 신선했다. 나는 천천히 걸어갔다. 하늘은 내 기쁜 마음처럼 따뜻하게 빛나고 있었으며 섬세하다고 할 정도로 맑았다. 분명히 그녀는 내가 다른 길을 통해 오리라고 생각하고 있었을 것이다. 나는 발소리를 죽이며 그녀 뒤 가까이까지 갔다. 이윽고 나는 멈춰 섰다. 나와 함께 시간이 정지해버린 것 같았다. 나는 이 순간이야말로 행복에 앞서는, 혹은 행복조차 미치지 못하는 그런 가장 감미로운 순간이라고 생각했다.

나는 그녀 앞에 무릎을 꿇고 싶었다. 내가 한 발자국 내디뎠고 그녀가 그 소리를 들었다. 그녀가 황급히 일어났고 수를 놓고 있던 옷감이 땅바닥에 떨어졌다. 그녀는 나를 향해 팔을 뻗치더니 내 어깨에 두 손을 얹었다. 우리는 잠시 그런 자세로 있었다. 그녀는 두 손을 내민 채 얼굴에는 미소를 띠고 고개를 약간 기울인 채 말없이 다정한 눈길로 나를 바라보고 있었다. 그녀는 온통 새하얀 옷차림이었다. 지나칠 정도로 진지한 그녀의 얼굴에서 나는 어린 시절의 그녀의 미소를 다시 발견할 수 있었다.

"알리사!" 내가 갑자기 외쳤다. "나는 열이틀 동안 자유로워. 하지만 네가 원하지 않는다면 더 이상 단 하루도 머물지 않겠어.

우리, '내일 퐁그즈마르를 떠났으면 해'라는 뜻을 담은 신호를 정하자. 다음 날 나는 어떤 불평도, 항의도 없이 떠나겠어. 어때, 그렇게 하겠어?"

미리 할 말을 준비한 것이 아니었기에 나는 한결 수월하게 말을 할 수 있었다. 그녀는 잠시 생각하더니 말했다.

"저녁 식사하러 내려올 때 네가 좋아하는 자수정 목걸이를 하지 않을게……. 알겠지?"

"그러면 그게 나의 마지막 저녁 식사가 되겠군."

"하지만 눈물도, 한숨도 없이 떠날 수 있어?" 그녀가 물었다.

"작별 인사도 없이 떠날 거야. 그 마지막 저녁에도 그 전날과 다름없이 너와 헤어질 거야. 마치 네가 '알아차리지 못한 거 아니야?'라고 생각할 정도로 아주 태연하게 헤어질 거야. 다음 날 아침 네가 날 찾더라도 나는 이미 없을 거야."

"다음 날 나는 너를 찾지 않을 거야."

그녀가 내게 손을 내밀었다. 나는 그 손을 내 입술로 가져갔다. 내가 다시 말했다.

"이제부터 그 운명의 저녁때까지 너는 아무런 암시도 하면 안 돼."

"너도 다음번의 그 작별에 대해 아무런 암시도 하지 마."

이제 이 엄숙한 재회 때문에 우리 둘 사이에 생길 수도 있는 서먹서먹한 분위기를 깨뜨려야만 할 차례가 되었다. 내가 다시 말했다.

"네 곁에서 보내는 이 며칠이 다른 날들과 비슷하게 보였으면 좋겠어……. 그러니까…… 무슨 예외적인 날들처럼 느끼지 않았으면……, 그리고 무엇보다 너무 이야기를 나누려고 애를 쓰지 않았으면……."

그녀가 웃기 시작했다. 내가 덧붙였다.

"우리가 함께 할 수 있는 일이 아무것도 없을까?"

우리는 늘 함께 정원 가꾸는 일을 즐겨 했었다. 얼마 전부터 오래 일해 온 정원사가 경험 없는 정원사로 바뀌었다. 그 때문에 두 달 동안 거의 버려지다시피 한 정원에는 할 일이 무척 많았다. 장미를 제대로 가지치기 해주지 않아 어떤 나무들은 싱싱한 가지에 죽은 가지가 뒤엉겨 있었다. 다른 것들은 제대로 받쳐주지 않아 쓰러져 있었고 어떤 것들은 너무 웃자라서 다른 가지들을 시들게 만들고 있었다. 대부분 우리가 전에 접붙인 것들이었다. 우리는 우리가 키운 나무들을 곧바로 알아볼 수 있었다. 우리는 그것들을 돌봐주느라 정신이 없었다. 덕분에 사흘 내내 별로 심각한 말을 꺼내지 않고도 우리는 많은 이야기를 주고받을 수 있었으며 말을 하지 않고 있을 때도 그 침묵의 무게를 느끼지 않을 수 있었다.

그런 식으로 우리는 지난날의 모습을 조금씩 되찾았다. 나는 그 어떤 설명보다 이렇게 자연스러운 습관에 더 많은 기대를 걸고 있었다. 우리들의 이별에 대한 기억도 어느새 지워졌으며 내가 그녀에게서 이따금 느꼈던 두려움도, 그녀가 나를 향해 느꼈던 긴장도 어느새 사라지고 없었다. 지난 가을, 그 슬픈 방문 때보다 한결 젊어진 알리사는 그 어느 때보다도 아름다웠다. 나는 아직 그녀를 포옹하지 않았다. 매일 저녁 나는 그녀의 블라우스 위에서 금줄에 매달린 작은 자수정 십자가가 반짝이는 것을 볼 수 있었다. 나는 안심이 되어 내 마음속에 희망이 되살아나는 것을 느꼈다. 아니, 희망이라니 무슨 소리인가? 그것은 이미 확신이었다. 그리고 나는 알리사에게서도 그런 확신이 느껴지는 것만 같았다. 나는 자신을 조금도 의심하지 않고 있었기에 그녀도 전혀 의심하지 않고 있었던 것이다. 우리의 대화는 차츰차츰 대담해졌다.

마치 대기가 매력적인 웃음을 짓고 있는 것 같고 우리들의 마음이 꽃처럼 활짝 피어나고 있던 어느 날 아침 내가 그녀에게 말했다.

"알리사, 쥘리에트가 저토록 행복하니, 우리들도 이제……."

나는 그녀를 응시한 채 천천히 말했다. 그런데 그녀의 안색이 이상할 정도로 창백해지는 바람에 나는 말을 미처 마치지 못했다.

그녀가 나를 외면한 채 말하기 시작했다.

"제롬! 나는 네 곁에서 그 누구도 상상할 수 없을 만큼 행복해……. 하지만 제롬…… 내 말을 들어 봐……. 우리는 행복해지기 위해서 태어난 게 아니야."

"행복 이상으로 바랄 게 뭐가 있다는 거야!" 나는 격렬하게 외쳤다.

그러자 그녀가 중얼거렸다.

"성스러움……."

그녀의 목소리가 너무나 낮았기에 그 말이 들렸다기보다는 차라리 내가 알아차렸다고 하는 것이 옳았다. 나의 모든 행복이 날개를 펼치고 나를 떠나 하늘로 날아올라가 버렸다.

"너 없이는 거기 도달할 수 없어." 나는 그녀의 무릎에 이마를 대고 어린아이처럼 울면서 말했다. 하지만 슬픔 때문에 운 것이 아니라 사랑에서 나온 울음이었다. "너 없이는 안 돼! 너 없이는 못 해!"

그날은 다른 날처럼 흘러갔다. 그러나 저녁에 알리사는 작은 자수정 보석을 달지 않고 나타났다. 약속한 대로 나는 다음 날 새벽 그곳을 떠났다.

이틀 후 나는 셰익스피어의 다음 구절을 앞머리에 인용해 놓은 이상한 편지를 받았다.

> 다시금 그 선율이, 꺼질 듯 스러지는 그 선율이……,
> 오, 그 선율이 제비꽃 언덕 위로 불어와
> 그 향기를 앗아가기도 하고 실어오기도 하는
> 저 달콤한 남풍처럼 내 귀에 들려오네.
> 아, 됐어, 이제 그만,
> 이제는 이전처럼 감미롭지 않다네…….

그랬어! 나도 모르게 그날 아침 너를 찾았어! 네가 떠났다는 걸 믿을 수 없었어. 네가 우리들의 약속을 지킨 게 야속했어. 장난일 거야, 라고도 생각했어. 덤불들 뒤에서 네가 나타날 것 같아 가서 살펴보기도 했어. 그러나 아니었어! 네가 떠난 건 사실이었어. 고마워.

그날 하루 종일 나는 너에게 무언가 꼭 이야기해주어야만 한다는 생각에 사로잡혀 있었어. 내가 그 이야기를 해주지 않는다면 나중에 내가 네게 뭔가 소홀했다는 느낌, 네 비난을 받아 마땅하리라는 이상하면서도 분명한 두려움을 느꼈어.

네가 퐁그즈마르에 머물기 시작한 처음 몇 시간, 내 존재 전체가 네 곁에서 맛보는 충족감에 나는 놀랐고 곧이어 불안해지기 시작했어. '그 외에 더 이상 바랄 게 뭐 있어!'라고 너는 말했지. 아아, 하지만 바로 그 충족감이 나를 불안하게 만든 거야…….

제롬, 네가 내 말을 오해했을까 봐 두려워. 무엇보다 내가 무슨 교묘한 논리를 내세우고 있는 것처럼 네가 생각할까 봐 두려워. 오, 하지만 그건 정말 잘못 생각하는 거야. 나는 바로 내 영혼이 강렬하게 느끼는 것을 표현했을 뿐이야.

"충족되지 않는다면 그건 행복이 아니다"라고 네가 말했던 거 기억 나? 나는 뭐라고 대답해야 할지 알 수 없었어. 하지만 아니야, 제롬! 행복은 우리를 충족시켜주지 못해. 그리고 제롬, 행복이 우리를 충족시켜서도 안 돼! 더할

나위 없이 감미로운 그 충족감, 나는 그것을 진정한 것으로 받아들일 수 없어. 슬픔이 그 충족감을 감싸고 있다는 것을 우리는 지난 가을에 이미 깨닫지 않았니?

진정한 것! 오, 주여, 그 충족감을 진정한 것으로 착각하지 않도록 우리를 지켜주옵소서! 우리는 다른 행복을 위하여 태어났으니…….

전에 우리가 나누었던 편지들이 우리의 가을 재회를 망쳐놓았듯이 어제 너와 함께 있었던 기억이 지금 이 편지를 쓰는 기쁨을 앗아가고 있어. 너에게 편지를 쓸 때마다 느꼈던 그 황홀한 기쁨은 이제 어떻게 되어버린 것일까? 편지로 인해, 곁에 있음으로 인해 우리는 우리의 사랑이 지향해야 할 가장 순수한 기쁨을 고갈시켜버린 거야. 이제 나는 짐짓 「십이야(十二夜)」의 오시노처럼 부르짖고 있어. "됐어! 이제 그만! 이제 더 이상 전처럼 감미롭지 않아!"

안녕, 내 친구. Hic incipit amor Dei(하느님을 사랑함은 이로부터 시작된다). 아, 내가 너를 얼마나 사랑하는지 네가 알고는 있을까?

영원히 너의 것인 알리사

덕행이라는 덫에 대해 나는 아무런 방어책도 없었다. 영웅주의 전체가 나를 현혹하고 나를 유혹했다. 나는 영웅주의를 사랑과 구분하지 않고 있었던 것이다. 알리사의 편지는 나를 더욱 무모한 열광에 취하게 만들었다. 내가 오로지 그녀만을 위하여 덕행에 더 가까이 가려고 노력했음을 하느님께서는 아신다. 그 어떤 길이건 그것이 오르는 길이라면 그녀를 만날 수 있는 곳으로 인도해주리라. 아! 이 땅덩어리가 홀연 오므라든다 할지라도 우리 둘만 지탱해줄 수 있는 넓이만으로도 충분하리라! 아, 나는 그녀가 얼마나 교묘하게 위장하고 있는지 전혀 의심하지 않았으며 정상에 이르게 되면 그녀가 다시 내게서 빠져나가리라고는 꿈에도 생각하지 못했다.

나는 그녀에게 길게 답장을 썼다. 그중에서 지금은 비교적 명석하다고 여겨지는 한 구절만 생각날 뿐이다.

나는 가끔 내가 내 안에 지니고 있는 사랑이 가장 훌륭한 것처럼 여겨져. 내 모든 덕목이 거기에 매달려 있어. 그 사랑이 나를 높은 곳으로 오르게 해주기에, 만일 네가 없다면 나는 아주 평범한 본성의 높이까지 다시 굴러 떨어질 거야. 너와 합류할 수 있다는 희망 덕분에 아무리 험하고 좁은 길이라도 내게는 항상 가장 좋은 길로 보일 수 있어.

　내가 그 다음에 무슨 말을 덧붙였기에 그녀가 이런 답을 보내온 것일까?

　하지만 제롬, 성스러움은 선택이 아니야. 그건 의무야. (알리사는 편지에서 그 단어에 세 번이나 밑줄을 그어 강조했다.) 너 또한 내가 생각했던 그런 사람이라면 그 의무에서 벗어나지는 못할 거야.

　그것으로 그만이었다. 나는 이제 우리들이 편지를 주고받지 못하게 될 것임을, 그리고 아무리 교묘한 충고도, 아무리 집요한 의지도 아무 소용이 없으리라는 것을 깨달았다. 아니, 그보다는 차라리 그러리라는 것을 예감했다.
　그렇지만 나는 애정이 넘치는 긴 편지를 써 보냈다. 편지를 세 번 보내고 나서야 나는 이런 쪽지를 받았다.

　벗에게,
　네게 편지를 하지 않기로 결심했다고 오해하지는 마. 단지 쓰고 싶은 기분이 들지 않았을 뿐이야. 그래도 네 편지들을 보면 여전히 즐거워. 하지만 내가 이토록 네 생각을 사로잡고 있다는 데 대해 가책을 느끼게 돼.

여름이 그다지 멀지 않았어. 당분간 편지 왕래는 없었으면 좋겠어. 그리고 9월 후반기 보름 동안 퐁그즈마르에 와서 내 곁에서 지내도록 해. 그렇게 해주겠어? 동의한다면 회답을 보낼 필요 없어. 네 침묵을 승낙으로 받아들일 테니까 답장을 안 해주었으면 좋겠어.

나는 답장하지 않았다. 어쩌면 그 침묵은 그녀가 내게 부과한 마지막 시련일지도 몰랐다. 몇 달 동안 공부하고 몇 주 동안 여행을 한 다음 나는 퐁그즈마르로 돌아왔다. 내 마음은 극히 안정되어 있었고 평온했다.

애당초 나도 이해하지 못했던 것을 어떻게 단순한 이야기로 당장에 납득시킬 수 있단 말인가? 내가 완전히 굴복해버린 그 슬픈 정황을 묘사하는 것 외에 달리 무슨 이야기를 할 수 있단 말인가? 오늘날 나는, 당시 그녀가 짐짓 꾸며낸 겉모습 안에는 여전히 사랑이 생생하게 펄떡이고 있음을 눈치채지 못한 자신을 도저히 용납할 수 없다. 하지만 그때 나는 처음에는 오로지 그 겉모습만 보았고 지난날의 그녀 모습을 찾아볼 수 없다고 그녀를 비난했던 것이니……. 아니다, 알리사! 그때 나는 당신을 비난한 것이 아니었다. 과거 당신의 모습을 찾아볼 수 없어서 절망에 휩싸여 흐느꼈을 뿐이다. 침묵이라는 그 술책, 그 잔인한 노력 속에 들어 있는 당신의 사랑의 힘을 헤아릴 수 있게 된 지금, 당신이 내게 그토록 가혹한 슬픔을 그때 주었으니 이제는 그만큼 나는 당신을 더 사랑해야 하는 것 아닐까?

경멸? 냉정? 아니다. 이겨내야 할 것은 아무것도 없었다. 맞서 싸워야 할 것은 아무것도 없었다. 나는 주저했고 내 스스로 내 불행을 만들어내는 것이 아닐까 의심하기도 했다. 그 모든 것의 원인은 그토록 미묘한 채 남아 있었고 알리사는 그 모든 것을 아예 모르는 척 능숙하게 시치미를 떼고 있었다. 그러니 내가 무엇에 대해 불평할 수 있었단 말인가? 그녀는 그 어느 때보다 상냥하게 나를 맞았다. 그녀가 그보다 더 친절하고 싹싹한 적은 없었다. 첫날 나는 그녀의 그런 모습에 거의 속아 넘어갈 뻔했다. 납작하게 빗어 넘겨 얼굴 표정을 거의 딱딱한 모습으로 바꿔버린 머리 모양 정도가 뭐 그리 대수로운 일인가……. 꺼칠꺼칠한 옷감으로 만든 칙칙한 색깔의, 그녀에게 어울리지 않는 블라우스가 그녀의 섬세한 몸매를 망쳐놓은들 무슨 상관이랴……. 그런 것쯤이야 얼마든지 바꿀 수 있는 일 아닌가……. 내일 아침이면 그녀 스스로, 혹은 내 충고에 따라 당장 바꿔 놓을 수 있을 것이라고 생각할 만큼 나는 눈이 멀어 있었다. 나는 그런 것들보다는 그녀가 전에 좀처럼 보여준 적이 없었던 그녀의 상냥함과 친절함에 더 신경이 쓰였다. 나는 거기서 사랑의 분출보다는 확고한 결심 같은 것을 보고 두려웠던 것이며 감히 말하기 어렵지만 사랑보다는 예절을 볼까 봐 두려웠던 것이다.

저녁에 응접실로 들어서며 나는 피아노를 늘 있던 자리에서 볼 수 없어서 놀랐다. 내가 놀라는 모습을 보이자 알리사가 아주 태연하게 대답했다.

"응, 수리하라고 보냈어."

그러자 외삼촌이 나무라는 투로 엄하게 말씀하셨다.

"얘야, 내가 몇 번이나 말했니? 지금까지 그럭저럭 별 문제없었으니 제롬이 간 다음에 수리하러 보내면 될 것 아니냐고. 네가 서두르는 바람에 큰 즐거움이 하나 사라졌잖아."

"하지만 아버지," 그녀가 붉어진 얼굴을 옆으로 돌리며 말했다. "요즘 울림이 심해져서 제롬도 피아노를 칠 수 없었을 거예요."

그러자 외삼촌이 중얼거리듯 말했다.

"네가 치는 소리를 들어보니 멀쩡한 것 같던데……."

그녀는 안락의자 덮개의 치수를 재는 듯 그늘 속에 몸을 숙이고 있더니 갑자기 방을 나가버렸다. 그런 후 한참 뒤에야 외삼촌이 매일 드시는 탕약을 접시에 받쳐 들고 다시 나타났다.

다음 날에도 그녀는 머리 모양도 옷차림새도 바꾸지 않았다. 그녀는 집 앞 벤치에 아버지와 함께 앉아 전날 저녁에 했던 바느질, 아니 바느질이라기보다는 차라리 수선을 다시 시작했다. 그녀는 옆 벤치와 테이블에 해진 양말들이 가득 들어 있는 바구니를 놓고 일감을 꺼내곤 했다. 며칠 뒤에는 일감이 냅킨이나 시트로 바뀌었다. 그녀는 일에 완전히 몰두해 있는 듯 입에는 아무 표정이 없었으며 눈에서도 광채를 찾아볼 수 없었다.

"알리사!" 첫날 저녁 나는 거의 알아보지 못할 정도로 메말라 보이는 그녀의 표정을 보고 놀라서 그녀의 이름을 큰 소리로 외쳤다. 조금 전부터 나는 그녀의 얼굴을 뚫어져라 바라보고 있었지만 그녀는 전혀 내 시선을 의식하고 있지 않은 것 같았다.

"왜 그래?" 그녀가 고개를 들며 물었다.

"그냥, 내 말이 들리는지 알고 싶어서. 네 생각이 내게서 너무 멀리 떠나 있는 것 같아."

"아니야. 나 여기 있어. 하지만 이 일을 하려면 꽤나 집중해야 해."

"네가 바느질을 하는 동안 책을 읽어줄까?"

"제대로 들을 수 있을 것 같지 않아."

"왜 그렇게 정신을 집중해야 하는 일을 하는 거지?"

"누군가는 해야 하는 일이잖아."

"그런 일을 해서 돈을 벌어야 하는 가난한 여자들이 많은데……. 하지만 너는 돈을 아끼기 위해 그런 하찮은 일에 매달리는 건 아니잖아."

그러자 그녀는 곧바로 이보다 더 재미있는 일은 없다고, 오래전부터 다른 일은 해보지 않아 하는 방법을 다 잊었다고 말했다. 그녀는 말을 하면서 미소 짓고 있었다. 그녀의 목소리는 그 어느 때보다도 부드러웠지만 나는 그 때문에 오히려 가슴이 아팠다. 그녀의 얼굴 표정은 마치 "나는 너무 당연한 말을 하고 있는데 너는 왜 그렇게 그걸로 슬퍼하니?"라고 말하는 것 같았다. 나는 마음속으로 항변했지만 입 밖에 내지는 못했으며 가슴만 답답할 뿐이었다.

이틀 후 우리는 장미를 꺾고 있었다. 그녀는 그 장미꽃을 그 해에 내가 아직 한 번도 들어가보지 못한 자기 방으로 갖다달라고 내게 말했다. 그 즉시 내 가슴은 그 얼마나 벅찬 희망으로 부풀어 올랐는지! 나는 내 슬픔의 원인을 오로지 내 탓으로 돌리고 있었고 그녀의 말 한 마디면 치료될 것처럼 생각하고 있었던 것이다.

나는 그녀의 방에 들어설 때마다 가슴이 설레지 않은 적이 없었다. 그 방에는 알리사 자신에게서와 마찬가지로 일종의 감미로운 평화가 흐르고 있었다. 창문과 침대 주변에 드리운 커튼의 푸른 그늘, 빛나는 마호가니 가구들, 그 방의 잘 정돈된 모습과 깨끗함, 고요함 등 모든 것이 그녀의 순결함과 그녀의 사려 깊은 우아함을 내 마음에 전해주고 있었다.

그날 아침 침대 곁 벽 위에, 내가 이탈리아에서 갖다준 마사치오의 커다란 그림 사진판이 걸려 있지 않은 것을 보고 나는 놀랐다. 그 그림들을 어떻게 했느냐고 물어보려던 차에 내 눈길이 그녀가 즐겨 읽는 책들을 꽂아놓는 서가에서 멈추었다. 그 작은 서가의 반은 내가 준 책들로, 나머지 반은 우리가 함께 읽었던 책들로 늘 채워져 있었다. 그런데 그 책들이 모두 치워지고 오로지 통속적인 신앙심을 고백하는 하찮은 책들만으로

서가가 채워져 있었다. 그녀가 경멸했으면 하고 내가 바랄 만한 책들이었다. 문득 눈을 드니, 웃고 있는 알리사의 모습이 보였다. 그렇다, 그녀는 나를 바라보며 웃고 있었다.

"미안해." 그녀가 곧바로 입을 열었다. "네 얼굴을 보니 웃음이 나와서. 책장을 보고 갑자기 얼굴이 일그러지다니……."

나는 전혀 농담할 기분이 아니었다.

"아니, 정말, 알리사, 이게 요즘 네가 읽는 책들이야?"

"그럼. 왜 그렇게 놀라는 거야?"

"영양이 풍부한 양식에 길든 지성이라면 이런 맛없는 것들은 구역질을 느끼지 않고는 못 읽을 줄 알았는데."

"너를 이해할 수 없어." 그녀가 말했다. "저기 저 사람들은 겸허한 영혼으로 나와 꾸밈없이 이야기를 나누고 온갖 정성을 다해 자신을 표현하고 있어. 나는 저 사람들과 함께 하는 게 즐거워. 저 사람들은 그 어떤 아름다운 말의 함정에 빠지지 않는다는 걸 나는 잘 알고 있어. 나는 저들의 말을 읽으면서 하느님을 모욕하는 헛된 찬양에 빠지지 않게 되는 거고."

"그럼 요즘 저런 것들만 읽는다는 거니?"

"거의 그래. 맞아, 몇 달 전부터 그랬어. 게다가 요즘은 그다지 책을 많이 읽지도 않아. 고백하지만 최근에 네 덕분에 존경

하게 되었던 위대한 작가의 작품을 다시 읽으려 했다가, 성서에 나오는 '제 키를 한 자 더 늘여보려고 애쓰는'(「마태복음」6장 27절) 사람 꼴이 되어버렸어."

"네게 그런 이상한 생각을 불러일으킨 위대한 작가가 누군데?"

"그 작가가 그런 생각을 하게 만들었다는 게 아니야. 그의 책을 읽다가 그냥 그런 생각이 들었다는 거지……. 파스칼이야. 아마 우연히 별로 마음에 들지 않는 구절들을 읽게 되었나보지……."

나는 참을 수 없다는 듯한 몸짓을 했다. 그녀는 아직 채 다듬지 않은 꽃다발에서 눈을 떼지 않은 채 마치 교과서를 읽듯 명확하고 단조로운 목소리로 말했다. 그녀는 내 몸짓을 보고 한순간 입을 다물더니 다시 같은 어조로 말을 이었다.

"그토록 놀라운 과장과 엄청난 노력에도 불구하고 증명해준 건 별로 없어. 나는 그의 그 비장한 어투가 믿음의 결과라기보다는 의혹의 결과가 아닌지 의심스러워. 완전한 믿음은 그런 식의 눈물도, 그런 식의 떨리는 목소리도 필요치 않아."

"그 목소리가 아름다운 건 바로 그 떨림과 눈물 덕분인데……"라고 나는 즉각 말하려고 했다. 하지만 그럴 용기가 없었다. 내가 소중히 여기고 있는 알리사의 모습을 그녀의 말속에서는 찾아볼 수 없던 때문이었다. 나는 그녀의 말을 생각나는 그대로 적고 있을 뿐 그 어떤 기교나 논리를 덧붙이지 않고 있다.

그녀가 다시 말을 이었다.

"그가 먼저 현재의 삶에서 자신의 기쁨을 비워내지 않았다면 그 삶은 저울대 위에서 그것보다 더 무게가 나갔을 거야……."

"무엇보다 더 무게가 나갔을 거란 말이니? 그게 뭔데?" 나는 그녀의 이상한 말에 당황해서 곧바로 물었다.

"그가 제시하고 있는 그 불확실한 지복(至福, 하느님과 함께 하는 영원한 행복)보다."

"그렇다면 너는 지복을 믿지 않는 거니?" 내가 외쳤다.

"그런 건 상관없어!" 그녀가 말했다. "장사꾼처럼 거래를 하고 있는 것이나 아닌지 하는 의혹에서 벗어나려면 지복은 그냥 불확실한 채 있었으면 하고 바랄 뿐이야. 하느님께 사로잡힌 영혼이 미덕에 빠져들게 되는 건 보상에 대한 희망 때문이 아니라 타고난 고결함 덕분이야."

"바로 거기서 저 내밀한 회의주의가 있게 되는 것이고 파스칼 같은 사람의 고결함은 그 회의주의 속에 들어 있는 거야."

"회의주의가 아니야. 장세니즘(오로지 신의 은총에 의지하는 프랑스 가톨릭 분파. 파스칼은 장세니스트였음 - 옮긴이 주)이지." 그녀가 미소를 지으며 말했다. "하지만 그런 게 나랑 무슨 상관이 있지? 여기 있는 이

가엾은 영혼들은—그녀는 서가의 책들을 향해 몸을 돌렸다—네가 장세니스트냐, 정적주의자냐, 혹은 내가 모를 다른 무슨 교파에 속하느냐고 물으면 당황할 수밖에 없을 거야. 이 영혼들은 바람 앞의 풀처럼 그냥 하느님 앞에 고개를 숙일 뿐이야. 거기에는 그 어떤 악의도, 불안도, 아름다움도 없어. 그들은 그저 자신을 보잘것없는 존재로 여길 뿐이며, 하느님 앞에서 자신을 지워야만 비로소 스스로 조금이라도 가치 있는 존재가 될 수 있다는 것을 알고 있어.”

“알리사!” 나는 외쳤다. “너는 왜 스스로 날개를 떼어버리려고 하는 거니?”

그녀의 목소리는 내내 너무나 차분하고 자연스러워서 내 외침은 그만큼 더 우스꽝스러울 정도로 과장된 것처럼 보였다.

그녀가 다시 미소를 지으며 고개를 저었다.

“이번에 파스칼을 읽고 머릿속에 남은 건······.”

“그래, 그게 뭔데?” 그녀가 말을 멈추었기에 내가 재차 물었다.

“그리스도의 이런 말씀이야. ‘자신의 목숨을 구하려는 자는 잃을 것이다’(「누가복음」 17장 33절)라는 말씀. 그 나머지는······,” 그녀는 한결 환하게 미소 띤 얼굴로 나를 똑바로 바라보며 말을 이었다. “사실 거의 이해할 수 없었어. 한동안 이런 소박한 사람들과 어울려 지내다보면, 이상하게도 위대하고 숭고한 사람들은 접하자마자 금세 숨이 막혀 와."

나는 너무 당황해서 대답할 말을 찾지 못했던 것일까?

"오늘 이 모든 설교집과 명상집들을 너랑 읽기를 원한다면……."

그러자 그녀가 내 말을 가로막았다.

"아니야! 네가 이런 책들을 읽는 걸 보면 나는 가슴이 아플 거야! 실제로 너는 그보다는 훨씬 훌륭한 일들을 하려고 태어났는데……."

그녀는 그냥 간단하게 그렇게 말했다. 마치 우리 둘을 갈라놓는 것 같은 그 말이 내 가슴을 얼마나 찢어지게 아프게 하는지에 대해서는 아무런 생각도 없는 것 같았다. 나는 머리가 후끈 달아올랐다. 나는 좀 더 무언가 말하고 싶었으며 울고 싶었다. 내가 눈물을 흘렸다면 그녀를 꺾을 수 있었을지도 모를 일이었다. 하지만 나는 벽난로에 팔꿈치를 기대고 두 손으로 이마를 감싼 채 아무 말 없이 서 있었다. 그녀는 고통스러워하는 내 모습을 보지 못했는지, 아니면 못 본 척하는 건지, 조용히 계속 꽃을 가다듬고만 있었다.

순간 식사하러 오라는 첫 번째 종이 울렸다.

"이러다가는 점심 먹으러 갈 준비도 못 하겠네." 그녀가 말했다. "먼저 가봐." 그러더니 무슨 장난에 대한 이야기처럼 말했다.

"우리 나중에 이 이야기 다시 해."

하지만 그 이야기는 다시는 이어지지 않았다. 알리사는 끊임없이 내게서 빠져나갔다. 물론 일부러 피하는 것 같지는 않았다. 하지만 뜻하지 않게 부딪히는 일들을 그녀는 훨씬 더 중요하고 급박한 일인 양 받아들였다. 나는 내 차례가 오기를 기다렸다. 하지만 끊임없이 이어지는 집안일, 꼭 해치워야만 하는 창고 정리 감독, 소작인 집 방문, 그녀가 점점 더 관심을 쏟고 있는 가난한 집 방문 등의 일이 모두 끝난 다음에야 내 차례가 왔다. 그런 식으로 내게 주어진 시간이라야 정말 보잘것없이 짧았다. 나는 늘 무엇엔가 바쁜 그녀의 모습밖에는 볼 수 없었다. 하지만 내가 소홀한 대접을 받고 있다는 느낌을 그다지 받지 않은 것은 그녀가 하고 있는 그 자잘한 일들 때문이기도 했고, 내가 그녀 뒤를 쫓는 것을 포기한 때문이기도 했다. 무엇보다 그녀와 조금이라도 대화를 나누어보면 그녀를 쫓는 일을 포기할 수밖에 없게 되었다. 알리사가 내게 잠시 짬을 내주더라도 둘이 나누는 대화는 어설프기 짝이 없었으며 그녀는 마치 어린애 장난하듯 대화에 응했다. 그녀는 무심한 듯 웃음 띤 얼굴로 내 곁을 스쳐 지나갔으며 나는 그녀가 마치 생면부지의 사람처럼 멀게만 여겨졌다. 그뿐이 아니었다. 나는 그녀의 미소에서 뭔가 무시하는 모습, 최소한 빈정거리는 모습을 엿볼 수 있었을 뿐 아니라 그런 식으로 내 욕망을 피해버리는 데 그녀가 재미를 붙인 것처럼 보였다……. 그러면 나는 곧, 모든 불만을 스스로에게로 돌렸다. 무엇보다 그녀를 비난하는 나 자신의 모습을 참아낼 수 없기 때문이기도 했지만 내가 그녀에게서 기대하는 것이 무엇인지, 대체 그녀의 어떤 모습을 비난해야 하는 것인지 알 수 없던 때문이었다.

그런 식으로 내가 벅찬 행복을 기대했던 날들이 흘러갔다. 나는 그렇게 날들이 도망가는 것을 멍하니 바라보고만 있을 뿐, 그 날들을 늘일 생각도, 그 흐름을 늦출 생각도 하지 않았다. 그 모두 나의 고통을 증가시키는 일일 뿐이었다. 하지만 내가 떠나기 이틀 전 날, 알리사와 함께 옛 이회암 채석장까지 산책을 갔을 때,—안개 한 점 없어서 저 지평선까지 세세한 부분들이 분명히 모습을 드러내고 있었으며 지난날의 어렴풋한 추억들도 또렷하게 떠오르는 맑은 가을 저녁이었다—나는 더 이상 참지 못하고 대체 내가 무슨 행복을 잃었기에 지금 이렇게 불행해하는지 모르겠다고 그녀에게 불평했다. 그러자 그녀가 즉시 대답했다.

"하지만 제롬, 내가 뭘 어떻게 할 수 있겠니? 너는 환영(幻影)을 사랑하고 있는 거야."

"아니야, 알리사. 절대로 환영이 아니야."

"상상 속 인물이야."

"오! 내가 그녀를 만들어낸 게 아니야. 그녀는 내 친구였어. 나는 그녀를 다시 부르고 있어. 알리사! 알리사! 당신은 내가 사랑했던 여자였어. 당신은 스스로를 어떻게 한 거야? 당신은 어떤 사람이 되어버린 거야?"

그녀는 잠시 말없이 고개를 숙인 채 천천히 꽃잎을 뜯고 있었다. 이윽고 그녀가 입을 열었다.

"제롬, 너 왜 나를 이제 그전만큼 사랑하지 않는다고 솔직히 고백하지 않는 거니?"

나는 화가 나서 소리쳤다.

"그건 사실이 아니니까! 그건 사실이 아니니까! 내가 지금보다 더 너를 사랑한 적은 없으니까!"

"그래 나를 사랑하지……. 하지만 너는 지난날의 나를 그리워하는 거야!" 그녀는 애써 미소를 짓더니 어깨를 약간 으쓱하며 말했다.

"나는 내 사랑을 과거에 둘 수 없어."

발밑에서 땅이 꺼져 내리는 것 같았다. 어디에든 매달리고 싶었다…….

"사랑도 다른 것들과 함께 흘러가버리는 거야." 그녀가 말했다.

"내 사랑은 죽는 날까지 나와 함께 할 거야."

"그 사랑도 약해질 거야. 네가 아직 사랑한다고 주장하는 알리사는 이미 너의 추억 속에서만 존재할 뿐이야. 언젠가는 그녀를 사랑했었다는 추억만 남는 날이 오게 될 거야."

"너는 마치 내 마음속에서 그 무언가가 그 사랑을 대신할 수도 있다는 듯, 내 마음이 사랑하기를 그만두어야 한다는 듯 말하는구나. 너 자신이 나를 사랑했다는 기억이 나지 않는 거니? 그래서 이렇게 나를 괴롭히면서 즐기는 거니?"

그녀의 핏기 없는 입술이 떨리는 것이 보였다. 그녀는 거의 들릴락 말락 중얼거렸다.

"아니야, 아니야. 알리사에게서 그건 변함이 없어."

"그렇다면 변한 건 아무것도 없어." 나는 그녀의 팔을 잡으며 말했다…….

그녀가 보다 단호한 목소리로 다시 말했다.

"한 마디면 모든 게 설명이 돼. 너는 왜 그 말을 터놓지 못하는 거니?"

"그게 뭔데?"

"나는 나이를 먹었어."

"그만둬!"

나는 곧바로 나도 그녀만큼 나이를 먹었다고, 우리 둘 사이의 나이 차이는 똑같다고 항변했다……. 하지만 그사이 그녀는 다시 정신을 가다듬었다. 이렇게 해서 유일한 기회는 지나가버렸다. 나는 말다툼에 스스로 뛰어들어 유리한 점을 모두 포기한 셈이었다. 나는 어찌할 바를 모르고 있었다.

나는 이틀 뒤에 퐁그즈마르를 떠났다. 나는 그녀와 나 자신에 대해 불만을 품고 있었고, 내가 여전히 '미덕'이라고 부르는 것에 대한 막연한 증오와 내 마음을 아직 사로잡고 있는 것들에 대한 원망으로 가득 차 있었다. 그 마지막 만남으로, 또한 내 사랑이 지나칠 정도로 고조되어 있었기에 나는 내 모든 열정을 소모해버린 것만 같았다. 애당초 내게 그토록 반감을 불러일으켰던 알리사의 말 한 마디 한 마디가, 내 항변이 아무 소득 없이 사그라진 후에는 내 마음속에 생생하게, 그리고 낭당하게 자리를 잡았다.

그래! 그녀 말이 옳아! 나는 환상에 지나지 않는 것을 보듬고 있었던 거야……. 내가 사랑했던 알리사, 내가 여전히 사랑하고 있던 알리사는 더 이상 존재하지 않아……. 그래! 우리는 나이를 먹었음에 틀림없어! 그 앞에서 내 마음을 얼어붙게 만든, 모든 정서가 메말라버린 그 끔찍한 모습은 결국 원래의 자연스러운 모습으로 되돌아간 것을 의미할 뿐이야. 나는 서서히 그녀를 실제 이상으로 드높였고 그녀를 나를 사로잡을 만한 것들로 장식함으로써 나의 우상으로 만든 거야. 그런데 그 온갖 노력의 결과 피곤함 외에 남은 게 도대체 뭐가 있단 말인가?

본래의 그녀 자신으로 내던져지자마자 알리사는 본래 그녀의 수준, 그 저열한 수준으로 다시 내려온 것이고 나도 그렇게 된 거야. 나는 더 이상 그 우상을 원하지 않게 된 것이고. 아, 나 혼자 힘겹게 그녀를 높이 올려놓고, 그곳에서 그녀를 만나려 했던 내 모든 노력은 그 얼마나 터무니없고 헛된 것이었는지! 조금이라도 덜 오만했다면 우리들의 사랑은 쉬웠을 것을……. 하지만 대상도 없는 사랑에 집착한다는 것이 이제 더 이상 무슨 소용이 있겠는가. 그것은 집착이었지 충실함이 아니었다. 만일 충실했다면 무엇에 대한 충실? 과오에 대한 충실이었다. 가장 현명한 길은 내가 잘못했음을 인정하는 것이 아니겠는가?

나는 아테네의 대학에 입학 추천을 받고 곧바로 받아들였다. 야심이나 흥미가 있어서가 아니었다. 떠난다는 것이 일종의 도피처럼 여겨져 기꺼이 받아들인 것이었다.

제8장

하지만 나는 알리사를 다시 만났다. 그로부터 3년 뒤, 여름이 끝나갈 무렵이었다. 그 열 달 전에 나는 그녀로부터 외삼촌이 돌아가셨다는 소식을 받았다. 나는 곧바로 당시 여행 중이었던 팔레스타인에서 그녀에게 긴 편지를 썼다. 하지만 답장은 없었다.

당시 르아브르에 있던 내가 어떤 핑계를 만들어 자연스럽게 퐁그즈마르로 가게 되었는지는 지금 기억이 나지 않는다. 나는 거기서 알리사를 만나리라는 것을 알고 있었지만 그녀가 혼자 있지 않으면 어쩌나 걱정이 되었다. 나는 내가 그곳에 간다는 것을 알리지 않았다. 그냥 통상적인 방문처럼 보이는 것이 싫었기에 가는 동안 이런 저런 생각이 오락가락했다. 들어가볼까? 그녀를 만나지도 않고, 찾아보지도 않고 돌아서버릴까?

…… 그래, 그렇게 하자. 그냥 가로수 길이나 산책하다가 아직 그녀가 이따금 찾아올지도 모르는 벤치에 한번 앉아보자……. 그런 후 나는 금세, 그녀를 만나지 못했을 때 내가 왔다갔다는 표지를 어떤 식으로 남겨야 할 것인지 궁리했다…….

그런 생각을 하면서 나는 천천히 걷고 있었다. 그녀를 만나지 않기로 결심하자 내 가슴을 죄어오던 쓰라린 슬픔은 거의 감미로운 우수로 바뀌었다. 가로수 길에 이르자 나는 들키지 않으려고 농가 안마당이 내려다보이는 비탈을 따라 길 가장자리를 걸었다. 나는 정원이 내려다보이는 지점을 알고 있었다. 나는 그곳으로 올라갔다.

낯선 정원사가 정원 오솔길을 갈퀴로 청소하더니 곧 시야에서 사라졌다. 안마당에는 새롭게 울타리가 쳐져 있었다. 지나가는 내 발소리를 듣고 개가 짖었다. 나는 가로수 길이 끝나는 곳까지 걸어간 다음 오른쪽으로 꺾어들어 정원 담장까지 갔다. 이어서 나는 방금 빠져 나온 길과 평행을 이루고 있는 너도밤나무 숲을 향해 가다가 채소밭의 작은 문을 지나는 순간, 불현듯 그 문을 통해 안으로 들어가볼까 하는 생각이 들었다.

문은 닫혀 있었다. 하지만 안쪽에 걸어놓은 빗장이 그리 단단해 보이지 않아 어깨로 밀어 부셔버리고 들어가려 했다. 순간 발자국 소리가 들렸다. 나는 담장에 몸을 숨겼다.

정원에서 나온 사람의 모습은 보이지 않았다. 하지만 나는 그 발자국 소리가 알리사의 것임을 알 수 있었다. 그녀는 몇 걸음 앞으로 나서더니 가냘픈 목소리로 물었다.

"너, 제롬이니?"

심장이 격렬하게 뛰다가 멈추는 것 같았고, 목이 죄어드는 것 같아 말이 한 마디도 나오지 않았다. 그녀가 좀 더 큰 목소리로 다시 말했다.

"제롬, 너지?"

그녀가 나를 부르는 목소리를 듣자 너무도 벅찬 감동에 나는 무릎을 꿇고 말았다. 내가 여전히 대답을 않자 알리사는 몇 걸음 더 앞으로 걸어와 담을 빙 돌았다. 나는 홀연 그녀가 내 앞에 있다는 것을 느꼈다. 나는 그때 그녀를 곧바로 보는 것이 두려운 듯 두 팔로 얼굴을 감싸고 있었다. 그녀는 잠시 내게 몸을 굽힌 채 있었고 나는 그녀의 가냘픈 손에 키스를 마구 퍼부었다.

"왜 숨어 있던 거야?" 그녀는 마치 헤어져 있던 3년이 며칠에 불과하다는 듯 아무렇지도 않게 물었다.

"나인 줄 어떻게 알았어?"

"너를 기다리고 있었거든."

"나를 기다렸다고?"

나는 너무 놀라서 되물을 수밖에 없었다. 내가 여전히 무릎을 꿇고 있자 그녀가 벤치로 가자고 하면서 말을 이었다.

"그래, 우리가 한 번은 다시 만나리라는 걸 나는 알고 있었어. 사흘 전부터 나는 매일 저녁 이곳에 와서 오늘처럼 네 이름을 불렀어……. 그런데 아까 왜 대답하지 않은 거니?"

"네가 그렇게 갑자기 나타나지 않았으면 나는 너를 만나지 않고 떠났을 거야." 내가 내 온몸의 힘을 다 빠지게 만들었던 동요를 억누르며 말했다. "마침 르아브르에 왔기에 가로수 길을 산책했던 거고, 정원 주위를 둘러보다가 요즘도 네가 와서 앉을 것 같은 채석장 주변 벤치에 앉아 있던 거고……."

"내가 사흘 전부터 이곳에 와서 뭘 읽고 있었는지 한번 봐." 그녀가 내 말을 가로막고 말하면서 편지 묶음을 내게 건네주었다. 나는 내가 이탈리아에 있을 때 보낸 편지임을 금세 알아보았다. 나는 비로소 고개를 들어 눈길을 그녀에게 향했다. 그녀는 놀랄 만큼 변해 있었다. 야위고 파리해진 그녀의 모습에 가슴이 너무 아팠다. 그녀는 내 팔에 기댄 채 춥고 무서운 듯 내게 꼭 붙어 있었다. 그녀는 아직 상복 차림이었으며 모자 대신 얼굴에 두르고 있는 검은 레이스 때문에 그녀의 얼굴이 더욱 창백해 보이는 것 같았다. 그녀는 웃고 있었지만 금방이라도 쓰러질 것 같았다. 나는 그녀가 퐁그즈마르에서 혼자 지내고 있는지 알고 싶었다. 아니었다. 로베르가 그녀와 함께 살고 있었다. 8월에는 쥘리에트와 에두아르를 비롯해 그들 부부의 세 아이가 와서 함께 지냈다고 했다…….

우리는 벤치에 와서 앉았다. 그리고 한동안은 사소한 일상에 관한 이야기를 주고받았다. 그녀는 내 공부에 대해 물었다. 나는 심드렁하게 대답했다. 내가 이제는 공부에 별 흥미를 느끼고 있지 않다는 것을 느끼게 해주기 위해서였을 것이다. 그녀가 전에 나를 실망시켰듯이 그녀를 실망시키고 싶었으리라. 내 의도가 성공했는지 어떤지는 모르겠지만 여하튼 그녀는 그에 대해 아무런 내색도 하지 않았다.

나는 원망과 사랑으로 가득 차서 가능한 한 쌀쌀하게 말하려 애를 썼지만, 그럼에도 불구하고 솟구치는 감정에 가끔 목소리가 떨리는 것을 어쩔 수 없었다. 얼마 전부터 구름에 가려져 있던 태양이 거의 우리 맞은편 지평선에 다시 나타나 텅 빈 들판을 떨리는 빛으로 뒤덮었으며 발아래 펼쳐진 좁은 골짜기를 갑자기 풍요롭게 채우더니 이윽고 사라져버렸다. 나는 황홀경에 젖어 말없이 앉아 있었다. 나는 이 황금빛 도취가 나를 감싸고 내 안에 스며드는 것을 느꼈으며 그 순간 내 마음속의 원망은 어느새 사라지고 사랑의 속삭임만이 들려왔다. 내게 기대고 있던 알리사가 일어났다. 그녀는 윗옷에서 얇은 종이로 싼 꾸러미를 꺼내더니 내게 주려는 듯하다가 뭔가 망설여지는 듯 가만히 있었다. 내가 놀라서 그것을 바라보자 그녀가 말했다.

"제롬, 이건 내 자수정 십자가야. 사흘 전부터 저녁마다 가지고 나왔어. 오래전부터 네게 주고 싶었거든."

"내가 그걸 받아서 뭘 하라는 거야?" 나는 아주 거칠게 말했다.

"나에 대한 추억으로 간직했다가, 딸에게 줘."

"딸이라니!" 나는 그녀의 말을 알아듣지 못한 채 그녀를 바라보며 외쳤다.

"제발, 조용히 내 말 좀 들어 봐. 아니, 나를 그런 식으로 쳐다보지 마. 그렇지 않아도 말하기 힘들단 말이야. 하지만 이 말은 꼭 해야겠어. 들어 봐, 제롬, 너 언젠가 결혼할 거 아니야? 아니, 대답할 필요 없어. 제발 내 말 좀 가로막지 마. 나는 단지 내가 너를 무척 사랑했다는 걸 기억해주기만 바랄 뿐이야······. 이미 오래전부터······ 이미 3년 전부터······ 네가 좋아했던 이 작은 십자가를 네 딸이 나에 대한 기념으로 목에 걸었으면 하는 생각을······. 누구에게서 온 건지도 모르면서······. 그리고 네가 네 딸에게 내 이름을 붙여줄 수도 있을 거라고……."

그녀는 목이 메어오는지 말을 멈추었다. 나는 거의 적의에 차서 소리쳤다.

"왜 네가 직접 주지 않고?"

그녀는 말을 하려고 안간힘을 썼다. 그녀의 입술이 흐느껴 우는 아이의 입술처럼 떨렸다. 하지만 그녀는 울지 않았다. 이상할 정도로 반짝이고 있는 그녀의 눈빛은 그녀의 얼굴에 그 어떤 초인적인, 천사와 같은 아름다움이 넘쳐흐르게 하고 있었다.

"알리사, 도대체 내가 누구와 결혼하겠어? 내가 오로지 너만을 사랑한다는 것을 알면서……."

그 말과 함께 나는 갑자기 그녀를 두 팔로 난폭할 정도로 껴안으며 그녀 입술에 키스를 퍼부었다. 얼마 동안 나는 반쯤 몸을 젖힌 채 마치 온몸을 내맡긴 듯 내게 기대고 있는 그녀를 껴안고 있었다. 그녀의 눈길이 흐려지는 것이 보였다. 이윽고 그녀의 눈꺼풀이 닫히더니 비할 바 없이 곧고 아름다운 목소리로 그녀가 말했다.

"오, 제롬, 우리들을 불쌍히 여겨줘! 아, 우리들의 사랑을 망가뜨리지 말아줘!"

어쩌면 그녀는 이런 말도 했는지 모른다. "비겁한 행동을 하지

마!"아니, 그 말은 내가 했는지도 모르겠다. 어쨌든 갑자기 나는 그녀 앞에 무릎을 꿇고 경건하게 그녀를 두 팔로 안으며 말했다.

"그렇게도 나를 사랑했다면 왜 항상 나를 밀쳐냈던 거야? 자, 봐! 나는 우선 쥘리에트가 결혼하기를 기다렸어. 너도 그녀의 행복을 기다리고 있다는 걸 난 알고 있었어. 그녀는 지금 행복해. 네 입으로 그렇게 말했잖아. 나는 네가 아버지를 계속 곁에서 모시고 싶어 한다고 오랫동안 생각해 왔어. 그런데 이제, 이렇게 우리 단둘이 남았잖아."

"아! 지나간 과거를 후회하지 말자." 그녀가 중얼거렸다. "이제 다 지난 일일 뿐인데."

"아직 늦지 않았어, 알리사."

"아니야, 제롬, 이제 늦었어. 우리가 사랑을 통해 사랑 이상의 것을 흘낏 보게 된 그때부터 이미 늦은 거야. 제롬, 네 덕분에 내 꿈은 한없이 높이 올라갈 수 있었어. 그 어떤 인간적인 만족도 그 꿈을 추락시킬 수밖에 없을 정도로 높이 올라간 거야. 나는 가끔 우리들이 함께 산다면 우리들의 삶이 어떤 것일까 생각해보곤 했어. 그리고……, 그리고……, 더 이상 완벽하지 못한 그 순간부터, 더 이상 참아내지 못할 것 같았어…….

우리 사랑을……."

"그렇다면 상대방이 없는 우리들의 삶이 어떨지 생각해봤어?"

"아니, 단 한 번도!"

"이제 알겠지! 너 없는 3년 동안 나는 고통스럽게 헤매고 다닌 거야……."

어둠이 내리고 있었다.

"추워." 그녀가 몸을 일으키며 말했다. 그녀는 내가 그녀의 팔을 다시 잡을 수 없을 정도로 숄을 단단히 몸에 감았다. "너, 우리를 불안하게 했고 우리가 혹시 잘못 이해한 것이나 아닌지 걱정했던 성경 구절 아직 기억나? '이 사람들 모두가 그 약속을 받지는 못하였으니, 하느님께서는 우리를 위해 더 좋은 것을 예비하사……(「히브리서」 11장 39~40절)."

"너 여전히 그 말씀을 믿니?"

"그래야만 해."

우리는 얼마 동안 아무 말 없이 나란히 걸었다. 그녀가 다시 입을 열었다.

"상상해보았니, 제롬. 가장 좋은 것을!"

갑자기 그녀의 눈에서 눈물이 솟구쳤다. 그녀는 다시 한번 반복했다.

"가장 좋은 것을!"

우리는 다시 그녀가 밖으로 나왔던 채소밭의 작은 문 앞에 이르렀다. 그녀가 나를 돌아보며 말했다.

"안녕! 그래, 이제 더 이상 오지 마. 안녕, 내 사랑. 이제부터 시작되는 거야……. 가장 좋은 것이."

그녀는 나를 잡아당기는 동시에 그녀로부터 떼어내듯 팔을 뻗어 손을 내 어깨에 얹은 채 한순간 나를 바라보았다. 그녀의 두 눈은 이루 말로 다 할 수 없는 사랑으로 가득 차 있었다…….

문이 닫히고 그녀가 빗장을 거는 소리가 들리자마자 나는 극도의 절망감에 사로잡혀 문에 기댄 채 쓰러졌다. 나는 오랫동안 어둠 속에서 눈물 흘리며 흐느꼈다.

그녀를 붙잡았다면, 문을 억지로 열고 어떻게 해서든 집 안으로 들어갔더라면……—하긴 문은 잠겨 있지도 않았다—아니다, 내가 다시 과거로 돌아가 그 과거를 온전히 다시 살고 있는 지금도……. 아니다, 그것은 내게는 불가능한 일이었다. 지금의 나를 이해하지 못하는 사람은 그때의 나를 전혀 이해하지 못하리라.

며칠 후 나는 참을 수 없을 정도로 불안해서 쥘리에트에게 편지를 썼다. 나는 내가 퐁그즈마르를 방문했으며 알리사가 너무 창백하고 여위어서 너무 놀랐다고 썼다. 나는 언니를 돌봐달라고, 알리사 자신에게서는 소식을 기대할 수 없으니 대신 소식을 전해달라고 그녀에게 간청했다.

내가 편지를 보낸 지 한 달이 채 되지 않아 다음과 같은 그녀의 편지를 받았다.

나의 소중한 제롬에게,

너무도 슬픈 소식을 전해야겠어. 우리의 불쌍한 알리사 언니는 이제 이 세상에 없어……. 아아! 오빠가 편지에서 걱정했던 건 정말로 근거가 있었어. 언니는 몇 달 전부터 특별히 아픈 데도 없으면서 점점 쇠약해져 갔어. 언니는 내 간청에 못 이겨 르아브르의 A 의사에게 진찰을 받았는데, 진찰 후 의사는 조금도 심각하지 않다는 편지를 내게 보냈어.

그런데 오빠가 다녀간 지 사흘 뒤에 언니가 갑자기 퐁그즈마르를 떠났다는 걸 로베르가 보내준 편지로 알게 됐어. 언니는 내게 편지를 거의 하지 않았으니 로베르가 없었다면 언니가 떠난 사실도 몰랐을 거야. 언니에게서 소식이 없다고 해서 당장 걱정을 하지는 않았을 테니까.

나는 언니를 그런 식으로 떠나보냈다고, 파리까지 따라가지 않았다고 로베르를 호되게 야단쳤어. 우리가 그 후로 줄곧 언니가 어디 있는지 주소조차 모르고 있었다는 걸 믿을 수 있겠어? 언니를 볼 수도, 편지를 쓸 수도 없으니 내 걱정이 오죽했겠어?

나중에 로베르가 파리에 다녀왔지만 아무것도 알아내지 못했어. 너무나 데면데면해서 열심히 찾기나 했는지 의심스러울 정도였어. 우리는 경찰에 신고해야 했어. 언제까지나 그런 끔찍한 불안 속에서 지낼 수는 없었거든. 에두아르가 나서서 마침내 알리사가 숨어 있는 작은 요양원을 찾아낼 수 있었어. 오, 하지만 너무 늦었어! 우리는 언니의 죽음을 알리는 요양원장의 편지와 언니를 만나보지도 못한 에두아르의 전보를 동시에 받았어. 마지막 날 언니는 우리가 받아볼 수 있도록 봉투 한 장에 우리 집 주소를 적어놓고 다른 봉투 한 장에는 르아브르의 공증인에게 보낸 편지 사본을 넣어 두었어. 언니의 유언이 포함되어 있었던 거야. 그 편지의 한 구절은 오빠에 관한 내용이었어. 나중에 알려줄게. 에두아르와 로베르는 그서께 거행된 장례식에 참석했어. 둘만 영구차를 따라간 게 아니었대. 요양원 환자 몇 명이 자진해서 장례식에 참석했고 묘지까지 따라갔대. 나는 다섯째 아이의 출산을 기다리고 있어서 불행히도 집을 떠날 수 없었어.

소중한 오빠, 언니의 죽음이 오빠에게 얼마나 큰 슬픔을 가져올지 나는 잘 알아. 편지를 쓰는 내 가슴도 찢어지는 것만 같아. 나는 이틀 전부터 자리에 누워 있어야만 해서 어렵게 편지를 쓰고 있어. 하지만 분명 우리 둘만이 이해할 수 있었던 언니, 그 언니에 대한 이야기를 다른 사람이—심지어 에두아르나 로베르까지도—오빠에게 전하게 하고 싶지는 않았어. 나는 이제 나이가 든 한 가정의 어머니가 되었고 뜨겁게 불타오르던 과거도 잿더미에 덮여버렸지만, 그래도 오빠를 다시 한번 보고 싶어. 언젠가 볼일이 있어서, 혹은 그냥 즐기려고 님에 오게 되면 애그비브에 한번 들러줘. 에두아르도 오빠를 만나면 기뻐할 거고 우리 둘이 알리사 언니 이야기를 할 수 있을 거야. 안녕, 나의 소중한 제롬.

슬픈 마음으로 오빠를 포옹하며, 쥘리에트

며칠 후 나는 알리사가 퐁그즈마르의 집을 남동생 로베르에게 남겨주었다는 것, 하지만 자기 방에 있던 것들과 그녀가 지목한 몇 가지 가구는 쥘리에트에게 보내도록 요구했다는 사실을 알게 되었다. 알리사가 내 이름을 적어 봉인한 봉투는 조만간 내가 받기로 되어 있었다. 또한 나는, 내가 그녀를 마지막 만났을 때 받기를 거부했던 작은 자수정 십자가를 자기 목에 걸어달라고 그녀가 부탁했다는 사실도 알게 되었다. 또한 그녀가 원하는 대로 해주었음을 나는 에두아르를 통해 알게 되었다.

　공증인이 내게 보낸 봉인한 봉투에는 알리사의 일기가 들어 있었다. 나는 그 일기를 아무것도 덧붙이지 않은 채 그대로 옮겨 적는다. 내가 이 일기를 읽으면서 그 얼마나 깊은 생각에 잠겼는지, 내 마음이 그 얼마나 말로 표현할 수 없을 정도로 혼란스러웠는지 여러분은 능히 짐작할 수 있으리라.

알리사의 일기

애그비브에서

그저께 르아브르 출발, 어제 님 도착. 나의 첫 여행! 살림이나 부엌일에 대한 걱정에서 벗어난 홀가분한 상태에서, 내 스물다섯 번째 생일인 188*년 5월 23일 오늘부터 나는 일기를 시작한다. 즐거운 마음에서라기보다는 그저 벗을 삼아볼까 하는 생각에서이다. 아마도 생전 처음으로 내가 아직 인연을 맺지 않은 색다르고 낯선 곳에 혼자 있는 것처럼 느껴진 때문이리라.

이곳이 들려주는 이야기는 노르망디가 들려주던 이야기, 퐁그즈마르에서 쉴 새 없이 들려오던 이야기와 같은 이야기일 것이다. 하느님은 어디서나 같은 분이시니까. 하지만 이 프랑스

남부 지방은 내가 아직 배우지 못한 말로 내게 말을 걸어와서, 나는 깜짝깜짝 놀라며 귀를 기울인다.

5월 24일

쥘리에트는 내 옆 긴 의자 위에서 졸고 있다. 의자는 이탈리아식으로 지어진 이 집에 매력을 더해주는 열린 복도에 놓여 있으며 그 복도는 정원으로 이어지는 모래 깔린 마당과 같은 높이를 이루고 있다. 따라서 쥘리에트는 긴 의자에서 일어나지 않고도 바깥 잔디밭과, 알록달록한 오리들과 백조들이 떠 있는 연못을 바라볼 수 있다. 들리는 말로는 그 어느 여름에도 마른 적이 없는 시냇물이 이 연못의 물을 채워준 뒤 점점 더 야생 숲과 비슷해지는 정원을 가로질러 흐르다가 메마른 벌판과 포도밭 사이에서 점점 가늘어져서 이윽고 완전히 사라져버린다.

…… 어제 내가 쥘리에트 곁에 머물러 있는 동안 에두아르가 아버지를 모시고 정원과 농장, 포도주 저장 창고, 포도밭을 구경시켜드렸다. 그 덕분에 오늘은 처음으로 아침 일찍 나 혼자 공원을 살펴보며 산책할 수 있었다. 처음 보는 수많은 식물들과 나무들이 있었고 그 이름들이 정말 알고 싶었다. 점심 식사 때

그 이름을 물어보려고 그중 한 가지를 꺾었다. 그것들 중에서 나는 제롬이 이탈리아의 보르게스 별장에선가, 아니면 도리아 팜필라 별장에선가 보고 감탄했다는 초록빛 떡갈나무를 알아보았다. 우리 북쪽 지방의 떡갈나무와는 먼 친척 간이지만 모양은 전혀 달랐다. 그 나무들은 거의 정원 끝 쪽, 은밀하고 좁은 빈터에 몸을 숨긴 채, 그 아래 밟히는 감촉이 아주 좋은 잔디밭을 향해 몸을 기울인 채 요정들의 합창을 권유하고 있었다.

나는 퐁그즈마르에서는 거의 기독교적이었던 자연에 대한 나의 감정이 이곳에서는 얼마간 신화적이 되는 것을 보고 놀랐으며 거의 두렵기까지 했다. 하지만 나를 점차 압박해 오는 그런 두려움조차도 역시 종교적이었다. 나는 *hic nemus*(여기는 성스러운 숲이라는 뜻 – 옮긴이 주)라고 중얼거렸다. 공기는 수정처럼 맑았고 이상한 침묵이 감돌고 있었다. 내가 오르페우스와 아르테미스에 대해 생각하고 있을 때 갑자기 아주 가까운 곳에서 새 한 마리의 노랫소리가 들려왔다. 너무 감동적이고 맑았기에 마치 온 자연이 그 노래를 기다리고 있던 것 같았다. 심장이 마구 두근거렸다. 나는 잠시 나무에 기대어 서 있다가, 누군가 잠에서 깨어나기 전에 서둘러 집으로 돌아왔다.

5월 26일

여전히 제롬에게서는 소식이 없다. 르아브르로 편지를 했다면 이곳으로 전달되었을 텐데……. 나는 나의 불안을 오로지 이 일기장에만 털어놓을 수 있다. 어제는 보까지 산책을 했고 사흘 전부터 열심히 기도를 했지만 한시도 불안에서 벗어날 수가 없다. 오늘은 다른 이야기는 쓰지 못하겠다. 내가 애그비브에 도착한 이래 나를 괴롭히고 있는 이 우울증에 별다른 이유가 있지는 않을 것이다……. 하지만 너무나 가슴 깊은 곳에서 그것이 느껴져 이제는 그것이 오래전부터 그곳에 자리 잡고 있는 것처럼 느껴지고 나 스스로 자랑스럽게 여기는 기쁨도 그 우울증을 덮어 감추고 있는 것에 불과한 것처럼 보인다.

5월 27일

왜 나는 나 자신에게 거짓말을 하고 있는 것일까? 나는 쥘리에트가 행복해서 기쁘다고 억지로 논리를 꿰맞추고 있다. 내가 그토록 바랐던 그 애의 행복, 내 행복을 희생해서 바치려 했을 정도로 간절히 바랐던 그 행복을 그 애가 아무 고통 없이 이루었기에, 그리고 그 행복이 그 애와 내가 마땅히 꿈꾸었던 행복과는 너무 다른 것이기에 나는 마음이 아프다. 오, 얼마나 미묘한 일인가! 그렇다. 나는 그 애가 내 희생과는 거리가 먼 곳에서 자기 행복을 찾았다는 것, 그 애가 내 희생 없이도 행복해질 수 있다는 사실 때문에 내 속의 그 끔찍한 이기주의가 되살아나 분개하고 있음을 알아차릴 수 있다.

그리고 제롬의 침묵에 그토록 불안해하는 지금 나는 스스로에게 묻는다. 그 희생은 진정으로 내 마음속에서 이루어졌는가? 나는 하느님이 더 이상 내게 그런 식의 희생은 요구하지 않으시리라는 데 대해 부끄러움을 느낀다. 내게는 진정한 희생의 능력이 없는 것일까?

5월 28일

오, 나의 슬픔을 이런 식으로 분석한다는 것이 얼마나 위험한 일인가! 나는 이미 이 일기장에 집착하고 있다. 내가 이미 극복했다고 믿은 겉멋이 다시 그 위력을 발휘하기 시작한 것일까? 안 된다! 이 일기는 내 영혼을 치장하는, 보기에 좋은 거울이 되어서는 안 된다! 내가 이 일기를 쓰는 것은 처음에 내가 생각했던 것처럼 단순히 무료함을 때우기 위해서가 아니다. 내가 이 일기를 쓰는 것은 슬픔 때문이다. 내가 지금까지 알지 못했던 이 슬픔은 죄의 상태 바로 그것이다. 나는 그것을 증오하며 내 영혼에서 그것을 떨쳐내려 애써야 한다. 이 일기는 내가 내 안에서 행복을 다시 찾는 데 도움이 되어야 한다.

슬픔이란 복잡한 것이다. 나는 결코 내 행복을 분석하려 한 적이 없다.

퐁그즈마르에서 나는 고독했고, 지금보다 더 고독했다. 그런데 왜 나는 그것을 느끼지 못했던 것일까? 그리고 제롬이 이탈리아에서 편지를 보냈을 때 나는 그가 나 없이 보는 것을, 나 없이 사는 것을 받아들였고, 생각 속에서 그를 따랐으며 그의 기쁨을 내 기쁨으로 여겼다. 그런데 지금 나는 나도 모르게 그를 부르고 있다. 그 없이 나 혼자 보는 모든 새로운 것들은 나를 괴롭힐 뿐이다.

6월 10일

시작한 지 얼마 되지 않아 오랫동안 일기를 중단했다. 귀여운 리즈의 출생, 쥘리에트를 간호하면서 지낸 몇몇 밤들, 그 외에 제롬에게 써 보내고 싶은 모든 것들을 일기에는 별로 쓰고 싶지 않다. 나는 모든 여성들이 지니고 있는 공통적인 결점, 너무 많은 것을 써내려간다는 그 견디기 어려운 결점을 피하고 싶다. 이 일기장을 자기완성의 도구로 삼을 것.

뒤 이은 몇 페이지에는 독서 중 해놓은 메모, 책에서 베낀 구절들이 적혀 있었다. 이어서 퐁그즈마르에서 쓴 일기들이 이어지고 있었다.

7월 16일

쥘리에트는 행복하다. 그 애가 그렇다고 말했고, 그렇게 보인다. 내게는 그 사실을 의심할 권리도 없고 이유도 없다. 그런데 지금 그 애 곁에서 느끼는 이 불만, 이 불편함은 어디에서 오는 것일까? 아마도 그 행복이 너무 실제적이며, 너무 쉽게 얻어졌고 너무 자로 잰 듯 완벽해서 그것이 영혼을 죄고 질식시키는 것처럼 느껴져서가 아닐까?

게다가 나는 이제, 내가 갈망하는 것이 행복 자체인지, 아니면 행복을 향해 가는 길인지 자문해본다. 오, 주님! 제가 너무 빨리 행복에 도달하지 않도록 저를 지켜주시옵소서! 주님에 이르기까지 저의 행복을 미루고 되돌릴 수 있도록 가르침을 주옵소서!

이어서 몇 장이 뜯겨 있었다. 아마도 내가 여행에서 돌아온 후 르아브르에서의 가슴 아픈 재회에 관한 내용이었을 것이다.

일기는 해를 넘기고서야 다시 시작 되었다. 날짜는 적혀 있지 않았지만 내가 퐁그즈마르에 머물러 있을 때 쓴 것이 분명했다.

이따금 그가 하는 말을 듣고 있자면 나는 내가 내 생각을 들여다보고 있는 것처럼 여겨진다. 그는 자신의 말을 하면서 나를 해명해주고 나를 발견하게 해준다. 내가 그 없이 존재할 수 있을까? 나는 오로지 그와 함께만 존재할 뿐이다…….

때때로 나는 내가 그에게서 느끼는 것을 사람들이 말하는 바의 사랑이라고 할 수 있는지 망설여진다. 사랑에 대한 일반적인 묘사는 내가 묘사할 수 있는 것과 너무 다르기 때문이다. 나는 사랑에 대해 아무것도 말해지지 않기를, 내가 그를 사랑하는지 알지도 못하는 채 그를 사랑하고 싶다. 특히 내가 그를 사랑한다는 것을 그가 모르는 채 그를 사랑하고 싶다.

그 없이 살아가야 한다면 그 어떤 것도 내게 더 이상 아무런 즐거움이 되지 못한다. 내가 지켜내려는 모든 미덕은 오로지 그의 마음에 들기 위해서이다. 하지만 그의 곁에 있으면 내 미덕이 허약해지는 것을 느낀다.

나는 피아노 연습을 좋아했다. 나날이 조금씩 향상되는 것처럼 보인 때문이다. 내가 외국어 책을 즐겨 읽는 숨은 이유도 그와 마찬가지일 것이다. 분명 어떤 외국어가 우리나라 말보다 좋아서라거나 내가 좋아하는 우리나라 작가들이 어느 외국 작가에게 뒤지는 것처럼 보이기 때문이 아니다. 다만 그 의미와 감정을 뒤따르면서 겪게 되는 약간의 어려움, 그리고 그 어려움을 극복해낸 데 대한 무의식적 자부심이 지적인 즐거움 외에 그 무언가 알지 못할 영혼의 만족감을 주기 때문일 것이다. 그리고 나는 이 영혼의 만족감 없이는 살아갈 수 없을 것만 같다.

제아무리 행복한 상태라 할지라도 나는 향상이 없는 상태는 바랄 수 없다. 나는 천상의 기쁨이 하느님과 한 몸이 되는 것이 아니라 무한히, 끊임없이 하느님께 다가가는 것이라고 생각한다. 감히 말장난을 해본다면, 향상하지 않는 기쁨은 경멸할 것이라고 말하고 싶다.

오늘 아침 우리는 단둘이 가로수 길 벤치에 앉아 있었다. 우리는 아무 말도 하지 않았고 말을 할 필요성도 느끼지 않고 있었다. 갑자기 그가 내게 내세를 믿느냐고 물었다.

"그럼, 제롬!" 나는 즉시 외쳤다. "그건 내게 희망 이상이야. 그건 확신이야……."

그러자 마치 나의 모든 신앙심이 그 외침 속으로 쏟아져 들어간 것처럼 여겨졌다.

"정말 알고 싶어!" 그가 다시 말했다……. 이어서 그는 잠시 멈추더니 말을 이었다. "네게 신앙이 없다면 너는 다르게 행동할까?"

"그걸 내가 어떻게 알 수 있어?" 나는 대답하고는 덧붙였다. "제롬, 너도 열렬한 신앙심에 의해 고무가 된 이상 네 자신의 생각이야 어떻든 달리 행동할 수 없게 될 거야. 만일 다르게 행동한다면 나는 너를 사랑하지 않게 될 거야."

아니야, 제롬, 아니야. 우리가 미덕을 지키려 애쓰는 것은 미래의 보상을 위해서가 아니야. 우리의 사랑이 추구하는 것은 보상이 아니야. 수고한 데 대한 보수를 바란다는 생각은 고결하게 태어난 영혼에게는 상처를 입히는 일이야. 미덕이란 그런 영혼에게 장식품이 아니야. 그래, 그건 그 영혼이 지닌 아름다움의 형태 그 자체야.

아빠의 건강이 또 나빠지셨다. 제발 심각하지 않기를 바라지만 아빠는 사흘 전부터 우유밖에는 못 드신다.

어제 저녁 제롬이 제 방으로 가고 난 직후였다. 나와 함께 늦도록 앉아 계시던 아빠가 잠시 나 혼자 두고 밖으로 나가셨다. 나는 소파에 앉아 있었다. 아니, 앉아 있었다기보다는—나로서는 좀처럼 드문 일이었지만—거의 누워 있었고, 왜 그랬는지는 나도 모르겠다. 등갓이 내 눈과 상체를 불빛으로부터 가려주고 있었다. 나는 옷자락 밖으로 삐져나와 램프 불빛을 받고 있는 내 발끝을 무심코 바라보고 있었다. 아빠가 들어오시더니 잠시 문 앞에 서서 웃으시는 것 같기도 하고 슬퍼 보이기도 하는 이상한 표정으로 잠시 나를 뚫어져라 바라보고 계셨다. 나는 좀 당황스러워서 몸을 일으켰다. 그러자 아빠가 내게 손짓을 하셨다.

"이리 와서 내 곁에 앉아라." 아빠가 말씀하셨고 이미 늦은 시각이었는데도 아빠는 어머니 이야기를 하시기 시작했다. 어머니와 헤어지신 뒤 처음 있는 일이었다. 어떻게 어머니와 결혼하게 되었는지, 얼마나 어머니를 사랑하셨는지, 어머니가 당신에게 어떤 존재였는지를 말씀해주신 것이다.

"아빠," 마침내 내가 말을 꺼냈다. "왜 오늘 저녁에 그 이야기를 해주시는 거예요? 왜 하필이면 오늘 저녁에 하시게 되었는지 제발 말씀해주세요."

"그건 방금 전에 응접실로 들어서서 소파에 누워 있는 너를 보자 네 어머니를 보는 것 같은 생각이 들었기 때문이란다."

내가 아빠께 그렇게 캐물었던 것은 바로 그날 저녁 제롬이 내가 앉은 안락의자에 기대어 선 채로 내 어깨 너머로 내가 읽고 있던 책을 같이 읽은 때문이었다. 그의 모습은 보이지 않았지만 나는 그의 숨결과 체온을 느낄 수 있었으며 그의 몸이 떨리고 있는 것도 느낄 수 있었다. 나는 계속 책을 읽고 있는 척했지만 더 이상 아무것도 머리에 들어오지 않았다. 심지어 더 이상 행간조차 구분할 수 없었다. 마음속에 이상한 동요가 밀려왔기에 나는 아직 일어날 힘이라도 남아 있을 때 서둘러 의자에서 일어나야 했다. 다행히 그가 아무 눈치도 채지 못한 사이에 그 방을 떠날 수 있었다……. 그리고 잠시 뒤, 꼭 어머니를 본 것 같다는 생각을 아빠에게 불러일으킨 그 소파에 누워 있으면서 나는 바로 어머니 생각을 하고 있었다.

그날 밤 나는 잠을 잘 이루지 못했다. 회한처럼 밀려오는 지난날의 추억에 사로잡혀 불안하고 답답하고 비참한 생각에 빠져 있던 것이다. 주여, 악의 형상을 한 모든 것을 혐오할 수 있도록 가르침을 주옵소서.

가엾은 제롬! 이따금 그가 가벼운 몸짓 하나만 해도 된다는 것을, 때로는 내가 그것을 기다리고 있다는 것을 안다면!

나는 어렸을 때부터 이미 제롬 때문에 아름다워지고 싶었다.

이제 와서 보니 내가 '완전을 지향'했던 것도 오로지 그를 위해서였다. 그런데, 그 완전은 그가 없어야만 도달할 수 있다는 것, 그것이, 오, 하느님, 당신의 가르침 중에서 저를 가장 당혹하게 합니다!

덕성과 사랑이 하나로 섞인 영혼은 그 얼마나 행복할 것인가! 때때로 나는 사랑한다는 것, 온 힘을 다해 사랑하고 항상 더 사랑하는 것 외에 다른 덕성이 또 있는지 의심해 본다……. 하지만 다른 날에는 아아! 덕성이란 사랑에 대한 저항으로밖에 보이지 않는다. 아니! 내 마음의 가장 자연스러운 경향을 어찌 감히 덕성이라고 부를 수 있단 말인가! 오, 매혹적인 궤변이여! 허울 좋은 권유여! 행복이라는 기만적인 신기루여!

오늘 아침 라브뤼에르(프랑스 17세기 사상가 - 옮긴이 주)의 책에서 이런 대목을 읽었다.

'우리들이 인생을 살아가다 보면 때로는 비록 금지되어 있긴 하지만 너무 소중해 보이고 다정해 보이는 쾌락과 유혹 등이 있어 그것이 허용되기를 아주 자연스럽게 바라게 된다. 그러한 커다란 매력들이 오직 덕성이라는 매력에 의해서만 포기할 수 있음을 알게 되었을 때 그것들은 극복될 수 있다.'

나는 이 대목을 읽으면서 왜 나를 옹호하는 듯 느꼈던 것일까? 내가 사랑보다 더 강하고 감미로운 매력에 은밀하게 이끌리기 때문일까? 오! 우리 둘의 영혼을 함께 사랑의 힘으로, 사랑 너머까지 이끌어 갈 수만 있다면!

아, 이제 나는 그것을 너무나 잘 깨닫게 되었다. 하느님과 그 사이에는 오로지 '나'라는 장애물만이 존재한다는 것을! 그가 말했듯 나를 향한 그의 사랑이 처음에는 그를 하느님께 인도했다면 지금은 그 사랑이 그것을 방해하고 있다. 그는 내 앞에서 머뭇거리고 있고 나를 택한다. 나는 그의 우상이 되었고, 그 때문에 그가 더 높은 덕성을 향하여 전진하는 것을 막고 있다. 우리 둘 중의 하나는 거기에 도달해야 한다. 오, 나의 하느님, 비열한 제 마음은 이 사랑을 극복할 수 없어 절망하고 있사오니 그가 저를 사랑하지 않게 만들 힘을 제게 주옵소서! 그리하여 저의 공덕에 비해 무한히 훌륭한 그의 공덕을 당신께 바치리니! 오늘, 제 영혼이 그를 잃은 슬픔에 흐느끼더라도 그것은 장차 당신의 품에서 그를 되찾기 위함이 아니옵나이까.

오, 하느님, 말씀해 주옵소서! 그 어떤 영혼이 그의 영혼보다 당신에게 합당한 적이 있었나이까? 그는 저를 사랑하는 것 이상을 위하여 태어난 것 아닙니까? 만일 그가 제 품에 머물러 있다면 제가 그를 그만큼 사랑하겠습니까? 오, 영웅적이 될 수 있는 모든 것들은 행복 안에서 그 얼마나 위축되기 쉬운 것인지요!

일요일

'하느님께서는 우리에게 더 좋은 것을 예비해 두셨으니'(「히브리서」 11장 40절).

5월 3일 월요일

행복이 바로 곁에 이렇게 놓여 있으니…… 손만 뻗으면 잡을 수 있으련만…….

오늘 저녁 그와 이야기를 나누면서 나는 희생을 성취했다.

월요일 저녁

그는 내일 떠난다.

사랑하는 제롬, 나는 여전히 무한한 애정으로 너를 사랑해. 하지만 이제는 결코 네게 그 말을 할 수 없을 거야. 내가 내 눈에, 내 입술에, 내 영혼에 가한 속박은 너무 가혹한 것이어서 너를 떠나는 것이 오히려 해방이고 쓰디쓴 만족이야.

나는 이유 있는 행동을 하려고 애쓰지만 행동하는 순간에는 나를 행동하게 만든 그 이유들이 나로부터 달아나버리거나 어리석게 보이기도 한다. 나는 더 이상 그 이유를 믿지 않는 것이다······.

그를 피하게 만든 이유들? 나는 그것들을 더 이상 믿지 않으니······. 하지만 나는 그를 피해야 할 이유를 알지 못한 채, 슬픔에 잠겨 그를 피하고 있다.

주여! 제롬과 제가 함께, 서로에게 이끌려 당신께 나아가도록 해주옵소서! "형제여, 피곤하면 내게 기대시오"라고 한 명이 말하면, 다른 한 명이 "당신이 내 곁에 있다고 느끼는 것만으로 충분하오"라고 대답하는 두 순례자처럼 그렇게 삶의 길을 걸어가게 해주옵소서. 오, 아닙니다, 주님! 주님께서 우리들에게 가르쳐주신 길은 좁은 길이니, 둘이서 나란히 걸어가기에는 너무 좁습니다.

7월 4일

이 일기를 펼치지 않은 지 벌써 6주가 넘었다. 지난 달, 몇 페이지를 다시 읽어보다가 애써 잘 쓰려는 터무니없고 그릇된 조바심이 들어 있는 것을 보고 놀랐다. 그의 탓이다.

오로지 그 없이 지내는 데 도움이 되기 위해 시작한 이 일기

속에서 나는 계속 그에게 편지를 쓰고 있던 것만 같다.

나는 잘 쓴 것처럼 보이는(이게 무슨 뜻인지 나는 잘 안다) 페이지는 모두 찢어버렸다. 그와 관계되는 페이지는 모두 찢어야 했을 것이다. 모두 찢어야……. 그러나 그럴 수 없었다.

그리고 몇 페이지를 찢어버리면서 약간의 긍지를 느꼈으니……. 내 마음이 병들어 있지만 않았다면 비웃어버릴 그런 긍지를…….

정말 장한 일을 해낸 것 같았고 내가 뜯어버린 그 몇 장이 대단한 것처럼 여겨졌다.

7월 6일

책장에서 책들을 추방해버려야 했다.

이 책에서 저 책으로 그를 피해 달아나지만 다시 그를 만난다. 그가 없는 곳에서 펼치는 페이지에서도 그가 그 페이지를 읽는 목소리가 들린다. 나는 그가 흥미 있어 하는 것에만 애착을 느끼고 내 생각은 그의 생각과 똑같은 모습을 하고 있다. 지난날, 둘의 생각이 똑같은 것을 보고 즐거워하던 때와 마찬가지로 지금도 그의 생각과 내 생각을 구별할 수 없을 정도이다.

가끔 나는 그의 문장 호흡에서 벗어나려고 일부러 서툴게 쓰려고 애써본다. 하지만 그에게 대항해 싸운다는 것도 이미 그에게 몰입해 있다는 것을 뜻한다. 당분간 성경 외에는, 혹은 『그리스도를 본받아』 외에는 읽지 않기로, 이 일기장에도 내가 읽은 것 중 눈에 띄는 구절만 옮겨 적기로 결심했다.

이 뒤로는 일종의 '그날의 양식'이 이어지면서 매일 성경이 한 구절씩 옮겨져 있었다. 여기는 주석이 달려 있는 부분만 옮겨 적기로 하겠다.

7월 20일

'네가 가진 모든 것을 팔아 가난한 자들에게 주어라'(「누가복음」 18장 22절). 나는 오로지 제롬을 위해서만 쓰고 있는 나의 마음을 가난한 사람들에게 주어야 함을 깨달았다. 그리고 또한 그것이 그도 그렇게 해야 한다고 가르쳐주는 것이 아닐까? 주여, 제게 그럴 용기를 주옵소서.

7월 24일

『내면의 위안』 읽기를 그만두었다. 고어체로 쓰인 이 책의

글들은 무척 재미가 있다. 하지만 읽다보면 마음이 산란해졌으며 거기서 맛보는 거의 이교도적인 기쁨은 내가 구하려고 하는 종교적 감화와는 아무런 관계가 없다.

『그리스도를 본받아』를 다시 읽는다. 이해하기가 어려운 라틴어 원전으로는 읽지 않기로 했다. 내가 읽는 프랑스어 번역본에 역자 이름이 없어서 마음에 든다. 개신교도의 번역임에 틀림없지만 표제에는 '모든 기독교 공동체에 적합'이라고 쓰여 있다.

'오! 그대가 미덕을 향해 나아감으로써 그 얼마나 큰 평화를 얻을 수 있는지, 남들에게 얼마나 큰 기쁨을 줄 수 있는지 안다면, 그대는 더욱 힘들여 노력하리라고 나는 확신한다.'

8월 10일

나의 하느님, 내가 어린아이의 신앙이 지닌 열정으로, 천사들의 초인적인 목소리로 당신을 향해 외칠 때⋯⋯.

이 모든 것이 제롬으로부터가 아니라 당신으로부터 오는 것임을 저는 압니다.

그런데 당신께서는 왜 당신과 나 사이에 그의 모습을 두시는 것입니까?

8월 14일

이 과업을 완수하는 데 앞으로 두 달 남짓…… 오, 주여, 저를 도와주소서!

8월 20일

나는 그것을 느낀다. 나는 나의 슬픔 속에서 그것을 느낀다. 내 마음속에서 희생이 완전히 이루어지지 않았음을. 오, 하느님, 오직 그만이 알게 해주었던 이 기쁨을 오로지 당신에게서만 얻게 해주옵소서!

8월 28일

아, 나는 그 얼마나 하찮고 슬픈 미덕에 도달한 것인가! 나는 내게 지나친 요구를 하고 있는 것일까? 더 이상 감당할 수가 없다.

언제나 하느님께 힘을 달라고 간청하고 있으니 이 얼마나 비겁한 일인가! 이제 내 모든 기도는 한낱 하소연일 뿐이다.

8월 29일

'들판의 백합을 보라'(「누가복음」 12장 27절).

오늘 아침 이 단순한 말씀이 그 어느 것으로도 달랠 길 없는 슬픔에 나를 잠기게 했다. 나는 들판으로 나갔다. 그리고 내 마음과 내 눈을 눈물로 가득 채운 채 나도 모르게 이 말씀을 쉴 새 없이 되뇌었다. 나는 농부가 쟁기를 향해 몸을 굽힌 채 밭을 갈고 있는 드넓은 들판을 바라보았다. '들판의 백합⋯⋯.' 하지만 주여, 그 백합은 어디에 있사옵니까?

9월 16일 밤 10시

그를 다시 보았다. 그는 여기 이 지붕 아래 있다. 잔디밭 위로 그의 창문을 통해 나온 불빛이 보인다. 내가 이 글을 쓰고 있는 동안 그는 잠을 이루지 않고 있다. 어쩌면 그는 나를 생각하고 있을 것이다. 그는 변하지 않았다. 그가 그렇게 말했다. 나는 그렇게 느낀다. 내가 결심한 대로의 내 모습을 그에게 보여줄 수 있을까? 나를 향한 그의 사랑을 부정하게 만들기 위해 그에게 보여주려고 결심한 내 모습을⋯⋯.

9월 24일

오, 속마음은 온통 넋을 잃어 멍한 상태이면서 겉으로는 무관심하고 냉정한 척했던 그 잔인한 대화! 지금까지 나는 그를 피하는 것으로 만족하고 있었다. 오늘 아침 나는 하느님께서 내게 이겨낼 힘을 주실 것이라는 믿음, 끊임없이 싸움을 회피하는 것은 비열한 짓에 불과하다는 믿음을 갖게 되었다. 나는 이긴 것일까? 제롬이 이제 나를 전보다 덜 사랑하게 된 것일까? 오오, 나는 그것을 바라면서도 동시에 두려워하고 있으니……. 내가 그를 지금보다 더 사랑했던 적은 없다.

하지만 주여, 저로부터 그를 구해내기 위해 제가 사라지는 게 필요하다고 여기신다면, 그렇게 하옵소서!

'내 마음과 영혼에 드시어, 내 고통의 짐을 짊어지시고, 그리스도의 수난 뒤에도 내 안에 남아 있는 고통을 계속 감당해주옵소서'(파스칼의 책의 한 구절).

우리는 파스칼에 대해 이야기했다. 내가 대체 무슨 말을 한 거지? 얼마나 부끄럽고 말도 안 되는 이야기였던가! 그런 말을 하는 순간에도 이미 괴로웠지만 지금은 마치 신성 모독이라도 범한 것처럼 후회가 된다. 파스칼의 묵직한 『팡세』를 다시 집어들었다. 그냥 되는 대로 펼치자 그가 그의 연인 로아네 양에게 보낸 편지 가운데 한 구절이 눈에 들어왔다.

'인도하는 자를 자발적으로 따를 때 굴레는 느껴지지 않습니다. 하지만 그에 맞서고 멀어질 때 고통을 받게 되는 법입니다.'

그 구절이 너무나 사무치게 마음에 와닿아서 더 이상 읽어나 갈 힘이 없었다. 하지만 다시 힘을 내서 다른 곳을 펼치자 내가 한 번도 본 적이 없는 훌륭한 구절이 눈에 띄었다. 나는 그것을 베꼈다.

이 일기의 첫 번째 부분은 여기서 끝난다. 아마도 그 뒤에 이 어지는 부분들은 없애버린 것 같다. 알리사가 남긴 서류 가운 데 일기는 그로부터 3년 뒤부터 시작하고 있었다. 그 해 9월은 퐁그즈마르에서 우리들의 만남이 이루어지기 조금 전이었다. 그 마지막 일기는 다음과 같이 시작된다.

9월 17일

나의 하느님, 내가 당신을 사랑하기 위해서는 그를 필요로 한다는 것을 당신은 잘 알고 계십니다.

9월 20일

하느님, 당신께 제 마음을 바칠 수 있도록 그를 제게 주옵소서.

하느님, 단지 그를 다시 만날 수 있게만 해주옵소서.

하느님, 제 마음을 당신께 바치겠다고 약속드리옵니다. 하오니

제 사랑이 당신께 청하는 것을 허락해주옵소서. 저에게 남은 삶을 오로지 당신께 바치겠나이다……

하느님, 나의 이 비루한 기도를 용서해주소서. 하오나 그의 이름을 제 입술에서 멀리 할 수도 없고, 제 마음의 고통을 잊을 수도 없나이다.

하느님, 당신께 외치옵니다. 이 비탄 속에 저를 버려두지 마옵소서.

9월 21일

'너희가 내 이름으로 아버지께 구하는 것은 무엇이든지……'

(「요한복음」 14장 13절).

주여! 당신의 이름으로 저는 감히…….

하오나, 제가 입 밖으로 기도를 하지 못한다 하더라도 제 마음속 간절한 소원을 모르시지는 않겠지요.

9월 27일

오늘 아침부터 마음이 평온하다. 밤새 명상과 기도로 보냈다. 갑자기 어린 시절 성령에 대해 상상하던 때와 비슷하게 내게 일종의 평화로운 빛이 내려와 나를 감싸는 것처럼 느껴진다. 나의 기쁨이 다만 나의 신경이 흥분되어 있기에 오게 된 것일 뿐이 아닐까 두려워 나는 얼른 잠자리에 누웠다. 이 행복감이 내게 서 사라지기 전에 나는 금세 잠이 들었다. 그 행복감은 다음 날 아침에도 온전히 남아 있었다. 나는 이제 그가 올 것이라고 확 신한다.

9월 30일

제롬, 오 내 친구! 내가 늘 동생이라고 부르지만 내 동생보다 더 사랑하는 제롬……. 너도밤나무 숲에서 얼마나 여러 번 네 이름을 불렀던가! 해가 질 무렵이면 매일 채소밭 작은 문으로 빠져나가 이미 어둑어둑해진 가로수 길을 따라 내려간다……. 네가 갑자기 대답을 해도, 거기, 내가 황급히 둘러보는 돌투성 이 비탈 뒤에서 네가 갑자기 나타나더라도, 혹은 멀리 벤치에 앉아 나를 기다리는 네 모습이 보인다 해도 내 가슴은 놀라서 뛰지 않을 것이다……. 반대로 너를 보지 못하게 되면 나는 놀 랄 것이다.

10월 1일

아직 아무 일도 없다. 태양이 비교할 수 없을 만큼 맑은 하늘에서 기울고 있다. 나는 기다린다. 나는 곧 우리 둘이 이 벤치 위에 앉아 있으리라는 것을 안다……. 벌써 그의 말소리가 들린다. 내 이름을 부르는 그의 목소리가 너무 듣기 좋다……. 그는 저곳에 앉아 있을 것이다! 나는 내 손을 그의 손에 맡길 것이나. 나는 내 이마를 그의 어깨에 기댈 것이다. 나는 그의 곁에서 숨을 쉴 것이다. 어제도 나는 다시 읽으려고 그의 편지 몇 통을 가지고 나왔다. 하지만 그의 생각에 너무 빠져 있어 편지에는 눈길을 줄 수 없었다. 나는 그가 좋아했던 그 자수정 십자가, 지난여름 그가 떠나지 않기를 바라는 동안 내내 목에 걸고 있었던 그 자수정 십자가를 가지고 나왔다.

이 십자가를 그에게 다시 돌려주고 싶다. 벌써 오래전부터 꿈꾸어 오던 것이다. 그가 결혼을 하고, 나는 그의 딸, 어린 알리사의 대모가 된다. 그리고 그 아이에게 이 보석을 준다……. 왜 이 이야기를 그에게 할 엄두가 나지 않았던 것일까?

10월 2일

오늘 아침 내 영혼은 마치 하늘에 둥지를 튼 새처럼 가볍고 즐겁다. 그는 분명 오늘 온다. 나는 그것을 느끼고 안다. 나는 모두에게 그것을 외치고 싶고 여기에 적어놓고 싶다. 나는 더 이상 내 기쁨을 감추고 싶지 않다. 늘 주의가 산만하고 내게 관심조차 두지 않는 로베르도 그걸 눈치챘다. 그가 묻는 말에 당황해서 나는 뭐라고 대답해야 할지 알 수 없었다. 저녁때까지 어떻게 기다려야 하나?

무언가 투명한 띠 같은 것이 도처에서 그의 모습을 확대해 내게 보여주고 모든 사랑의 빛살들을 내 가슴속 불타오르는 한 점으로 모아들인다.

오! 기다림은 그 얼마나 나를 지치게 하는가!

주여! 행복이라는 커다란 문을 잠시라도 내 앞에 열어 보여 주소서!

10월 3일

모든 것이 사라졌다. 오오, 그는 마치 그림자처럼 내 품에서 빠져나갔다. 그는 여기 있었다! 여기 있었다! 아직 그가 느껴진다. 그를 부른다. 내 손과 내 입술은 어둠 속에서 헛되이 그를 찾는다…….

나는 기도할 수도, 잠을 잘 수도 없다. 다시 어두운 정원으로 나간다. 방에서도, 집 안 어디에서도 무섭기만 하다. 나는 슬픔을 이기지 못해 그를 남겨두고 온 그 문으로 다시 가보았다. 나는 터무니없는 희망을 품고 그 문을 다시 열어보았다. 그가 다시 와 있었으면! 그를 불러본다. 어둠 속을 더듬는다. 나는 그에게 편지를 쓰려고 다시 돌아왔다. 그를 잃는다는 이 커다란 슬픔을 받아들일 수 없다.

도대체 무슨 일이 벌어진 걸까? 내가 그에게 무슨 말을 한 것일까? 내가 무엇을 한 것일까? 그의 앞에서 나의 미덕을 과장할 필요가 어디 있었을까? 내 온 마음이 거부하고 있는 이 덕목이 도대체 무슨 가치가 있단 말인가? 하느님께서 내 입술에 올려놓은 말씀을 나는 은밀하게 배반하고 있었던 것이니……. 내 마음속에 가득 차 있던 것, 그 어느 하나도 입 밖으로 나오지 않았다. 제롬! 오, 제롬, 내 친구! 곁에 있으면 가슴이 찢어지는 것 같고 멀리 있으면 내가 죽어버릴 것만 같은 고통스러운 내 친구! 조금 전 내가 했던 말들 중에 내 사랑에 대해 한 말 빼놓고는 아무 말도 듣지 말아줘.

편지를 썼다가 찢어버렸다. 그리고 다시 쓴다……. 새벽이 왔다. 내 생각만큼이나 슬픈, 흐리고 눈물에 젖은 새벽……. 농장에서 첫 기척이 들리고 잠들어 있던 모든 것들이 소생한다. '이제 일어나라. 때가 되었으니……'(「미태복음」 26장 45-46절).

편지는 부치지 않을 것이다.

10월 5일

내게서 그를 빼앗아 가신 질투심 많은 하느님, 제 마음도 거두어 주옵소서. 이제부터 모든 열정이 제 마음에서 사라져 더 이상 제 흥미를 끌지 못할 것입니다. 그러니 내게 남아 있는 이 슬픔을 이길 수 있도록 도와주소서. 이 집, 이 정원이 내 사랑을 부추겨서 더 이상 견딜 수 없습니다. 하느님, 당신만을 뵐 수 있는 곳으로 도망가고 싶습니다.

내가 가진 재산들을 가난한 사람들을 위하여 처분할 수 있도록 도와주소서. 쉽사리 팔아버릴 수 없는 퐁그즈마르의 집은 로베르에게 남겨주도록 하옵소서.

유언장을 써 놓긴 했지만 나는 필요한 절차는 거의 모른다. 어제 공증인과 이야기를 했지만 그가 내 결심을 눈치채고 쥘리에트나 로베르에게 알릴까 두려워 충분한 이야기를 나누지 못했다……. 이 일은 파리에 가서 끝내야겠다.

10월 10일

너무도 지친 채 이곳에 도착했기에 처음 이틀을 꼬박 누워 있어야 했다. 내가 싫다는데도 불구하고 불러온 의사는 수술이 반드시 필요하다고 했다. 반대한들 무슨 소용이 있으랴? 하지만 나는 수술이 무섭고 기운을 좀 차릴 때까지 기다리고 싶다고 의사를 비교적 쉽게 설득할 수 있었다.

나는 내 이름과 주소를 숨길 수 있었다. 요양원에서 나를 받아들이고, 하느님께서 나를 필요로 하실 때까지 이곳에서 나를 돌봐주는 데 어려움이 없을 정도의 충분한 돈을 나는 요양원 사무실에 맡겼다.

방이 마음에 든다. 벽이 완벽히 깨끗해서 다른 장식이 필요 없다. 마음이 거의 즐거울 정도인 것이 놀랍다. 내가 삶에서 더 이상 바라는 것이 없기 때문이다. 이제는 하느님만으로 만족해야 하며 그분이 우리 마음을 온전히 차지해야만 그 사랑의 참맛을 알 수 있기 때문이다.

성경 외에 다른 책은 갖고 오지 않았다. 그런데 오늘 내 안에서는 성경 말씀보다 더 크게 파스칼의 열광적인 흐느낌이 울려 퍼진다.

'하느님이 아니고는 그 어느 것도 내 기다림을 채워줄 수 없다.'

오, 내 마음이 분별없이 갈망하던 너무 인간적인 기쁨이
여……. 주여, 당신께서 저를 그토록 절망하게 만드신 것은 이
외침을 들으시기 위해서였습니까?

10월 12일

당신의 나라가 임하옵기를! 제 안에 임하옵기를! 그리하여
당신만이 저를 다스리시기를. 저를 전적으로 다스리시기를. 이
제는 아무런 대가 없이 제 마음을 모두 당신께 드리오니…….

마치 늙어버린 듯 지쳤음에도 내 영혼은 이상하게도 어린애
처럼 순수하다. 나는 아직도 옛날 소녀 때의 나와 똑같다. 방 안
의 모든 것이 정돈되고 벗어놓은 옷이 침대 머리맡에 잘 개켜
져 있어야 잠이 들 수 있었던 그때의 나…….

죽음도 그렇게 맞이하고 싶다.

10월 13일

찢어버리기 전에 일기를 다시 읽어보았다. '자신이 느끼는 혼
란을 늘어놓는 것은 고결한 마음을 가진 사람에게 어울리지 않는

일이다.' 이 아름다운 말은 클로딜트 드보가 한 말인 것 같다.

　일기를 불 속에 던져 넣으려는 순간, 그 어떤 경고 같은 것이 내 손길을 멈추게 했다. 이 일기는 이미 내 소유가 아닌 것처럼 생각되었던 것이다. 이 일기를 제롬에게서 빼앗을 권리가 내게는 없으며 오로지 그를 위해서만 이 일기를 쓴 것처럼 생각되었다. 나의 불안들, 내 의혹들이 이제는 내게 어리석게만 보여 하등 중요하게 여겨지지 않았으며 제롬이 그 때문에 마음의 동요를 일으킬 것 같지도 않았다. 나의 하느님, 그가 때때로 이 일기에서 나는 도달할 수 없어 단념해버린 그 지고의 덕성까지 그를 밀어 올리고자 미칠 듯 갈망했던 내 마음이 어설프게나마 표현되어 있는 것을 그가 알아볼 수 있게 해주소서.

　'나의 하느님, 제가 다다를 수 없는 그 반석 위로 저를 인도해주옵소서'(「시편」 61편 2절).

10월 15일

'기쁨, 기쁨, 기쁨, 기쁨의 눈물…….'

인간적인 기쁨 너머에서, 또 온갖 고통 저편에서, 그렇다, 나는 그 빛나는 기쁨을 예감한다. 네가 결코 도달할 수 없는 반석, 그것이 이름을 갖고 있음을 나는 잘 안다. 행복……. 나는 이제 행복에 이르기 위한 것이 아니라면 내 모든 삶은 헛되다는 것을 깨닫는다……. 아, 그러나 주여! 당신은 그것조차 포기한 순수한 영혼에게만 그 행복을 약속하셨습니다. 당신은 거룩하게 말씀하셨습니다. '이제부터 주의 품 안에서 죽는 자여 행복하도다'(『요한 계시록』 14장 13절). 그렇다면 저는 죽을 때까지 기다려야 합니까? 여기서 제 믿음은 흔들립니다.

주여! 제 온 힘을 다해 당신께 부르짖사옵니다. 저는 어둠 속에 있습니다. 저는 새벽을 기다리고 있습니다. 죽을 때까지 저는 당신께 부르짖사옵니다. 오셔서 제 마음의 갈증을 풀어주소서! 저는 당장 그 행복에 목말라 하고 있사옵니다……. 제가 이미 그 행복을 가졌다고 믿어야 합니까? 아니면 먼동이 트기 전에 새날을 알리는 것이 아니라 새날을 부르는 조급한 새처럼, 저도 어둠이 가시기를 기다리지 않고 노래를 불러야 합니까?

10월 16일

제롬, 네게 완전한 기쁨을 가르쳐주고 싶어.

오늘 아침 구토증 발작이 일어나 기진맥진해졌다. 곧이어 너무 기력이 없어서 이대로 죽었으면 하는 마음이 한순간 들었다. 아니다. 처음에는 커다란 평온이 내 온 존재 자체에 깃들었다.

이어서 불안이 나를 사로잡았고 육체와 영혼이 동시에 떨렸다. 그것은 갑자기 찾아온 계시와도 같았고 내 삶에 대한 환상에서 깨어나는 것과도 같았다. 끔찍하게 헐벗은 내 방을 처음으로 보는 것 같았다. 나는 무서웠다. 지금 나는 그 두려움에서 벗어나기 위해, 나를 진정시키기 위해 이 글을 쓰고 있다. 오, 주여! 신성 모독의 죄를 범하지 않고 마지막에 이를 수 있게 해주옵소서!

아직 몸을 일으킬 수 있었다. 나는 어린아이처럼 무릎을 꿇는다…….

나는 이제, 빨리 죽고 싶다. 또다시 내가 혼자라는 사실을 깨닫기 전에…….

*

지난해 나는 쥘리에트를 다시 만났다. 알리사의 죽음을 알리는 마지막 편지를 보낸 지 10년이 흐른 뒤였다. 프로방스 지방을 여행하던 차에 님에 들를 수 있었다. 번잡한 시내 한복판인 피셰르가(街)에 있는 테시에르 가족의 저택은 상당히 아름다웠다. 내가 찾아간다는 것을 미리 편지로 알렸음에도 불구하고 그 집 문턱을 넘어서면서 내 마음은 적잖이 설레었다.

하녀가 나를 응접실로 안내했다. 잠시 후 쥘리에트가 그곳으로 와서 나를 맞았다. 마치 플랑티에 이모를 보는 것 같았다. 걸음걸이, 어깨 넓이, 숨넘어갈 정도의 친절함이 똑같았다. 그녀는 내 대답도 기다리지 않고, 내 직업, 파리에서의 내 생활, 내가 지금 하고 있는 일, 내 친구 관계 들에 대해 질문을 퍼부었다. 남부 지방에는 왜 온 거야? 에두아르가 보면 무척 기뻐할 텐데 왜 애그비브까지는 가지 않는 거야? …… 그런 후 남편, 자식들, 남동생, 작년 작황, 불경기 들에 대한 소식들을 들려주었다. 나는 로베르가 퐁그즈마르의 집을 팔고 애그비브에 살고 있다는 사실을 알게 되었다. 그가 에두아르와 동업을 하게 되었고 그 덕분에 에두아르는 자유롭게 여행도 하고 특히 사업 거래에 전념할 수 있게 되었다는 사실, 로베르는 농장에 남아 품종 개량과 증산에 힘쓰고 있다는 사실도 알게 되었다.

그사이 나는 불안한 눈길로 과거를 회상하게 만드는 것은 없는지 찾아보았다. 나는 응접실의 새 가구들 사이에서 퐁그즈마르의 가구들을 분명히 알아볼 수 있었다. 하지만 내 마음을 떨게 만드는 그 과거에 대해 쥘리에트는 아예 무시하거나 무심한 척하려고 애를 쓰고 있는 것 같았다.

열두 살과 열세 살짜리 사내아이 둘이 계단에서 놀고 있었다. 그녀가 애들을 불러 나를 소개시켜주었다. 맏딸 리즈는 아버지를 따라 애그비브에 가고 없었다. 열 살짜리 다른 사내아이는 산보를 나갔는데 곧 올 것이라고 했다. 쥘리에트가 알리사의 죽음을 알리면서 출산을 앞두고 있다고 한 바로 그 아이였다. 그 아이의 출산은 쉽지 않았고 쥘리에트는 출산 후에도 꽤 오랫동안 고생을 했다. 그리고 지난해에는 생각을 바꾼 듯 딸 하나를 또 낳았다. 그녀의 말투로 보아 그녀는 다른 아이들보다 유난히 막내를 귀여워하는 것 같았다.

"바로 옆, 내 방에서 자고 있어." 그녀가 말했다. "보러 가자."

내가 그녀를 따라 나서자 그녀가 말했다.

"오빠, 편지로는 부탁할 엄두가 나지 않았는데⋯⋯. 오빠가 이 아이의 대부가 돼주지 않을래?"

"네가 좋다면야 당연히 받아들여야지." 나는 요람에 몸을 기울이며 약간 놀라서 대답했다.

"내 대녀 이름이 뭐지?"

"알리사⋯⋯." 쥘리에트가 낮게 속삭였다. "언니를 무척 닮았어. 그런 것 같지 않아?"

나는 대답 없이 쥘리에트의 손을 꼭 잡았다. 엄마가 안아

올리자 꼬마 알리사가 눈을 떴다. 나는 아이를 안았다.

"오빠는 좋은 아버지가 되겠어!" 쥘리에트가 억지로 웃으며 말했다. "대체 언제까지 결혼하지 않을 거야?"

"많은 것들을 잊을 수 있을 때까지……." 그녀의 얼굴이 붉어지는 것이 보였다.

"어느 것을 빨리 잊고 싶어?"

"언제까지나 잊고 싶지 않은 것을."

"자, 이리 와봐." 그녀가 불쑥 이렇게 말하더니 좀 더 작은 방으로 앞장서서 들어갔다. 방 안은 이미 어두웠고 방문 하나는 그녀의 방으로, 다른 문 하나는 응접실 쪽으로 나 있었다.

"잠시라도 짬이 나면 이 방에 와서 숨곤 해. 이 집에서 제일 조용한 곳이야. 마치 내 삶의 피난처 같은 곳이야."

이 작은 응접실 창문은 다른 방들처럼 시끄러운 시내 쪽을 향하고 있는 것이 아니라 나무들이 심어져 있는 안마당 같은 곳을 향하고 있었다.

"자, 앉아." 그녀가 안락의자에 털썩 주저앉으며 말했다. "내가 제대로 이해한 거라면, 오빠는 알리사 언니의 추억에 충실하려는 것 같아."

나는 잠시 대답을 하지 않았다.

"아마 그보다는, 나에 대해 그녀가 가졌던 생각에……. 뭐, 무슨 대단한 일을 하겠다고 그러는 건 아니야. 달리 어쩔 수 없는 것 같다는 생각이야. 만일 내가 다른 여자와 결혼하더라도 그 여자를 사랑하는 척밖에는 할 수 없을 거야."

"아, 그래?" 그녀는 마치 무심한 듯 말했다. 이어서 그녀는 내게서 얼굴을 돌리더니 뭔가 잃어버린 것이라도 찾으려는 듯 바닥으로 몸을 기울였다.

"오빠는 희망이 없는 사랑을 그토록 오랫동안 가슴에 간직하는 게 가능하다고 생각해?"

"그럼, 쥘리에트."

"그 위로 삶의 바람이 매일 불어와도 꺼지지 않을 거라고 생각해?"

저녁이 잿빛 조수처럼 밀려와 사물들 하나하나를 어둠에 잠기게 했고, 이 어둠 속에서 그 사물들은 낮은 목소리로 자신들의 과거를 다시 살면서 그 과거에 대해 이야기하는 것 같았다. 나는 알리사의 방을 다시 보는 것 같았다. 쥘리에트가 그녀의 가구들을 모두 이곳에 모아두었던 것이다. 그녀가 다시 내게로 얼굴을 돌렸다. 그러나 너무 어두웠기에 그녀의 얼굴 윤곽이 똑똑히 보이지 않았고, 그녀가 눈을 감았는지 아닌지도 알 수 없었다. 그녀가 무척 아름다워 보였다. 우리는 이제 아무 말 없이 한동안 앉아 있었다.

"자!" 마침내 그녀가 말했다. "이제 잠에서 깨어나야 해⋯⋯."

그녀가 일어나더니 한 발자국 앞으로 내딛다가 기운이 없는 듯 옆의 의자에 다시 주저앉는 모습이 보였다. 그녀는 두 손으로 얼굴을 감쌌다. 울고 있는 것 같았다.

램프를 들고 하녀가 들어왔다.

La Symphonie Pastorale

전원 교향곡

첫째 노트

189*년 2월 10일

사흘째 쉬지 않고 눈이 내리는 바람에 길이 막혀버렸다. 그 때문에 나는 15년 전부터 한 달에 두 번씩 예배를 집전했던 R. 마을로 갈 수 없었다. 오늘 아침 라브레빈의 교회에는 겨우 30명의 신도만이 모였다.

꼼짝 없이 갇히는 바람에 얻게 된 이 한가한 시간을 이용해서 나는 과거로 되돌아가 내가 어떻게 제르트뤼드를 돌보게 되었는지 이야기해 줄 작정이다.

나는 이 노트에 이 경건한 영혼이 어떻게 형성되고 발전해 갔는지 그 과정을 모두 기록할 것이다. 나는 오로지 하느님에 대한 찬미와 사랑의 힘만으로 이 경건한 영혼을 어둠 속에서 구해낸 것 같다. 제게 이 임무를 맡기신 주여, 찬양받으소서!

　지금으로부터 2년 반 전의 일이다. 내가 라쇼드퐁까지 갔다가 돌아왔을 때 생면부지의 소녀 한 명이 황급히 나를 찾아왔다. 어느 불쌍한 노파가 죽어가고 있다며 이곳에서 7킬로미터 떨어진 곳으로 나를 데려가기 위해 온 것이었다. 말은 아직 마차에 매여 있는 상태였다. 나는 등불을 준비한 다음 소녀를 마차에 태웠다. 밤이 되기 전에 돌아오지 못하리라고 생각한 것이다.

　나는 이 마을 근방에 대해 훤히 안다고 믿고 있었다. 그런데 라소드레의 농장을 지나자 소녀는 내가 전에 한 번도 와본 적이 없는 길로 나를 안내했다. 그 길을 2킬로미터쯤 달리자 왼쪽에 눈에 익은 작고 신비스러운 호수가 보였다. 내가 젊었을 때 가끔 스케이트를 타러 오던 곳이었다. 하지만 목사로서의 집무 수행을 위해 이곳에 올 일이 전혀 없었기에 15년 동안 한 번도 와보시 않은 곳이었다. 그 호수가 어디 있느냐고 누가 물어도 대답할 수 없을 정도로 그 호수는 내 머리에서 까맣게 지워져 있었기에 저녁녘 장밋빛과 황금빛 황홀경 속에서 갑자기 그 호수가 나타나자 처음에는 꿈속에서 그것을 보고 있는 것만 같았다.

길은 호수에서 나온 물줄기를 따라 이어지다가 숲 가장자리를 가로지른 다음, 토탄 갱을 따라 뻗어 있었다. 분명히 한 번도 와본 적이 없는 곳이었다.

해가 졌고 우리는 이미 오래전부터 어둠 속에서 앞으로 나아가고 있었다. 그때 나의 어린 안내자가 언덕 중턱에 있는 작은 오두막집을 손가락으로 가리켰다. 지붕 위로 피어오르는 가느다란 연기가 없었다면 사람이 살지 않는 집으로 보일 만큼 초라한 오두막이었다. 연기는 어둠 속에서 파랗게 피어오르다가 금빛 하늘 속에서 그 빛과 섞여 사라지고 있었다. 나는 말을 근처 사과나무에 매어 둔 후 아이를 따라 노파가 막 숨을 거둔 어두운 방으로 들어갔다.

침중한 풍경, 그 시간대의 적막과 장중함에 나도 모르게 몸이 떨려왔다. 아직 젊어 보이는 여자 한 명이 침대 옆에 무릎을 꿇고 앉아 있었다. 처음에는 고인의 손녀려니 생각했던 아이는 고인의 하녀일 뿐이었다. 아이는 그을음이 이는 양초에 불을 붙인 후 침대 발치로 가서 꼼짝 않고 서 있었다. 여행 동안 나는 아이에게 말을 걸려고 애를 썼지만 단지 몇 마디만 이끌어낼 수 있었을 뿐이었다.

무릎을 꿇고 있던 여인이 일어났다. 그 여자도 처음에 내가 그러려니 짐작했던 것과는 달리 고인의 친척이 아니었다. 그녀는 단지 이웃이었을 뿐으로, 죽은 노파와 가깝게 지내던 사이라서 주인이 죽어가는 것을 본 하녀가 불러와서 시신을 밤새 지켰던 것이다. 그녀 말로는 노파는 고통 없이 숨을 거두었다는 것이었다. 우리는 함께 매장과 장례 절차에 대해 의논했다. 이미 종종 그랬듯이 이렇게 외딴 곳에서는 내가 모든 것을 결정해야 했다. 고백하지만 겉보기에 제아무리 초라해 보이는 집이라도 집안일 전체를 이 이웃 여자와 아직 어린 하녀에게 모두 맡겨버린다는 것이 뭔가 꺼림칙했다. 그렇다고 해서 이런 비참한 집 어느 구석에 뭔가 값나가는 게 숨겨져 있을 것 같지도 않고…… 그렇다면 어떻게 해야 하나? 어쨌든 나는 고인에게 남은 가족이 없느냐고 물어보았다.

그러자 이웃 여자가 촛불을 들더니 벽난로 쪽 한구석을 비추었고, 아궁이에 웅크리고 있는 사람의 모습이 보였다. 잠들어 있는 것 같았다. 숱이 많은 머리다발이 얼굴을 온통 다 가리고 있었다.

"장님이에요. 심부름 하는 아이 말로는 조카딸이랍니다. 가족이라고는 저 애뿐인 것 같아요. 양육원에 보내야 할 거예요. 그러지 않으면 저 애가 어떻게 될지 저도 모르겠어요."

나는 면전에서 그 여자아이 운명을 그런 식으로 결정하다니, 이 거친 말을 듣고 저 여자아이 마음이 얼마나 아플까 하는 생각에 기분이 언짢았다.

"깨우지 마세요." 내가 이웃 여자의 목청이라도 낮추고 싶어 나직이 말했다.

"아, 잠들어 있는 게 아닐 거예요. 저 애는 백치(白癡)예요. 말한마디도 못 하고 남들의 말을 전혀 알아듣지도 못해요. 제가 오늘 아침부터 내내 이 방에 있었지만 꼼짝도 하지 않았어요. 처음엔 귀머거리인 줄 알았지요. 그런데 심부름 하는 아이 말로는 아니라는 거예요. 죽은 노파가 귀머거리여서 다른 사람은 물론이고 저 애한테 한 마디 말도 하지 않았대요. 오래전부터 먹거나 마실 때만 입을 열었다는 거예요."

"몇 살이나 됐습니까?"

"제 짐작으로는 열댓 살이나 됐으려나! 하지만 저도 목사님과 마찬가지로 그 이상은 아는 게 없어요."

이 아이를 내가 돌봐야겠다는 생각이 그 즉시 든 것은 아니었다. 하지만 이웃집 여자와 하녀와 함께 침대 밑에서 무릎을 꿇고 기도를 하고 난 뒤에, 아니, 보다 정확히 말한다면 기도를 하는 도중에 하느님께서 내 삶의 길에 일종의 의무를 부과하신 것이며 그 의무를 피하는 것은 비겁한 짓이라는 생각이 갑자기 들었다. 기도를 마치고 몸을 일으켰을 때는 바로 그날 저녁 아이를 데리고 가겠다는 결심이 이미 확고하게 서 있었다. 하지만 이 아이를 장차 어떻게 할 것인지, 누구에게 맡길 것인지에 대해서는 아무런 생각도 없었다.

나는 잠시 동안 영원한 잠에 빠진 노파의 얼굴을 들여다보았다. 쭈글쭈글하게 오그라든 그 입은 마치 한 푼의 돈도 빠져나가지 못하도록 끈으로 꽉 조여 맨 구두쇠의 지갑 같았다. 이어서 나는 눈먼 아이 쪽을 돌아보며 이웃집 여자에게 내 의도를 알렸다.

"내일 사람들이 시신을 거두러 올 때는 저 애가 여기 없는 게 낫겠지요." 그녀가 말했으며 그것이 전부였다.

무슨 일이건 사람들이 쓸데없이 이런 저런 이유를 만들어내서 반대하지만 않는다면 많은 일이 수월하게 처리될 수 있을 것이다. 우리는 어린 시절부터 우리가 정말로 하고 싶은 일을 단지 주변 사람들이 "아마 할 수 없을걸……"이라고 되풀이해 말하는 것을 듣고 단념하게 되는 경우가 그 얼마나 많았던가.

눈먼 아이는 마치 아무런 의지도 없는 물체처럼 끌려 나왔다. 얼굴 생김새는 반듯했으며 꽤 예쁜 편이었지만 도무지 표정이라고는 없었다. 나는 다락방으로 올라가는 계단 아래 방 한구석, 그녀가 평상시에 누워서 잠을 잤으리라고 생각되는 짚 매트 위에서 담요를 한 장 챙겼다.

이웃집 여자는 친절했으며 나를 도와서 그 아이를 정성껏 담요로 감쌌다. 맑은 밤공기가 매우 싸늘했던 것이다. 나는 이륜마차의 등불을 밝힌 다음 내게 기대고 앉은 이 살덩어리, 오로지 내게 전달되는 미미한 체온에 의해서만 그 생명을 느낄 수 있는 이 영혼 없는 살덩어리를 데리고 그곳을 떠났다. 돌아오는 동안 내내 나는 생각에 잠겼다. 자고 있는 걸까? 그렇다면 얼마나 캄캄한 잠일까…… . 이 아이에게 깨어 있다는 것은 잠자는 것과 무엇이 다를까? 주여! 이 어두운 몸 안에도 분명 그 몸의 주인인 영혼이 갇혀 있어, 마침내 주님의 은총의 빛이 내려 어루만져주기를 기다리고 있을 것이옵니다! 주님, 저의 사랑이 그녀로부터 무서운 어둠을 쫓아낼 수 있도록 허락하여 주시겠사옵나이까?

나는 진실을 존중하는 사람이어서 내가 집에 돌아왔을 때 받아야만 했던 불쾌한 대접에 대해 밝힐 수밖에 없다. 내 아내는 미덕이 가득 들어차 있는 정원과도 같은 여자이다. 우리가 이겨내야만 하는 어려운 일을 겪을 때마다 나는 한순간도 그녀의 훌륭한 마음씨를 의심해본 적이 없다. 하지만 그녀가 타고난 자비심은 뜻밖의 일을 당하는 것은 좋아하지 않는다. 그녀는 절도 있는 사람이어서 의무를 넘어서는 것도, 의무에 못 미치는 것도 참아내지 못한다. 그녀의 자비심은 마치 사랑을 닳아 없어지는 보물로 생각하는 듯 절도가 있었다. 우리 둘 사이에 논쟁이 벌어진다면 오로지 그 문제에 관해서일 뿐이다.

내가 그날 밤 그 아이와 함께 돌아온 것을 보고 그녀가 무슨 생각을 했는지는 그녀의 외침 소리에 그대로 드러나 있었다.

"아니, 당신, 또 무슨 짐을 맡아 가지고 온 거예요?"

우리 사이에 무슨 설명이 필요할 때면 늘 그랬듯이 나는 우선, 놀라움과 궁금증에 가득 차서 입을 벌린 채 서 있던 아이들을 밖으로 내보냈다. 오, 아내와 아이들의 이런 반응은 내가 기대했던 것과는 그 얼마나 거리가 멀었던가! 다만 어린 샤를로트만이 마차에서 뭔가 새로운 것이, 뭔가 살아 있는 것이 나오는 것을 알고 손뼉을 치며 기뻐했을 뿐이었다. 하지만 어머니에게 훌륭하게 훈련을 받은 다른 아이들은 재빨리 막내의 흥분을 가라앉히고 얌전하게 굴게 만들었다.

잠시 동안 집안에 큰 소동이 일었다. 아내도, 아이들도 그녀가 장님이라는 것을 몰랐기 때문에 내가 그녀를 안으로 데려오면서 왜 그렇게 그녀의 발걸음에 주의를 기울이는지 납득할 수 없었던 것이다. 그뿐이 아니었다. 내가 집에 오는 동안 내내 붙잡고 있던 그녀의 손을 놓자마자 그녀가 얼마나 괴상한 신음 소리를 냈는지 나 자신도 당황할 정도였다. 도저히 사람이 내는 소리 같지 않았다. 차라리 작은 강아지가 애처롭게 낑낑대는 것 같았다. 게다가 그녀에게 우주 전체와 같았던, 몸에 익은 좁은 감각의 울타리에서 처음으로 벗어난 때문인지 그녀의 무릎이 휘청거렸다. 내가 그녀 앞에 의자를 갖다주자 그녀는 마치 의자에 앉는 법이라고는 모르는 양 바닥에 그대로 쓰러지듯 주저앉았다.

나는 그녀를 난로 근처로 데려갔다. 그녀는 내가 노파의 집 난로 곁에서 처음 그녀를 보았을 때와 마찬가지로 벽난로 앞 장식 면에 기대어 쪼그리고 앉아서야 조금 진정이 되는 것 같았다. 오는 동안 마차 안에서도 그녀는 의자 아래로 미끄러지듯 내려가, 내 발밑에 웅크리고 앉아 있었다. 아내는 그녀의 가장 큰 장점이랄 수 있는 본성이 이끄는 대로 나를 도와주었다. 다만 그녀의 이성이 끊임없이 그녀의 본성과 싸움을 벌여 자주 마음에 어긋나는 행동을 하게 만드는 것이 문제일 뿐이었다.

"당신, 이걸 어떻게 할 작정이에요?" 그 여자아이가 자리를 잡자 아내가 물었다.

이렇게 사물을 대하듯 그녀를 지칭하자 내 영혼이 부르르 떨렸고 화가 치미는 것을 참아내기 힘들었다. 하지만 길고 평화적인 묵상에 여전히 잠겨 있었던 나는 자제할 수 있었다. 나는 어느새 다시 내 주변에 빙 둘러서 있는 아이들을 향해 몸을 돌린 뒤 한 손을 맹인 소녀의 이마에 얹고는 최대한 엄숙하게 말했다.

"나는 길 잃은 어린 양을 데리고 온 것이다."

하지만 아멜리는 복음서의 가르침 속에 이성에서 벗어나거나 이성을 초월하는 것이 있을 수 있다고는 인정하지 않는다. 그녀가 즉각 항변하려는 것을 보고 나는 자크와 사라에게 눈짓을 했고 그 애들은 두 동생을 데리고 나갔다. 그 둘은 우리들의 사소한 부부싸움에 익숙해 있는 데다 태생적으로 별로 호기심도 없었다. (나는 그 점이 별로 마음에 들지 않았다.) 나는 아내가 이 침입자 때문에 여전히 당혹스러워 하고 있고 약간 화가 나 있는 것 같아서 덧붙여 말했다.

"이 애 앞에서는 말을 해도 좋아. 이 불쌍한 애는 알아듣지도 못하니까."

그러자 아멜리는 내게 해줄 말은 하나도 없다고 말한 뒤―길고 긴 잔소리가 시작된다는 전주이다―내가 아무리 관행에 어긋나고 비상식적인 짓을 저지르더라도 언제나 그랬듯 따를 수밖에 없지 않느냐고 항변하기 시작했다.

나는 이 아이를 어떻게 할 것인지 아무런 계획도 없었다고 이미 썼다. 나는 이 아이를 우리 집에 함께 머물게 할 수 있으리라는 생각은 하지 않고 있었으며 만일 생각을 했더라도 극히 막연했을 뿐이었다. 그런데 아멜리가 내게, 우리 집은 우리 식구만으로도 이미 넘친다고 생각하지 않느냐고 물었을 때, 바로 아멜리 자신이 그런 생각을 내게 떠오르게 만들었다고 말할 수 있을 것이다. 이어서 그녀는 내가 내게 딸린 집안 식구들의 반대는 조금도 염두에 두지 않은 채 미리 일을 저지르고 본다, 자신은 이제 다섯 아이로 충분하다고 생각하며 클로드가 태어난 뒤로는(바로 그때 클로드가 마치 자신의 이름을 듣기라도 한 듯 요람 속에서 울기 시작했다) 더 이상 감당할 수 없을 정도로 한계를 느낀다고 길게 늘어놓았다.

그녀의 말을 몇 마디 듣자마자 예수님의 말씀 몇 마디가 마음속으로부터 입술 근처까지 떠올랐지만 나는 꾹 참았다. 성서의 권위를 앞세워 내 행동을 변명하는 것은 온당치 못하다고 생각한 때문이었다. 하지만 아내가 자신이 너무 피곤하다고 말하자 나는 기가 꺾였다. 나의 분별없는 열정의 결과물을 아내에게 짐으로 떠맡긴 적이 한두 차례가 아닌 것을 인정할 수밖에 없었던 것이다. 하지만 결과적으로 아내가 내게 행한 비난은 내 의무를 일깨워주는 효과를 낳았다.

나는 아멜리에게, 당신이 내 입장이었더라도 나와 같은 행동을 했을 것이다, 의지할 데가 아무 곳도 없는 게 분명한 한 존재를 그런 불행 속에 내팽개칠 수 있었겠는지 한번 생각해보라고 아주 조용하게 간청하듯 말했다. 이어서 나는 온갖 살림살이 걱정에 이런 장애아를 돌봐야 한다면 당신이 얼마나 힘들 것인지 모르는 바가 아니다, 그런 일에 나 자신이 조금도 도움이 되지 못해 늘 미안하게 생각해왔다고 그녀를 달랬다. 마지막으로 나는 아내에게 스스로 원망 받을 짓이라곤 하지 않은 이 죄 없는 아이를 원망하는 일은 없어야 하지 않겠느냐고 최선을 다해 그녀를 달랬다. 그에 덧붙여 나는 이제 사라도 아내를 충분히 도와줄 수 있을 정도로 자랐으며 자크도 더 이상 돌봐주지 않아도 될 나이가 되었다고 말했다. 요컨대 이 사건에 대해 아내가 좀 더 곰곰이 생각해보았다면, 또한 이렇듯 갑작스럽게 그녀의 의지를 시험해보려 들지만 않았더라면 그녀가 기꺼이 떠맡았으리라고 내가 확신하는 일을 그녀가 받아들일 수 있도록 그녀를 설득할 수 있는 언변을 하느님께서 내 입에 담아주신 것이다.

나는 이제 승부는 났다고 생각했다. 아니나 다를까, 사랑하는 아멜리는 이미 상냥하게 제르트뤼드 곁으로 다가가고 있었다. 하지만 등불을 들고 아이를 좀 더 자세히 살펴보려는 순간 그녀의 분노가 다시 폭발했다. 그녀는 이루 말할 수 없이 더러운 아이의 몰골을 보자 소리쳤다.

"어휴, 이 냄새!"

이어서 그녀가 내게 소리쳤다.

"어서 털어요! 어서 털라니까! 아니, 여기서 말고 밖에 나가 털어요. 맙소사, 우리 아이들에게 모두 옮겠네. 세상에! 나는 이 세상에서 이(蝨)가 제일 무서운데!"

실제로 그 아이는 완전히 이투성이였다. 솔직히 마차 안에서 이 아이와 꼭 붙어 있었다고 생각하니 나도 역겨운 기분이 드는 걸 어쩔 수 없었다.

잠시 후 내가 정성껏 몸을 털고 들어오자 아내가 소파에 몸을 묻은 채 두 손으로 머리를 감싸고 흐느끼고 있었다. 나는 그녀에게 부드럽게 말을 건넸다.

"여보, 당신에게 이런 식의 시련을 겪게 할 생각은 없었소. 어쨌든 오늘은 너무 늦어서 잘 보이지도 않소. 내가 이 아이가 잠든 곁에서 불을 지키면서 밤을 새울게. 내일 머리를 잘라주고 제대로 씻겨줍시다. 이 아이에 대한 혐오감이 사라질 때까지 당신은 이 아이를 돌보지 않아도 돼."

이어서 나는 이런 이야기를 아이들에게 하지 말아달라고 아내에게 부탁했다.

저녁 식사 시간이었다. 로잘리 할멈은 우리에게 식사 시중을 들면서 적대적인 눈초리를 나의 피보호자에게 보냈다. 아이는 내가 내밀어주는 접시의 수프를 게걸스럽게 먹었다. 식사 도중 아무도 말이 없었다. 나는 아이들에게 말을 걸고 싶었다. 이 아이를 데려오기까지의 일에 대해 이야기해주고, 그토록 처절한 가난이 얼마나 불쌍한 일인지 느끼고 이해시켜 아이들을 감동시키고 싶었으며 우리가 거두어들이도록 하느님께서 보내주신 이 소녀에 대한 연민과 동정심을 불러일으키고 싶었다. 하지만 나는 아멜리의 화를 다시 돋울까 봐 겁이 났다. 마치 이 일을 그냥 묵과하라는, 이 일을 그냥 잊으라는 명령이라도 내려진 것 같았다. 하지만 우리들 모두 이 일 외에 다른 생각은 할 수 없었다.

모두 잠자리에 든 지 한 시간 정도 지나고 아멜리도 방에 나 혼자 남겨 놓은 채 밖으로 나갔을 때 어린 샤를로트가 잠옷 차림에 맨발로 방문을 살짝 열고 들어와 내 목을 힘껏 껴안으며 이렇게 소곤거렸을 때 나는 감동을 받았다.

"아빠, 아빠한테 안녕을 안 했어."

그런 후 천진스럽게 자고 있는 눈먼 소녀를 손가락으로 가리키며 낮게 속삭였다. 실은 그 애는 낯선 이방인이 잠들기 전에 한번 더 보고 싶다는 호기심에 내 방으로 온 것이었다.

"저 애한테 왜 뽀뽀하면 안 돼요?"

"내일 해주렴. 지금은 그냥 내버려둬. 잠들었잖아." 나는 샤를로트를 문가로 데려가며 말했다.

그런 후 나는 다시 돌아와 책을 읽고 다음 설교 준비를 하면서 밤새 일을 했다.

나는 생각했다(지금도 또렷이 생각난다). '샤를로트가 오빠나 언니보다는 오늘 확실히 다정한 모습을 보여주는구나. 하지만 걔들도 저 나이 때는 내게 속마음을 감추지 않았는데……. 지금 저처럼 냉정하고 신중한 자크도 마찬가지였는데……. 사람들은 그 애들이 다정하다고들 하지. 실제로는 아양을 떨고 어리광을 부리는 것일 뿐인데.'

2월 27일

오늘 밤에도 눈이 많이 내렸다. 아이들은 이제 곧 창문으로 드나들게 될 것이라며 기쁨에 들떠 있었다. 실제로 오늘 아침에 문이 막히는 바람에 세탁실을 통해서야 겨우 밖으로 나갈 수 있었다. 나는 마을에 식량이 넉넉하다는 것을 어제 확인해두었다. 얼마간 외부 사람들과 단절된 채 지내야 할 게 분명한 때문이었다. 겨울에 눈 때문에 꼼짝 못하게 된 것이 이번이 처음은 아니었지만 내 기억에 이토록 심하게 꽉 막힌 일을 겪은 적은 없었다. 이 상황을 이용하여 지난번 시작한 이야기를 계속해 나가겠다.

이미 말했지만 나는 이 눈먼 아이를 데려오면서 이 아이가 우리 집에서 어떤 자리를 차지하게 될 것인가에 대해서는 별로 생각해보지 않았다. 나는 아내가 어느 정도 반발을 하리라는 것도 알고 있었고 우리가 그 애에게 내줄 자리에도 한계가 있으며 우리의 생활비가 빠듯하다는 것도 알고 있었다. 나는 언제나 그랬듯이 내 충동에 따른 행동의 결과와 빚어질 비용에 대해서는 전혀 계산도 하지 않은 채(내게는 그런 식의 계산을 하는 것이 복음서의 말씀에 어긋나는 것으로 보였다) 마치 원칙에 따라 행동하듯 나의 자연스러운 기분에 따라 행동한 셈이었다. 하지만 그런 일이 하느님께 맡겨야 하는 일이라거나 남에게 짐이 되는 일이라면 사정이 전혀 다르다. 나는 아멜리의 팔에 무거운 짐을 안겨준 셈이라는 것을 얼마 가지 않아 깨달았다. 그 짐이 얼마나 무거운지 처음에는 나도 무척 당황할 정도였다.

나는 최선을 다해 아멜리가 그 아이의 머리를 깎아주는 일을 도와주었다. 아멜리의 표정에는 싫은 일을 억지로 한다는 표정이 역력했다. 하지만 그 애의 몸을 씻기고 깨끗하게 해주는 일은 모두 아내에게 맡길 수밖에 없었다. 나는 가장 무겁고 힘든 수고는 모면한 셈이었다.

어쨌든 결국에는 아내도 더 이상 불평을 하지 않게 되었다. 그녀는 밤새 곰곰이 숙고한 끝에 이 새로운 짐을 떠맡기로 결심한 것 같았다. 심지어 그녀는 이 일에서 어떤 기쁨을 느끼는 것 같기도 했다. 제르트뤼드의 단장을 끝낸 다음 그녀의 얼굴에 미소가 떠오른 것을 볼 수 있었던 것이다. 나는 그 애의 깎은 머리에 포마드를 바르고 모자를 씌워주었다. 아멜리는 그 아이가 입고 있던 더러운 누더기를 불에 던져 넣고는 대신 사라가 입던 헌 옷과 깨끗한 속옷으로 갈아 입혔다. 제르트뤼드라는 이름은 어린 샤를로트가 붙여주었다. 그 고아 자신이 제 본명을 알 리 없었고 달리 알아낼 방법도 없었기에 모두들 그렇게 부르기로 한 것이다. 사라가 1년 전에 입었던 옷이 그 애에게 꼭 맞는 것으로 보아 그 애는 사라보다 조금 어린 것 같았다.

나는 여기서 내가 처음 며칠 동안 크게 실망했다는 사실을 고백할 수밖에 없다. 나는 제르트뤼드의 교육에 대해 완전히 한 편의 소설을 구상하고 있던 셈이었으며 현실은 내가 쓴 그 소설을 무참하게 짓뭉개버렸다. 그 얼굴이 보여주는 무관심하고 우둔한 표정, 아니 차라리 아무 표정도 보여주지 않는 그 얼굴은 내 선한 의지를 바닥까지 얼어붙게 만들었다. 그 아이는 하루 종일 방어 자세로 불가에 앉아 있었다. 그리고 우리들 중 누군가의 목소리를 듣자마자, 특히 누군가 그 애 곁으로 다가가기라도 하면 얼굴이 굳어버렸다. 그 애의 얼굴에 그 무언가 표정이 떠오르는 것은 오로지 적의를 드러내 보이기 위해서일 때뿐이었다. 누군가 그 애에게 조금이라도 주의를 기울이려 하면 그 애는 마치 짐승처럼 낑낑대고 으르렁거렸다.

그 뿌루퉁한 표정이 풀리는 것은 오로지 식사 때뿐이었다. 내가 그 애에게 식사를 갖다주었는데 어찌나 짐승처럼 게걸스럽게 달려드는지 차마 두 눈 뜨고 볼 수 없을 정도였다. 그리고 사랑에는 사랑이 화답으로 돌아오는 법이듯이 이 영혼이 끈질기게 호의를 거절하는 것을 보고 내게 혐오감이 스며드는 것을 어쩔 수 없었다. 그렇다. 진실로 고백하지만 처음 열흘 동안 나는 절망에 빠질 지경이 되었으며, 내 최초의 충동을 후회하고 차라리 그 애를 데려오지 않았으면 하고 바랄 정도로 그 애로부터 등을 돌려버렸다. 게다가 나의 그런 감정을 아멜리에게 감추는 것은 어려웠다. 내가 제르트뤼드를 짐스럽게 여긴다는 것, 그 애가 우리 집에 있다는 사실을 내가 못견뎌한다는 것을 눈치챈 아내는 그녀를 더욱더 친절하게 보살폈고, 그 때문에 나는 더욱더 가슴이 뜨끔할 수밖에 없었다.

내가 그런 상황에 처해 있을 때 발트라베르에 살고 있는 내 친구이자 의사인 마르탱이 환자들 회진 도중 내 집을 방문했다. 그는 내가 이야기해준 제르트뤼드의 상태에 대해 대단한 관심을 보였다. 그는 처음에는 단순히 장님일 뿐인데 그녀의 정신과 지능이 이렇게까지 발전을 하지 못하고 있다는 사실에 대해 무척 놀랐다. 나는 그녀가 장님인 데다 유일하게 그녀를 돌봐준 노파가 귀머거리여서 그녀에게 말을 한 마디도 건넨 적이 없었다는 사실, 그 때문에 그 불쌍한 아이는 완전히 버림받은 상태에 있었다는 사실을 알려주었다. 그러자 그는 그런 상황이라면 내가 절망하는 것은 잘못이라고 내게 말했다. 단지 내가 서툴렀다는 것이었다. 그가 내게 말했다.

"자네는 단단한 기초도 쌓지 않고 집을 지으려 했던 걸세. 그 영혼 안에서는 모든 것이 뒤죽박죽이고 아직 아무런 윤곽조차 잡히지 않고 있다고 생각해보게나. 우선 몇몇 촉각과 미각을 및 붉음으로 엮는 것부터 시작하게. 그런 후 거기에 마치 꼬리표를 달 듯 소리와 단어들을 매달아 놓고 그 애가 지겨워할 정도로 읽고 또 읽어주는 거야. 그런 다음 어떻게 해서든 그 애가 그 소리와 단어들을 따라 읽게 해야 해. 무엇보다 너무 빨리 진도를 나가려고 하지 말게. 시간을 정해놓고 그녀를 돌보되 너무 오래 계속해서는 안 되네."

그는 내게 자상하게 설명해준 뒤에 덧붙였다.

"게다가 이 방법은 그다지 어려운 것도 아니야. 내가 만들어낸 방법이 아니라 남들이 이미 적용해서 효과를 본 방법이라네. 자네, 생각나지 않나? 우리가 함께 철학 수업을 들을 때 교수들이 콩디야크(18세기 프랑스의 감각론적 유물론 철학가로 대리석상에 계속 감각을 주어 의식적인 지각을 주는 효과에 대해 썼음 ─ 옮긴이 주)와 그의 조상(彫像)에 대해 이야기해주지 않았나? 어찌 보면 지금 경우와 아주 비슷한 경우라고 볼 수 있지. 그리고……."

그는 잠시 뜸을 들인 후 말을 이었다.

"어떤 심리학 잡지에서 읽은 것 같은데……. 아무렇거나 상관없어. 너무 감명 깊은 내용이라서 그 가엾은 아이 이름까지 기억나니까. 제르트뤼드보다 장애가 더 심했다네. 귀머거리에 벙어리였으니까. 18세기 중엽의 일이었는데 영국 어느 백작의 주치의가 그 애를 거둬들여 돌봐주었다네. 그 애 이름은 로라 브리지먼이었어. 그 의사는 아이의 지능 발달 과정에 대해서, 혹은 적어도 우선 그 애를 가르치기 위해서 어떤 노력을 기울였는지에 대해 일기로 남겼다네. 자네도 그대로 따라 해야 할 걸세. 몇 날, 몇 주에 걸쳐서 그는 두 개의 작은 물건, 그러니까 핀과 펜을 그 아이에게 번갈아 만져보고 더듬어 보게 했지. 그런 후 맹인용 점자 종이 위에서 핀(PIN)과 펜(PEN)이라는 두 단어를 만져보게 했다네. 하지만 몇 주 동안 아무 효과도 거두지 못했어. 마치 영혼이 없는 육신 같았지. 하지만 그는 신념을 잃지 않았다네. 그는 이렇게 썼다네.

'깊고 컴컴한 우물 둘레에서 몸을 기울이고 줄을 무턱대고 흔들면서 누군가 저 안에서 그 줄을 잡기를 간절히 바라는 사람과 같았다.'

그가 계속 그 줄을 흔들 수 있었던 것은 그 심연 바닥에 누군가 있어 언젠가 이 줄을 잡으리라는 것을 조금도 의심치 않았던 때문이야. 그리고 마침내 어느 날, 그 무감각한 로라의 얼굴에 일종의 미소가 피어오르는 것을 보게 된 것일세. 나는 그 순간 그 의사의 눈에 감사와 사랑의 눈물이 샘솟았을 것이며 주님께 감사드리기 위해 무릎을 꿇었으리라고 확신하네. 로라는 홀연 그 의사가 원했던 것을 이해한 거야. 구원받은 거지! 그날 이후 그녀는 주의를 기울였고 진도도 빨라졌다네. 그녀는 스스로 공부도 할 수 있게 되었고 나중에는 어느 맹인 학교의 교장이 되었다네……. 아니, 다른 경우였나? 최근에 잡지에 비슷한 게 소개된 적이 있어서……. 꽤 오랫동안 신문과 잡지에서 떠들썩했지. 그런 장애인도 행복할 수 있다는 사실에 놀라서 떠들어댄 거라네. 내가 보기에는 어리석은 짓들 같아. 그들이 행복한 건 엄연한 사실이니까. 그런 장애인들은 실제로 행복했고 그 사실을 표현할 수 있게 되자 자신들이 행복하다고 이야기한 거야. 그러자 기자들은 오감을 모두 즐기면서도 불평이나 하고 있는 자들에게 줄 교훈거리를 찾기라도 한 듯 신이 났던 거지……."

이어서 나와 마르탱 사이에는 논쟁이 벌어졌다. 나는 그의 비관론에 반발하면서 감각이 그의 생각처럼 결국 우리를 황폐화시키는 데 쓰일 뿐이라는 사실을 조금도 인정할 수 없다고 말했다. 그러자 그가 항변했다.

"내가 말하고자 하는 건 그런 뜻이 아니야. 인간의 영혼은 도처에서 이 세상을 온통 더럽히고 흐려놓고 망쳐놓고 파괴하는 무질서나 죄악보다는 아름다움과 안락과 조화를 더 쉽게 상상한다는 말을 하고 싶을 뿐이야. 그런데 인간의 오감이라는 것은 이 무질서와 죄악을 우리에게 가르쳐주면서 동시에 거기에 봉사하게 만든다는 거야. 그런 점에서 나는 베르길리우스의 'Fortunatos nimium(얼마나 행복한가)!'라는 시구 다음에 'si sua bona norint(자신의 행복을 안다면)' 보다는ㅡ우리는 대개 그렇게 배우고 있지ㅡ차라리 'si sua mala nescient(그들의 불행을 모른다면)'이라는 구절을 덧붙이고 싶어. 악을 모를 수만 있다면 인간은 그 얼마나 행복할까!"

이어서 그는 찰스 디킨스의 한 작품에 대해 내게 이야기해주었다. 그는 그 이야기가 바로 로라 브리지먼의 경우에서 착상을 얻은 게 틀림없을 것이라며 그 이야기를 내게 곧 보내주겠다고 약속했다. 과연 나흘 뒤에 나는 『난롯가의 귀뚜라미』라는 책을 받았고 매우 재미있게 읽었다. 어느 눈먼 소녀의 이야기로서 매우 길긴 했지만 군데군데 감동적이었다. 가난한 장난감 제조업자인 그녀의 아버지는 딸에게 안락하고 부유하고 행복한 환경 속에서 살고 있다는 환상을 심어준다. 그 거짓말로 인해 디킨스의 작품이 경건한 작품이 되었는지는 모르지만, 하느님께 감사하게도 내가 제르트뤼드에게 그런 거짓말을 할 필요는 없으리라.

마르탱이 나를 찾아왔던 그다음 날부터 나는 그가 가르쳐준 방법을 실행하기 시작했으며 최선을 다했다. 나는 나조차 더듬거리며 그녀를 이끌어야만 했던 그 어슴푸레한 길에서 제르트뤼드가 내디딘 첫 발자국들에 대해 마르탱이 충고해준 대로 전혀 기복을 해놓지 않은 데 대해 지금은 후회하고 있다. 처음 몇 주 동안은 상상할 수 없을 만큼의 인내가 필요했다. 이 초보적인 교육에 시간이 너무 많이 들었기 때문만이 아니라 이 교육에 대해 비난이 쏟아진 때문이었다. 그 비난이 바로 아내 아멜리로부터 왔음을 고백하려니 마음이 쓰리다. 하지만 내가 지금 이곳에서 그 사실을 밝히는 것은 그에 대해 당시 그녀에게 아무런 원한도, 앙심도 품지 않고 있었기 때문이다. 나는 나중에 아내가 이 기록을 읽을 경우에 대비해서 미리 엄숙하게 그 사실을 밝혀둔다(그리스도께서는 길 잃은 양의 비유에 뒤이어 곧바로 죄 지은 자를 용서해주라고 우리에게 가르쳐주시지 않았던가?).

나는 한 걸음 더 나가 말하고 싶다. 설사 내가 그녀의 비난 때문에 괴로움을 겪고 있었다 할지라도 내가 아내를 원망한 것은 내가 제르트뤼드에게 너무나 많은 시간을 들인다고 그녀가 불평했기 때문이 아니다. 나는 내 노력이 그 어떤 결실을 맺으리라고 그녀가 조금도 믿어주지 않는다는 사실이 원망스러웠다. 그렇다. 나는 그런 믿음의 결여가 아쉬웠을 뿐 다른 그 어떤 것도 내 용기를 꺾지는 못했다.

나는 얼마나 자주 아내가 "원, 아직도 무슨 성과가 있으려니 믿고 있는 건지……"라고 중얼거리는 소리를 들어야 했던가. 그렇다. 아내는 내가 헛수고를 하고 있다고 굳게 믿고 있었다. 그러니 다른 일에 썼으면 좋을 시간을 이 일에 낭비해버리는 것을 아내가 탐탁지 않게 여기는 것이 당연했다. 그녀는 내가 제르트뤼드를 돌보고 있을 때마다 내가 돌봐야 할 다른 사람이나 일이 있다는 사실, 내가 다른 데 써야 할 시간을 제르트뤼드를 위해 헛되이 보내고 있다는 사실을 상기시키려고 애를 썼다. 결국 나는 모성애에서 비롯된 질투심이 그녀를 자극하고 있다고 생각했다. 그녀가 "당신은 당신 친자식들을 그만큼 열심히 돌본 적이 있나요?"라는 말을 들은 적이 한두 번이 아니었던 것이다. 그건 사실이었다. 내가 내 아이들을 사랑한 것은 사실이지만 그 애들을 열심히 돌봐주어야 한다고 생각한 적은 한 번도 없었다.

나는 길 잃은 양에 대한 복음서의 비유가 스스로 독실한 기독교 신자라고 믿는 사람들에게조차 때로는 가장 받아들이기 어려운 비유 중의 하나라는 것을 자주 느끼곤 했다. 양 떼들 중에서 한 마리를 따로 떼어놓고 목동에게 그 한 마리가 나머지 양 떼들보다 귀하다고 말한다면 그가 쉽게 납득할 수 있겠는가? '어떤 사람에게 양이 백 마리 있다. 그중 한 마리가 길을 잃었으면 그 아흔아홉 마리를 산에 두고 길 잃은 양 한 마리를 찾으러 가지 않겠느냐?'(「마태복음」 18장 12절)는 말씀, 자비심에 빛나는 그 말씀에 대해 목동에게 솔직한 의견을 말해보라고 한다면 정말로 부당한 말씀이라고 단언할 것이다.

제르트뤼드의 첫 미소가 그 모든 것으로부터 나를 위로해주었고 내가 들인 수고를 백배로 갚아주었다. '내가 진실로 너희에게 이르노니 목자가 그 양을 찾으면 길을 잃지 않았던 다른 아흔아홉 마리의 양들보다 그 한 마리 양 때문에 더 기뻐하리라'(「마태복음」 18장 13절)는 말씀대로였던 것이다. 그렇다. 나도 진실로 이르거니와, 내 아이들의 그 어떤 미소도, 어느 날 아침, 마치 조각상 같던 그녀의 얼굴에 떠오른 미소만큼 내 마음을 천상의 기쁨으로 넘치게 만든 적은 없다. 그녀는 그 아침에 갑자기, 내가 그토록 오랫동안 가르치려 애쓰던 것을 이해하고 거기에 흥미를 갖기 시작한 것이다.

3월 5일. 나는 그 날짜를 마치 무슨 생일이라도 되는 양, 기록해 두었다. 그것은 미소라기보다는 차라리 일종의 변신이었다. 갑자기 그녀 얼굴에 생기가 돌았다. 마치 저 알프스 고지에서 동이 트기 전에 자줏빛 햇살이 눈 덮인 정상을 비추고 어둠으로부터 끌어내어 떨리게 만들 듯, 갑자기 그녀의 얼굴에 밝은 빛이 내린 것 같았다. 그것은 마치 신비로운 채색과도 같았다. 또한 내게는 천사가 내려와서 잠들어 있는 물을 깨워놓았을 때의 베데스다 연못(「요한복음」 5장, 천사가 내려와서 물이 일렁일 때 그 물에 처음 들어가는 사람은 병이 낫는다 – 옮긴이 주)이 떠올랐다. 나는 제르트뤼드의 얼굴에 갑자기 떠오른 천사 같은 표정을 보고 일종의 황홀경에 빠졌다. 그 순간 그녀를 찾아온 것은 지성이라기보다는 사랑이라고 느껴진 때문이었다. 그러자 갑자기 감사의 마음이 격정처럼 일어, 나는 마치 하느님께 입맞춤을 드리듯 그녀의 아름다운 이마에 입을 맞추었다.

이 첫 번째 결과를 얻어내기가 힘들었던 만큼 이후의 발전

속도는 빨랐다. 나는 지금, 우리가 어떤 길을 걸어왔는지 상기해내려고 애를 쓰고 있다. 제르트뤼드는 가끔 내 방법을 비웃듯 비약적으로 발전하는 것 같았다. 나는 처음에는 사물들의 다양함보다는 그 사물들의 특질을 강조했던 것이 기억난다. 뜨거운 것, 차가운 것, 따뜻한 것, 단 것, 쓴 것, 거친 것, 부드러운 것, 가벼운 것 등등……. 이어서 움직임이었다. 떼어놓다, 접근시키다, 들어 올리다, 교차시키다, 눕히다, 묶다, 흩뜨리다, 모으다 등등……. 이어서 나는 방법은 아예 던져버리고 그녀와 마음을 내려놓고 편하게 이야기를 나누면서 그녀의 정신이 여전히 나를 따라오는지 살폈다. 하지만 틈나는 대로 내게 질문을 하도록 이끌고 부추기면서 천천히 이야기했다.

내가 그녀를 혼자 내버려둔 동안에도 그녀의 정신 속에서 무슨 작용이 일어났음에 틀림없었다. 그녀를 다시 만날 때마다 나는 새롭게 놀랄 수밖에 없었고 그녀와 나 사이를 가르고 있던 어둠이 점점 옅어지는 것을 느꼈던 것이다. 나는 따뜻한 대기와 꾸준한 봄기운이 차츰차츰 겨울을 이겨내는 것과 같은 일이 벌어지고 있다고 생각했다. 나는 눈이 녹아가는 모양을 바라보며 그 얼마나 자주 경탄하곤 했던가! 마치 외투가 겉모양은 그대로인 채 안쪽이 닳아버리는 것과 같았다. 그 겉모습에 속아 아내는 매번 겨울마다 "눈이 아직 그대로예요"라고 말하곤 했다. 사람들은 아직 눈이 두텁게 쌓여 있다고 생각하지만 눈은 이미 그 힘이 꺾여, 갑자기 여기저기에서 생명이 소생하는 것이다.

제르트뤼드가 노파처럼 계속 난로 곁에 처박혀 있다가는 몸이 허약해질까 봐 염려되어 나는 그녀를 밖으로 데리고 나가기 시작했다. 그녀는 내 팔을 잡지 않고는 발걸음을 떼려 하지 않았다. 집 밖으로 나가자마자 그녀가 놀라고 두려워하는 것을 보고 나는 그녀가 아직 한 번도 집 밖으로 나가보지 않았다는 사실을 그녀가 내게 말해주기도 전에 알게 되었다. 내가 그녀를 발견한 오두막에서, 그녀가 죽지 않을 정도로—'살아 있을 정도로'라고는 표현하지 못하겠다—먹을 것을 주는 것 외에는 그 누구도 그녀를 돌보지 않았던 것이다. 그녀의 어두운 세계에서는 그녀가 한 번도 떠나본 적이 없는 그 방의 벽이 바로 경계선이었다. 여름 날 저 빛나는 세상을 향해 문이 열렸을 때 문지방까지 가본 것이 고작이었을 것이다.

훗날 그녀는 새들의 노래 소리를 듣자 그것이 순전히 빛을 내는 효과로 생각했다고 말했다. 그녀는 그것을 자기가 자신의 뺨이나 손을 어루만질 때 느껴지는 열기와 같은 것이라고 생각한 것이다. 그녀는 거기에 대해 더 이상 깊이 생각하지 않은 채 물이 불 옆에 있으면 끓는 것과 마찬가지로 따뜻해진 공기가 노래하기 시작하는 것은 당연한 것으로 여겼던 것이다. 사실상 내가 그녀를 돌봐주기 전까지는 그녀는 그런 것에 조금도 관심이 없었으며 그 어떤 것에도 주의를 기울이지 않은 채 깊은 마비 상태 속에서 살고 있었다. 내가 그녀에게 이 작은 소리들이 살아 있는 생명체에게서 나온다, 그 생명체들은 오로지 이 자연에 널리 퍼져 있는 기쁨을 느끼고 표현하는 기능만을 지니고 있는 것 같다, 라고 그녀에게 가르쳐주었을 때 그녀가 얼마나 한없이 황홀해했던지 지금도 생각이 난다. (그때부터 그녀는 "새처럼 즐거워요"라고 말하는 버릇이 생겼다.) 하지만 그 노래가 자신은 조금도 볼 수 없는 자연의 기쁨을 노래한다는 생각에 그녀는 우울해졌다.

그녀가 말했다.

"정말로 이 땅은 새들이 이야기하는 것처럼 아름다운가요? 사람들은 왜 그 이야기를 더 해주지 않는 거지요? 목사님은 왜 제게 이야기를 해주지 않으세요? 제가 그걸 보지 못한다는 생각에 괴로워할까 봐 그러시는 거예요? 그렇다면 잘못 생각하신 거예요. 제게는 새소리가 잘 들려요. 새들이 무슨 말을 하고 있는지 다 이해할 수 있을 것 같아요."

"제르트뤼드야, 세상을 다 볼 수 있는 사람들은 너만큼 잘 듣지 못한단다."

나는 그녀를 위로해주기 위해 말했다. 그러자 그녀가 다시 물었다.

"왜 다른 동물들은 노래하지 않는 거예요?"

이따금 나는 그녀의 질문에 너무 놀라 한동안 당황하곤 했다. 그녀의 질문은 내가 이제까지 별 생각 없이 당연하게 받아들이고 있던 것에 대해 곰곰이 생각하게 만들었던 것이다. 그녀의 질문을 통해 나는 생전 처음으로 짐승이 땅에 더 가깝게 가면 갈수록, 또한 몸무게가 무거우면 무거울수록 더 슬퍼지는 것은 아닐까 하는 생각을 하게 되었다. 나는 그 점을 그녀에게 이해시키려고 애를 썼다. 그리고 다람쥐와 다람쥐의 재주에 대해 이야기해주었다.

그러자 그녀는 새들만이 날아다니는 짐승이냐고 내게 물었다.

"나비들도 있단다." 내가 대답했다.

"나비들도 노래하나요?"

"나비들은 자기들만의 또 다른 방식으로 기쁨을 표현한단다. 그 기쁨이 날개 색깔에 새겨져 있지."

이어서 나는 나비들의 온갖 알록달록한 빛깔과 무늬에 대해 설명해주었다.

2월 28일

어제 나도 모르게 이야기가 앞으로 나아가 버렸으니 다시 뒤로
되돌려야겠다.

제르트뤼드를 가르치기 위하여 나도 맹인용 점자 알파벳을
배워야 했다. 하지만 얼마 가지 않아 그녀가 나보다 훨씬 능숙
하게 읽을 줄 알게 되었다. 나는 손으로 만져서 그 글자를 알아
내기 힘들었을 뿐만 아니라 손으로 더듬기보다는 눈으로 보는
경우가 훨씬 더 많았다. 한편 나 혼자 그녀를 가르친 것이 아니
었다.

처음에는 그 수고를 덜게 된 것이 기뻤다. 마을에 할 일이 많
은 데다가 집들이 여기저기 흩어져 있어 때로는 아주 멀리까
지 가난한 사람들과 병자들을 방문해야 했기에 나는 무척 바빴
던 것이다. 자크가 우리 곁에 와서 크리스마스를 지내는 동안
스케이트를 타다가 팔을 부러뜨렸다.—그동안 그 애는 그 애가
초등 교육을 마친 로잔으로 돌아가 신학 대학에 다니고 있었
다.—골절은 대단하지 않았기에 곧바로 불러온 마르탱이 외과
의사의 도움을 받지 않고도 쉽게 붙여놓을 수 있었다. 하지만

조심해야 했기에 자크는 당분간 집에 머물러 있어야만 했다.

그 애는 갑자기 이전까지 거들떠보지도 않던 제르트뤼드에게 관심을 갖더니 나를 도와 그녀에게 글을 가르치기 시작했다. 그 애의 도움은 그 애가 회복되는 3주 동안밖에 지속되지 않았지만 그사이 제르트뤼드는 눈에 띄게 발전했다. 이제 그 어떤 비상한 열의가 그녀를 채찍질하고 있었다. 어제까지만 해도 잠들어 있던 그녀의 지능이 걷는 법을 배우기도 전에 달리기 시작하는 것 같았다. 그녀가 별로 어렵지 않게, 그것도 어찌나 빨리 적절한 방법을 사용해 조금도 유치하지 않고 정확하게 자신의 생각을 표현해내는지 감탄스러울 정도였다. 그녀는 우리가 가르쳐주거나 방금 말해주고 묘사한 사물에 대해—그녀에게 직접적으로 그 사물의 개념을 전달해주기 어려운 경우—우리가 전혀 생각지도 못했던 엉뚱하면서도 재미있는 방법으로 그 개념을 이미지화해서 설명하곤 했다. 우리는 그녀가 미처 파악하기 어려운 것을 설명할 때면 거리 측량하는 사람이 쓰는 방법처럼 그녀가 만질 수 있거나 냄새 맡을 수 있는 것을 늘 사용했던 것이다.

하지만 우리가 사용했던 교육 첫 단계 방법을 여기서 길게 늘어놓을 필요는 없을 것이다. 모든 맹인들의 교육에서 쉽게 찾아볼 수 있는 방법과 비슷할 것이기 때문이다. 그리고 맹인을 가르치던 사람들은 누구나 색의 문제에 관한 한 곤란을 겪었으리라고 나는 생각한다(복음서에 색에 관한 문제는 전혀 나와 있지 않다는 것도 나는 알게 되었다). 다른 사람들이 그 어려움을 어떤 식으로 극복했는지 나는 모른다.

나는 그녀에게 색을 무지개 색깔 순서에 따라 일러주는 방법을 택했다. 그러자 곧바로 그녀의 머릿속에서 색과 밝기에 대한 혼동이 생겼다. 나는 그녀의 상상력이 색조의 차이, 즉 화가들이 색가(色價), 혹은 색의 명암도라 부르는 것을 구별할 수 있는 데까지는 전혀 이르지 못한다는 것을 알게 되었다. 그녀는 각각의 색에 짙은 색과 옅은 색이 있다는 것, 그것들이 서로 얼마든지 섞일 수 있다는 것을 도저히 이해하기 힘들어했다. 그녀는 그처럼 헷갈리는 것은 없었는지 자꾸 그 문제로 되돌아오곤 했다.

그러던 어느 날 그녀를 뇌샤텔에 데리고 갈 기회가 생겼고 그곳에서 그녀에게 연주회를 들려줄 수 있었다. 나는 연주를 들으면서 교향곡에서 각각의 악기가 맡고 있는 역할을 색의 문제와 연결시킬 수 있겠다고 생각했다. 나는 제르트뤼드에게 금관악기, 현악기, 목관 악기들이 내는 다른 소리들을 잘 들어보라고 말한 후 그것들은 각각 음색이 다르면서 또 각각의 악기들은 때로는 강하게 또 때로는 약하게 낮은음에서부터 높은음까지 각각의 음계를 다 낼 수 있다고 설명해주었다. 나는 이런 식으로 자연계에서의 붉은색과 오렌지색은 호른과 트롬본 음색과 비슷하고, 노랑과 녹색은 각각 바이올린과 첼로 콘트라베이스 음을, 자주색과 파랑색은 플루트, 클라리넷, 오보에의 음을 연상시킨다고 상상해보라고 그녀에게 말했다. 그러자 그녀의 마음에 의혹이 사라지고 환희가 찾아온 것 같았다.

"아, 얼마나 아름다울까!"라고 그녀는 거듭 감탄했다.

그러더니 그녀가 불쑥 물었다.

"그렇다면 하얀색은요? 하얀색은 어떤 악기의 음과 비슷한지 이해하기 힘들어요……."

그러자 나는 내가 했던 비유가 너무 임시방편적인 것처럼 느껴졌다. 하지만 나는 애써 대답했다.

"흰색은 모든 음이 뒤섞이는 가장 높은음 같은 거야. 검은색이 가장 낮은음 같은 거고."

하지만 그 설명은 그녀는 고사하고 나 자신에게도 불만족스러웠다. 그녀는 곧바로 내게 목관 악기와 금관 악기와 현악기는 아무리 최고로 높은음을 내더라도 분명히 구별된다고 내게 지적했다. 이제까지 대체 어떤 비유를 갖다 대야 할지 몰라서 말없이 당황했던 적이 그 얼마나 많았던가!

"좋아!" 마침내 내가 그녀에게 말했다. "흰색은 이렇게 상상 하도록 해라. 아주 순수한 것, 오로지 빛만 있을 뿐 색은 없는 그 어떤 것. 반대로 검은색은 색들이 마구 겹쳐 섞여서 어두워 진 거라고……."

내가 여기서 소개하고 있는 대화의 한 토막은 내가 그녀와의 대화에서 그 얼마나 자주 큰 어려움에 부딪혔던가를 보여주는 하나의 예에 불과하다. 제르트뤼드에게는 큰 장점이 있었다. 사 람들이 흔히 그러는 것과는 달리 그녀는 그 어떤 것도 결코 알 아들은 체하지 않았던 것이다. 사람들은 건성으로 알아들은 척 하면서 부정확하고 그릇된 것으로 정신을 채우고 그로 인해 그 들의 모든 추론은 비뚤어지게 된다. 하지만 제르트뤼드는 그 어떤 것이건 정확한 개념을 얻지 못하면 늘 불안해했고 답답해 했다.

앞에서 말한 경우를 예로 들더라도, 그녀의 머릿속에서 빛과 열 개념이 처음에는 긴밀히 연계되어 있었기에 어려움이 더 커 졌던 것이며, 그 때문에 다음에 내가 그 두 개념을 분리시키는 데 여간 어려움을 겪은 것이 아니었다.

이렇게 그녀를 가르치면서 나는 시각의 세계는 청각의 세계와 얼마나 다르며 그 둘을 서로 끌어대어 하는 비유가 그 얼마나 불완전한 것인지 오히려 끊임없이 경험하고 배우게 되었다.

2월 29일

내가 했던 비유에 대해 온통 정신이 팔려 나는 제르트뤼드가 뇌샤텔의 콘서트를 듣고 얼마나 크게 기뻐했는지에 대해서는 한 마디도 하지 못했다. 거기서는 '바로'「전원 교향곡」을 연주했다. 내가 '바로'라는 표현을 쓴 것은, 누구나 쉽게 이해할 수 있겠지만, 내가 이보다 더 그녀에게 들려주고 싶던 작품은 없었기 때문이다. 연주회장을 나오고 한참이 지날 때까지 제르트뤼드는 말이 없었다. 마치 황홀경에 여전히 빠져 있는 것 같았다.

"목사님 눈에 보이는 것들도 정말 저것처럼 아름다워요?" 마침내 그녀가 말했다.

"저거라니 뭘 말하는 거니?"

"「시냇가의 정경」(베토벤 전원 교향곡 2악장 표제 — 옮긴이 주)만큼이요."

나는 즉시 대답해주지 않았다. 나는 그녀의 질문을 듣고 그 이루 말할 수 없이 아름다운 화음은 있는 그대로의 세상을 묘사한 것이 아니라 있어야 할 세상, 이 세상에 악과 죄가 없다면 있음직한 세상을 묘사한 것이라는 생각에 잠겨 있었던 것이다. 하지만 나는 아직 제르트뤼드에게 악과 죄와 죽음에 대해 말해 줄 엄두가 나지 않았다.

나는 결국 이렇게 말할 수밖에 없었다.

"두 눈을 모두 갖고 있는 사람들은 자신들의 행복을 모른단다."

그러자 그녀가 곧장 외쳤다.

"그렇지만 두 눈이 없는 저도 듣는 행복을 알아요."

그녀는 걸으면서 내게 꼭 붙어서 마치 어린아이처럼 내 팔에 매달려 걸었다. 그녀가 계속 말했다.

"목사님, 제가 얼마나 행복한지 아세요? 아니, 목사님을 기쁘게 해드리려고 드리는 말씀이 아니에요. 저를 좀 보세요. 거짓말을 하면 얼굴에 보이지 않아요? 저는 목소리만 듣고도 그걸 알 수 있어요. 생각나세요? 전날 아주머니가(그녀는 내 아내를 그렇게 불렀다) 목사님을 비난했을 때 목사님은 울지 않고 있다고 제게 대답하셨지요. '목사님은 거짓말쟁이예요!'라고 제가 소리 질렀어요. 목사님이 바른대로 말씀하시지 않는다는 걸 저는 목소리를 듣자마자 알 수 있었어요. 목사님이 정말 울고 계신지 아닌지 알기 위해 목사님 뺨을 만질 필요도 없었어요."

이어서 그녀는 목청을 높여 다시 말했다.

"그래요, 목사님 뺨을 만져볼 필요도 없었어요."

그 바람에 나는 얼굴이 붉어졌다. 우리는 아직 시내에 있었기에 지나가는 사람들이 돌아보았던 것이다. 하지만 그녀는 아랑곳하지 않고 말을 이었다.

"목사님, 저를 속이려 하시면 안 돼요. 뭣보다 눈먼 애를 속이는 건 비겁한 짓이니까요……. 그리고 저는 속지도 않을 거예요." 그녀는 웃으면서 덧붙였다. "목사님, 말씀해주세요. 목사님은 불행하지 않으시지요? 그렇지요?"

나는 내 행복의 일부분은 그녀로부터 온다는 것을 말로 고백하지 않고 느끼게 하려는 듯 그녀의 손을 내 입술로 가져가면서 대답했다.

"그럼, 제르트뤼드. 그렇고말고. 나는 불행하지 않아. 내가 왜 불행하겠니?"

"그렇지만 가끔 우시잖아요?"

"그래, 가끔 울지."

"제가 거짓말하지 마시라고 말씀드린 다음부터는 안 우셨어요?"

"그래, 그 후로 다시는 울지 않았지."

"더 이상 울고 싶지도 않으셨어요?"

"그럼."

"그렇다면…… 그 뒤로는 거짓말을 하고 싶은 생각도 들지 않으셨어요?"

"그렇단다."

"이제부터 절대로 제게 거짓말을 않으시겠다고 약속하실 수 있으세요?"

"그래, 약속하마."

"그렇다면 지금 바로 말씀해주세요. 저 예쁘게 생겼어요?"

이 갑작스러운 질문은 내가 지금까지 제르트뤼드의 부정할 수 없는 아름다움에 조금도 주의를 기울이지 않으려 애를 써온 만큼 더욱더 나를 당황하게 만들었다. 그뿐 아니라 나는 그녀가 그 사실을 아는 것이 그녀에게는 아무런 소용이 없는 일이라고 생각하고 있었다.

"그걸 네가 알아서 뭘 하겠다는 거니?" 내가 즉각 말했다.

"그게 제 고민이거든요……. 혹시 제가…… 뭐라고 말씀드려야 하나……. 그러니까 제가 교향곡 안에서 불협화음을 내는 악기 같은 사람은 아닌지……. 이런 걸 목사님이 아니면 누구에게 물어볼 수 있겠어요?"

"목사는 용모에는 신경을 쓰지 않는 법이란다." 나는 가능한

한 자신을 방어하려 애쓰며 말했다.

"왜요?"

"영혼이 아름다우면 되니까."

그러자 그녀가 귀엽게 입을 삐죽 내밀며 말했다.

"목사님은 제가 못생겼다고 생각하게 내버려두시려는 거지요?"

그 소리에 나는 더 이상 참지 못하고 소리쳤다.

"제르트뤼드야, 넌 네가 예쁘다는 걸 잘 알고 있지 않니!"

그녀는 입을 다물었다. 그녀의 표정이 심각해졌으며 집에 돌아올 때까지 그 표정은 풀리지 않았다.

집에 돌아오자 아멜리는 내가 하루를 그런 식으로 보낸 것에 대해 못마땅해하는 눈치를 노골적으로 드러냈다. 그렇다면 내가 뇌샤텔로 가기 전에 불평을 털어놓는 것이 옳았을 것이다. 하지만 그녀는 제르트뤼드와 내가 외출하는 것에 대해 한 마디 말도 없이 그냥 내버려두었다. 하긴 하는 대로 내버려두었다가 나중에 비난할 수 있는 권리를 획득해 놓는 것이 그녀의 버릇이긴 했다.

그런데 이번에는 직접 뚜렷하게 비난조차 하지 않았다. 하지만 그녀의 침묵 자체가 바로 비난이었다. 내가 제르트뤼드를 음악회에 데리고 갔다 온 것을 아는 이상 무슨 음악을 들었느냐고 묻는 것이 자연스러운 일이 아니겠는가? 누군가 자신의 기쁨에 조금이라도 관심이 있다는 것을 알면 이 아이의 기쁨은 그만큼 커질 것이 아니겠는가?

게다가 아멜리는 침묵을 지키고 있는 것도 아니었다. 오히려 일부러 아주 사소한 일에 대해서만 입을 여는 척하고 있었다. 밤이 되어 아이들이 잠자리에 들고 나서야 나는 그녀를 따로 불러서 준엄하게 물었다.

"내가 제르트뤼드를 음악회에 데려갔다고 화가 난 거요?"

내가 그녀로부터 얻은 대답은 이런 것이었다.

"당신 가족들에게는 한 번도 안 해준 일을 그 애에게는 해주는구려."

언제나 똑같은 푸념이었으며, 집에 있던 아이가 아니라 돌아온 아이를 환대하는 법이라는, 우화가 보여주는 교훈을 거부하는 말이었다. 게다가 나는 그녀가 제르트뤼드가 불구라는 사실은 전혀 염두에 두지 않는 것 같아 마음이 아팠다. 그 애의 처지에 이런 식의 환대 외에 더 이상 무엇을 바랄 수 있단 말인가? 하느님의 도우심인지 보통 때라면 그렇게 바쁜 내게 마침 그날 짬이 난 것이고, 아이들이 제각각 해야 할 일과 공부 때문에 붙들려 있었다는 것을 그녀도 알고 있었으니, 게다가 아멜리 자신은 음악에 도통 취미가 없어 설령 시간이 남아돌아가거나 음악회가 우리 집 문 앞에서 열린다 할지라도 가볼 생각조차 했을 리 만무하니, 아멜리의 비난은 더욱 부당한 것일 수밖에 없었다.

내 마음이 더욱 아팠던 것은 아멜리가 그 말을 제르트뤼드 앞에서도 서슴지 않고 할 수 있었으리라는 사실 때문이었다. 내가 아내를 따로 불러냈는데도 그녀는 마치 제르트뤼드에게도 들리라는 듯 목청을 높였던 것이다. 나는 슬프다기보다는 화가 났다.

잠시 후 아멜리가 사라지자 나는 제르트뤼드 곁으로 다가가 그녀의 가냘픈 작은 손을 잡아 내 얼굴로 가져오면서 말했다.

"자, 봐라! 이번에는 울지 않았지."

그러자 그녀가 억지로 미소를 지어 보이며 말했다.

"그래요. 이번에는 제가 울 차례예요."

나를 올려다보는 그녀의 얼굴이 눈물에 젖어 있는 것을 나는 불현듯 볼 수 있었다.

3월 8일

내가 아내를 기쁘게 할 수 있는 유일한 방법은 그녀의 마음에 들지 않는 일을 하지 않는 것뿐이었다. 그녀는 내게 오로지 그런 식의 소극적인 방식의 사랑 표현만을 허락했다. 그녀가 이미 내 삶을 얼마나 위축시켰는지 그녀는 조금도 이해하지 못하고 있다. 오, 제발 그녀가 내게 그 뭔가 어려운 일을 요구했더라면! 제아무리 경솔하고 위험한 일이라도 그녀를 위해 그 얼마나 기꺼이 해냈을 것인가! 하지만 그녀는 그녀에게 익숙하지 않은 일은 그 어떤 것이건 혐오하는 것 같았다. 따라서 그녀에게 삶에서의 발전이란 다만 과거에다 그와 비슷한 날들을 보태는 것을 의미했다. 그녀는 내게서 새로운 미덕을 원하지도 않았고 받아들이지도 않았으며, 기존의 미덕이 성장하고 발전하는 것에 대해서도 마찬가지였다. 그녀는 기독교 정신 속에서 본능에 길들여지고 익숙해지는 것 이상의 것을 찾으려는 영혼의 노력을 비록 혐오까지는 아니더라도 불안한 눈길로 바라보았다.

한 가지 고백할 것이 있다. 제르트뤼드와 함께 뇌샤텔에 갔을 때 단골 잡화상에 들러서 장부에 적힌 셈을 다 치른 다음 실 한 상자를 사다달라고 아멜리가 내게 부탁한 것을 나는 까맣게 잊어버리고 말았다. 나는 그 일에 대해 아멜리가 내게 화를 내기 이전에, 혹은 그 이상으로 우선 나 자신에게 화가 났다. 나는 '작은 일에 충실한 자는 큰일에도 충실하리라'(「누가복음」 16장 10절)는 말씀을 너무나 잘 알고 있었기에, 또한 그 일을 잊어버린 데 대해 아내가 어떤 식으로 나올지 그 뒤끝이 두려웠기에 절대로 잊어버리지 않으리라고 단단히 마음먹고 있었던 만큼 나는 더욱더 자신에게 화가 났다.

나는 아내가 차라리 나를 비난해주었으면 하는 심정이었다. 이 일에 관한 한 내가 비난을 받아 마땅한 짓을 저지른 게 분명한 때문이었다. 그러나 늘 그렇듯이 그녀는 그 일에 대해 직접 비난을 하기보다는 자신의 상상 속에서 지어낸 푸념만을 늘어놓았다. 아! 우리가 우리의 정신 속에 들어 있는 유령과 괴물에게 귀 기울이지 않고 현실 속의 악만 상대하며 지낸다면 우리의 삶은 그 얼마나 아름다워질 것이며 우리의 불행은 그 얼마나 쉽게 감당할 수 있는 것이 될 것인가! 하지만 여기서는 더 이상 길게 늘어놓지 말고 설교 제목에 합당한, '너희는 마음에 근심하지 말라'(「누가복음」 12장 29절)는 성경 말씀을 적어놓는 것으로 그치기로 하자. 내가 여기서 쓰고자 하는 것은 제르트뤼드의 지적, 도덕적 성장에 관한 이야기이므로 그 이야기로 되돌아가겠다.

나는 그 성장 과정을 한 걸음 한 걸음씩 뒤따르고 싶었기에 처음에는 그에 대해 세세하게 이야기를 한 셈이었다. 하지만 모든 양상을 정확하게 기록할 시간이 내게는 없을 뿐더러 지금에 와서 그 과정을 정확히 되짚어본다는 것 자체가 지극히 어려운 일이다. 나는 내 이야기 자체에 끌려서 제르트뤼드의 생각이나 그녀와 내가 나눈 대화를 먼저 소개해버렸다. 그 일은 물론 훨씬 뒤에 있었던 일들이다. 따라서 우연히 그 부분을 읽게 된 사람들은 그녀가 금세 그렇게도 정확하게 자신의 의견을 표명하고 그토록 올바르게 논리를 전개하는 모습을 보고 놀랄 것이다.

하긴 그녀의 발전 속도가 놀랄 정도로 빠르기도 했다. 내가 그녀 가까이 갖다주었거나 그녀 스스로 낚아챌 수 있던 지적(知的) 양식을 그녀가 재빠르게 움켜쥐고는, 끊임없는 동화 작용과 성숙 과정을 거쳐 자기 것으로 만드는 모습에 나는 번번이 감탄하곤 했다. 그녀는 끊임없이 나를 앞지르고 뛰어넘어 나를 놀라게 했으며 이런 저런 이야기를 그녀와 나누다보면 그녀가 더 이상 나의 제자로 여겨지지 않는 때가 자주 있었다.

겨우 몇 달도 지나지 않아 그녀의 지성이 그토록 오래 잠들어 있었다고는 믿을 수 없을 정도가 되었다. 그뿐이 아니었다.

심지어 그녀는 대부분의 그 또래 처녀들보다 뛰어난 지혜를 보여주기까지 했다. 그녀는 대부분의 처녀들처럼 바깥세상에 정신이 팔려 있지도 않았고 수많은 쓸데없는 일에 주의력을 빼앗기지도 않은 덕분이었다. 또한 그녀는 우리가 처음에 생각했던 것보다는 상당히 나이가 많은 것 같았다. 또한 그녀가 자신의 실명(失明)을 이롭게 쓰는 것 같아서 그녀의 불구 상태가 여러 가지 점에 있어서 오히려 그녀에게 도움이 되지 않을까 하는 의혹이 생길 정도였다. 나는 나도 모르게 그녀를 샤를로트와 비교해보았다. 그리고 샤를로트에게 복습을 시키면서 그 애가 파리 한 마리 날아가는 데에도 온통 정신이 팔리는 것을 보고는 '얘가 눈만 보이지 않는다면 내 이야기를 얼마나 잘 알아들을까!'라고 생각하기도 했다.

제르트뤼드가 얼마나 독서에 열중했는지는 두말할 필요가 없다. 하지만 가능한 한 내가 그녀의 사고의 동반자가 되어야 한다는 배려에서 나는 그녀가 많은 책을—최소한 나 없이 혼자—읽지 않았으면 했다. 그리고 특히 성경을 많이 읽지 않았으면 했다. 개신교도에게는 이상하게 들릴 수밖에 없는 소리겠지만 그에 대해서는 나중에 설명을 해주겠다. 어쨌든 그런 중요한 문제를 건드리기 전에 음악에 관련된 작은 일 하나를 이야기해주겠다. 내 기억이 맞는다면 뇌샤텔의 음악회에 갔다 온 지 얼마 되지 않아 생긴 새로운 일이었다.

그렇다. 그 음악회는 분명 여름 방학이 되어 자크가 우리 곁으로 돌아오기 3주 전에 있었다. 그 3주 동안에 나는 몇 번에 걸쳐 제르트뤼드를 우리 교회의 작은 풍금 앞에 앉힌 적이 있었다. 그 풍금은 마드무아젤 루이즈 드 라 M—지금 제르트뤼드는 바로 그 마드무아젤 드 라 M의 집에 살고 있다—이 책임자였다. 당시 마드무아젤 드 라 M은 아직 제르트뤼드에게 음악 교육을 시작하지 않고 있었다. 나는 음악은 좋아했지만 별로 조예가 깊지 못했기에 건반 앞에 제르트뤼드와 함께 앉아서도 그녀에게 무언가 가르칠 수 있다는 생각은 하지도 못했다. 그녀는 처음 건반을 더듬거리며 건드릴 때부터 내게 말하곤 했다.

"아녜요, 혼자 내버려 두세요. 저 혼자 해보고 싶어요."

그러면 나는 기꺼이 그녀의 곁을 떠났다. 교회라는 거룩한 곳에 그녀와 단둘이 있다는 것이 뭔가 그 성소를 존중하지 않는 행동 같았으며 동시에 뒤에서 사람들이 쑥덕거릴까 봐 두렵기도 했다. 다른 일 같았으면 나는 그런 것에는 신경을 쓰지 않았을 것이다. 하지만 이번 경우에는 나 하나만의 문제가 아니라 그녀도 걸린 문제였다. 순회 방문차 그쪽으로 갈 일이 있을 때면 나는 그녀를 교회까지 데려간 다음 그녀를 그곳에 오랫동안 혼자 내버려두었고 돌아올 때가 되어서야 데리고 오는 일이 가끔 있었다. 그사이 그녀는 끈기 있게 화음을 찾는 데 몰두해 있었으며 저녁 무렵 그녀를 다시 보았을 때 그녀가 어떤 협화음에 귀를 기울이며 황홀경에 빠져 있는 모습을 발견하곤 했다.

　그로부터 6개월 남짓 지난 8월 초순 어느 날 나는 어느 미망인을 위로하기 위해 그쪽으로 갈 일이 있었다. 하지만 그 미망인이 집에 없었기에 나는 교회에 혼자 남겨 두었던 제르트뤼드를 데리러 교회로 갔다. 그녀는 내가 그렇게 일찍 돌아오리라고는 생각하지 못했을 것이다. 교회로 돌아간 나는 깜짝 놀랐다. 자크가 그녀 옆에 있었던 것이다. 내가 들어서는 소리가 풍금 소리에 묻혔기에 둘 다 내가 들어선 것을 모르고 있었다. 염탐을 한다는 것은 내 체질에 맞지 않았지만 제르트뤼드에 관한 일이라면 그 무엇이든 마음에 걸렸다. 따라서 나는 발소리를 죽여 연단으로 통하는 계단을 조심스럽게 몇 단 올라갔다. 엿보기에 안성맞춤인 장소였다.
　내가 그렇게 엿보고 있는 동안 둘 모두 내 앞에서라면 하지 않았을 이야기는 단 한 마디도 하지 않았다는 사실을 미리 말해두어야겠다. 하지만 자크가 그녀 앞에 걸터앉은 채 몇 번인가에 걸쳐 그녀의 손을 잡고 건반 위로 이끌어주는 모습이 보였다. 내게는 받고 싶지 않다던 충고와 지도를 그에게서 받고 있다는 사실이 벌써 이상한 노릇이 아닌가? 그 모습을 보니 스스로도 인정하기 부끄러울 만큼 나는 놀랍고 마음이 아팠다. 나는 이내 끼어들려고 했다. 그런데 그때 자크가 갑자기 시계를 꺼내더니 말했다.

"이제 떠날 때가 됐네. 아버지가 곧 돌아오실 거야."

그러자 그녀가 내맡긴 손에 자크가 입을 맞추는 모습이 보였다. 그런 후 그는 밖으로 나갔다. 얼마 후 나는 살금살금 계단을 내려가서 마치 방금 마을로부터 돌아온 것처럼 그녀가 들을 수 있도록 소리 내어 교회 문을 열었다.

"제르트뤼드야, 돌아갈 준비가 되었니? 풍금 치는 건 잘돼 가?"

그녀가 아주 자연스럽게 대답했다.

"네, 잘돼 가요. 오늘은 정말 많이 늘었어요."

까닭 모를 커다란 슬픔이 가슴에 차올랐지만 그녀도, 나도, 내가 방금 이야기한 일에 대해서는 조금도 내색을 하지 않았다.

얼마 지나지 않아 나는 자크와 단둘이 있게 되었다. 평상시

아내와 제르트뤼드와 아이들은 저녁 식사 후 일찍 물러났고 자크와 나는 밤늦게까지 공부를 하곤 했다. 나는 그때를 기다렸다. 하지만 막상 이야기를 꺼내려니 온갖 어지러운 감정들로 가슴이 벅차올라 내 마음을 괴롭히고 있던 이 문제를 어떻게 꺼내야 할지 모를 지경이었으며 꺼낼 엄두조차 나지 않았다.

그런데 갑자기 자크가 먼저 침묵을 깨뜨렸다. 방학 동안 내내 집에서 우리들과 함께 지내겠다는 결심을 내게 알린 것이었다. 며칠 전만 하더라도 자크는 오트잘프스로 여행을 갈 계획이라고 말했고 아내와 나는 기꺼이 찬성을 한 참이었다. 나는 그가 여행 동반자로 택한 T가 그를 기다리고 있음을 알고 있었다. 또한 자크가 이렇듯 갑작스럽게 마음을 바꾼 것이 내가 방금 전에 우연히 목격한 장면과 무관하지 않을 듯 보였다. 처음에는 화가 치솟았다. 하지만 그 분노에 몸을 맡겼다가는 아들이 입을 꾹 닫아버릴까 하는 두려움에, 또한 너무 격한 말을 했다가 나중에 후회할지도 모른다는 생각에 나는 힘들여 자제하고는 가능한 한 자연스럽게 말했다.

"T가 기다리고 있지 않니?"

그러자 그가 대답했다.

"아, 꼭 그렇지도 않을 거예요. 게다가 저 대신 다른 친구를 구하는 것도 어렵지 않을 거예요. 오벌랜드에서나 집에서나 편히 쉴 수 있는 건 마찬가지이고, 어찌 보면 산악 지방을 쏘다니는 것보다 정말로 유익하게 시간을 보낼 수도 있을 것 같아요."

"말하자면 여기서 할 일을 찾았다는 소리구나."

내 말투에 빈정거리는 기미가 있다는 것을 알아차린 자크가 나를 바라보았다. 하지만 그 이유를 도무지 짐작할 수 없었던 자크는 다시 쾌활한 목소리로 말했다.

"제가 등산지팡이보다는 책을 좋아한다는 것을 아버지도 아시잖아요."

"물론 알지." 나는 자크를 똑바로 쳐다보며 말했다. "하지만 풍금 가르치는 게 책 읽는 것보다 더 매력적인 건 아니고?"

자크가 손을 이마로 가져가는 것으로 보아 자신의 얼굴이 붉어졌다는 것을 그도 느꼈음에 틀림없었다. 그러나 그는 곧바로 마음을 가다듬더니 확신에 차서 말했다.─나는 내심, 그가 좀 덜 확신에 찼으면 하고 바랐다.

"아버지, 저를 너무 꾸짖지 마세요. 아버지께 감추려던 것은 아니었어요. 제가 아버지께 해드리려던 고백을 아버지께서 조금 미리 말씀하셨을 뿐이에요."

책이라도 읽듯 차분한 말투여서 마치 자기 자신의 일이 아닌

남에 관한 일을 이야기하는 것 같았다. 아들이 그토록 극도의 자제력을 보여주자 나는 화가 치밀어 올랐다. 내가 그의 말을 가로막으려 한다는 기미를 눈치 채자 그는 마치 '잠깐, 제 말 좀 마저 들어보세요. 아버지 말씀은 그 뒤에 들을게요'라고 말하는 듯 손을 들었다. 하지만 나는 그의 팔을 꽉 잡고 흔들며 격하게 소리쳤다.

"네가 제르트뤼드의 순결한 영혼을 흔들어놓는 꼴을 보느니 차라리 너를 안 보는 게 낫겠다. 네 고백 따위는 듣고 싶지도 않아! 불구인 데다 순진하고 순수한 영혼을 농락하는 건 아주 고약하고 비열한 짓이다! 난 네가 그런 짓을 하리라고는 꿈에도 생각하지 못했다. 게다가 그토록 가증스러울 정도로 태연하게 이야기하다니⋯⋯. 명심해라! 나는 제르트뤼드에게 책임이 있다. 그러니 앞으로 네가 단 하루라도 그 애에게 말을 걸거나 그 애를 만지는 걸, 그 애를 만나는 걸 허락할 수 없다."

"그렇지만 아버지." 자크가 여전히 침착한 어조로 다시 입을 열었고 그 때문에 나는 거의 제정신이 아니었다. "아버지가 제르트뤼드를 존중하는 만큼 저도 그녀를 존중한다는 것을 믿어주세요. 제 행동뿐 아니라, 제 의도, 심지어 제 내밀한 마음속에 그 뭔가 비난받을 만한 게 들어 있다고 아버지가 생각하신다면 그건 정말 이상하게 오해하신 겁니다. 저는 제르트뤼드를 사랑합니다. 그리고 그녀를 사랑하는 만큼 존중한다는 것을 말씀드립니다. 그녀를 괴롭히고 그녀의 순진함과 불구를 농락한다는 것은 아버지께 뿐만 아니라 제게도 가증스러운 일일 겁니다."

자크는 자기는 그녀에게 오로지 버팀목, 친구, 남편이 되고 싶을 뿐이라고 항변했다. 이어서 그녀와 결혼하겠다는 결심이 확고해지기 전까지는 내게 말해줄 필요가 없다고 생각했다고, 이 결심은 제르트뤼드 자신도 아직 모르고 있으며 그 전에 먼저 내게 이야기하려 했다고 단호하게 말했다.

자크는 마지막으로 덧붙였다.

"제가 아버지께 고백하려 했던 것은 이상과 같습니다. 그 외에 달리 고백할 것은 없습니다. 저를 믿어주세요."

그의 말을 듣고 나서 나는 어찌할 바를 모르고 있었다. 그 말을 듣는 동안 관자놀이가 마구 뛰는 것을 느낄 수 있었다. 아들에게 해줄 말이라고는 오로지 비난밖에 준비하지 않았던 터라 내가 화낼 이유를 그가 모두 제거해버린 마당에 나는 옴짝달싹 못할 처지에 놓인 것만 같았다. 따라서 그가 말을 끝내자 내게는 더 이상 해줄 말이 없었다.

나는 오랫동안 잠자코 있다가 겨우 입을 열었다.

"자, 이제 그만 가서 자자." 나는 몸을 일으킨 다음 그의 어깨 위에 손을 얹으며 말했다. "내일 생각을 정리해서 말해주마."

"최소한 더 이상 제게 화가 나 있지 않다는 말씀만은 해주세요."

"그것도 밤새 잘 생각해봐야겠다."

이튿날 자크를 다시 만났을 때 정말이지 그의 얼굴을 처음으로 보는 것 같았다. 갑자기 내 아들이 어린아이가 아니라 다 자란 청년으로 보였다. 내가 그를 어린아이로 여기는 한 나를 놀라게 한 그의 사랑은 망측한 것으로 보일 수 있었다. 하지만 밤새 생각한 결과 나는 그 사랑이 자연스럽고 정상적이라고 믿게 되었다. 그런데도 내 불만이 한층 더 생생해졌던 것은 무슨 연유에서였을까? 나는 얼마 뒤에야 그 이유를 깨달을 수 있었다. 어쨌든 자크를 만나서 내 결심을 말해주어야만 했다. 양심의 본능만큼이나 확실한 그 어떤 본능이 무슨 일이 있어도 이 결혼은 막아야 한다고 내게 알려주고 있었다.

나는 자크를 정원 안으로 데려갔다. 그리고 우선 이렇게 물었다.

"제르트뤼드에게 네 마음을 고백했니?"

"아뇨. 아마 제가 사랑한다는 건 이미 느끼고 있을 거예요. 하지만 결코 고백한 적은 없어요."

"좋아! 아직 그 애에게 그 말을 하지 않겠다고 약속할 수 있겠니?"

"아버지, 아버지 말씀이라면 따르겠다고 결심했어요. 하지만, 그래야만 하는 이유를 여쭤봐도 될까요?"

나는 내 머리에 떠오른 이유가 정말로 그 무엇보다 중요한 이유가 될 수 있을지 알 수 없어 잠시 망설였다. 솔직히 말하자면 그때 내 행동을 이끈 것은 이성이라기보다는 양심이었다.

이윽고 내가 말했다.

"제르트뤼드는 아직 너무 어리다. 아직 영성체도 받지 않았다는 걸 생각해보렴. 게다가 너도 알다시피 가엾게도 그 애는 다른 아이들과 달라서 성장이 뒤쳐졌어. 그리고 남을 잘 믿으니까 처음으로 사랑한다는 말을 들으면 지나치게 민감할 수밖에 없을 거다. 바로 그 때문에 아직 그런 말을 하면 안 된다는 거야. 스스로 지킬 힘도 없는 사람의 마음을 빼앗는 건 비겁한 짓이다. 나는 네가 비겁한 애가 아니라는 걸 잘 안다. 네 감정에는 조금도 나무랄 데가 없어. 하지만 아직 때가 무르익지 않았다는 뜻에서 죄가 될 수 있다고 말하는 거다. 제르트뤼드가 아직 지니지 못하고 있는 신중함, 그걸 그 애를 위해서 우리가 지니고 있어야 해. 그건 바로 양심의 문제란다."

자크는 무척 양심적이었기에 그를 말리기 위해서는 "네 양심에 호소한다"라고 말하는 것으로 충분했으며 그가 어렸을 때 나는 그 수법을 자주 사용했다. 하지만 나는 자크를 바라보며 생각했다. 만일 제르트뤼드가 그의 모습을 볼 수 있다면, 반듯하면서도 유연한 이 멋진 몸매, 주름 하나 없이 깔끔한 얼굴, 이 맑디맑은 눈길, 아직 앳되어 보이면서도 갑자기 점잖은 풍모를 풍기는 것 같은 이 얼굴에 감탄하지 않을 수 없으리라. 자크는 모자를 쓰지 않고 있었기에 당시 꽤 길게 기르고 있던 잿빛 머리카락은 관자놀이까지 가볍게 굽이치면서 그의 귀를 반쯤 가리고 있었다.

나는 앉아 있던 벤치에서 일어나며 말을 이었다.

"네게 청하고 싶은 게 하나 더 있다. 너, 본래 모레 떠날 예정이었지. 제발 그 출발을 미루지 않았으면 한다. 한 달 동안 나가 있을 예정이었지? 그 여행을 단 하루도 줄이지 않도록 해라. 알겠지?"

"알겠습니다. 아버지 말씀대로 하겠어요."

자크의 얼굴이 창백해져서 입술까지도 핏기가 걷힌 것처럼 보였다. 하지만 나는 그가 그토록 쉽게 내 말에 복종하는 것으로 보아 그의 사랑이 그다지 깊은 것은 아니라고 믿었다. 그리고 이루 말할 수 없이 마음이 가벼워졌다. 게다가 나는 그가 고분고분하게 복종하는 것을 보고 감동했다.

"내가 사랑하는 아들을 되찾았구나."

나는 그를 앞으로 끌어당겨 이마에 입술을 갖다 대며 부드럽게 말했다. 자크는 약간 뒤로 몸을 뺐다. 하지만 나는 그에 대해서는 별로 신경을 쓰고 싶지 않았다.

3월 10일

우리 집은 너무 비좁아서 서로 포개어 지내다시피 할 정도였다. 나는 2층에 작은 방 하나를 따로 마련해 놓고 있어 거기서 혼자 지내거나 손님을 맞이할 수 있었지만 일하기에는 불편할 때가 많았다. 특히 가족들 중 한 명과 별로 심각한 티를 내지 않고 편하게 이야기를 나누고 싶을 때면 더욱 거북했다. 이 방 출입이 금지된 아이들은 이 방을 장난 삼아 '거룩한 곳'이라고 불렀고, 일종의 면회실이라고 할 수 있는 이 방에서는 그런 편한 이야기가 어울리지 않을 것 같은 분위기가 흐르고 있던 때문이었다.

그날 아침 자크는 뇌샤텔로 떠났다. 거기서 여행용 구두를 사기 위해서였다. 날씨가 좋았기에 아침 식사 후 아이들도 제르트뤼드와 함께 밖으로 나갔다. 아이들이 제르트뤼드를 데리고 나간 것이기도 하고 동시에 제르트뤼드가 아이들을 데리고 나간 셈이기도 했다(여기서 샤를로트가 특히 그녀에게 친절하다는 것을 즐거운 마음으로 적는다). 따라서 나는 차 마시는 시간에 아주 자연스럽게 아멜리와 단둘이 거실에 있게 되었다. 내가 바라던 일이었다. 한시라도 빨리 이야기를 나누고 싶었던 것이다.

나는 그녀와 단둘이 있던 적이 별로 없었기에 서먹서먹했으며 그녀에게 해줄 말이 지닌 중대함 때문에 가슴이 설레기도 했다. 마치 자크의 고백에 대한 이야기를 하는 게 아니라 내가 고백을 하는 것만 같았다. 또한 나는 말을 꺼내기에 앞서서, 어쨌든 함께 살아가고 있으며 사랑하고 있는 두 사람이 도대체 어느 정도까지 서로를 이해하지 못하고 서로에게 담을 쌓고 지낼 수 있단 말인가, 하는 기분을 맛보았다. 이런 경우 말이란, 상대방에게 건네는 말이건 상대방이 자신에게 해주는 말이건 둘을 가르는 장벽이 그 사이에 가로놓여 있다는 것을 정확히 측정해서 알려주는 소리 같은 것이었으며 자칫하다가는 그 장벽을 점점 더 두껍게 해 놓을 위험이 있는 것이었다……

나는 그녀가 차를 따르는 사이에 입을 열었다. 어제 자크의 목소리가 그토록 침착하게 자신감에 차 있던 것과는 반대로 내 목소리는 떨리고 있었다.

"자크가 어제 저녁과 오늘 아침에 이야기하던데……, 그 애가 제르트뤼드를 사랑한다고 하더군."

"그래요? 걔가 참 잘했군요."

그녀는 지극히 당연한 이야기를 들은 것처럼, 아니 그보다는 새삼 새로운 것을 알게 된 것도 아니라는 듯 나를 쳐다보지도 않은 채 차를 계속 따르면서 말했다.

"그 애와 결혼하고 싶다는 거요. 아마 결심이……."

그러자 그녀는 내가 말을 맺기도 전에 어깨를 으쓱하며 중얼거렸다.

"그런 줄 몰랐어요?"

"아니, 그러면 당신은 눈치를 채고 있었단 말이오?" 나는 약간 짜증을 내며 말했다.

"오래전부터 훤히 보이던데요. 하긴 남자들은 이런 건 눈치 채지 못하는 법이지."

뭐라고 항의를 해봤자 소용없는 일이었고 게다가 그녀 말에 옳은 점도 있었기에 나는 그냥 가볍게 핀잔만 주었다.

"그렇다면 내게 귀띔이라도 해줬어야지."

아내는 입술 한쪽을 약간 찡끗하며 웃음을 지었다. 뭔가 하고 싶은 말을 슬쩍 덮어두려 할 때 그녀가 짓곤 하던 표정이었다. 그녀는 고개를 비스듬하게 끄덕이며 말했다.

"당신이 눈치채지 못하는 걸 일일이 다 알려주려다가는, 원!"

도대체 무엇을 암시하는 말이었을까? 나는 그것이 무엇인지 알 수 없었고 알고 싶지도 않았기에 그냥 지나쳐버렸다.

"그러니까 나는, 당신이 이 일을 어떻게 생각하는지 알고 싶다 이거요."

그녀는 한숨을 내쉬더니 말했다.

"여보, 그래서 그 아이를 우리 집에 두는 걸 내가 아예 처음부터 반대하지 않았어요?"

나는 아내가 다시 지난 일을 들추어내는 것을 보고 화를 참기 어려웠다.

"제르트뤼드가 우리 집에 있고 없고가 문제가 아니잖소"라고 내가 반박했다. 하지만 아멜리는 내 말과 상관없이 자신의 말을 이어나갔다.

"나는 그 애 때문에, 난처한 일밖에는 생길 게 없다고 늘 생각했어요."

나는 이때다 싶어 그녀의 동의를 얻고자 재빨리 말했다.

"그러니까 당신은 그 결혼을 난처한 일로 생각한다 이거로군. 맞아요, 당신에게서 바로 그 말이 듣고 싶었던 거요. 우리가 의견이 같아서 다행이로군."

이어서 나는 내가 알아듣게 말했더니 자크도 고분고분 순종하더라고, 그러니 당신이 걱정할 필요는 조금도 없다고, 그 애가 내일 한 달 정도 걸려야 할 여행을 떠나기로 했다고 말한 후 이렇게 덧붙였다.

"당신이나 나나 그 애가 돌아와서 다시 제르트뤼드를 만나는 걸 별로 탐탁지 않게 여길 거요. 나는 그 애를 마드무아젤 드라 M에게 맡기는 게 최선이라고 생각하는데…… 그 집에 맡기면 그 애를 내가 계속해서 살펴볼 수도 있을 거요. 그 애에 대해서 내가 정말로 의무를 지고 있다는 건 부인할 수 없으니 말이오. 오늘 오후에 마드무아젤 드라 M의 의중을 떠보았더니 얼마든지 좋다고 하더군. 그렇게 되면 당신도 귀찮은 일에서 벗어나 한시름 놓게 될 거요. 이제 당신 대신 마드무아젤 루이즈 드라 M이 제르트뤼드를 돌보게 될 테니. 그녀도 이렇게 된 걸 몹시 기뻐하고 있소. 벌써 그 애에게 풍금을 가르쳐주겠다며 좋아하더군."

아멜리는 마치 굳게 입을 다물고 있기로 작정한 것 같았다. 내가 다시 말을 이었다.

"자크가 우리 몰래 거기 가서 제르트뤼드를 만나지 못하게 해야 할 것 같은데……. 그러자면 마드무아젤 드라 M에게 전후 사정을 다 말해주는 게 좋지 않겠소? 당신 생각은 어떻소?"

나는 그 질문을 통해 아멜리의 말을 한 마디라도 들었으면 했다. 하지만 그녀는 마치 한 마디 말도 않기로 맹세한 듯 여전히 입을 꼭 다물고 있었다. 나는 다시 말을 이었다. 달리 할 말이 남아서가 아니라 그 침묵이 견디기 어려운 때문이었다.

"게다가 여행에서 돌아올 때쯤이면 자크는 이미 이 사랑 병에서 벗어나 있을 거요. 그 나이에 자신이 뭘 간절히 바라고 있는지 알기나 하겠어?"

"오! 나이를 먹었다고 반드시 알게 되는 것도 아니지요." 마침내 그녀는 이런 이상한 말을 했다.

나는 그녀의 수수께끼 같으면서도 거만한 말투에 화가 났다. 나는 솔직한 성격이어서 아리송한 말은 영 질색이었다. 나는 아내 쪽으로 몸을 돌리며 무슨 뜻으로 그런 말을 한 것인지 제발 설명해달라고 했다.

"아무것도 아니에요, 여보." 그녀의 어조에 왠지 쓸쓸함이 묻어났다. "다만 아까 당신이, 당신이 눈치채지 못한 걸 알려달라고 한 말을 생각했을 뿐이에요."

"그래서?"

"그래서, 그걸 알려주는 게 쉽지는 않겠다고 생각하고 있었어요."

다시 말하지만 나는 아리송한 말은 영 싫었으며 말에 뼈가 들어 있는 건 질색이었다.

"내가 이해하길 바란다면 좀 더 분명하게 말해줘야 할 거 아니야."

나는 다소 거칠게 대꾸했다. 그러나 곧바로 후회했다. 그녀가 입술을 바르르 떠는 모습이 보였던 것이다. 아내는 나를 외면하더니 몸을 일으켰다. 그리고 주저하는 듯 몇 걸음 방 안을 걸었다. 마치 곧 쓰러질 것 같은 걸음걸이였다.

"아니, 여보!" 나는 소리를 질렀다. "모든 게 다 제대로 잘되었는데 왜 여전히 괴로워하는 거요?"

나는 아내가 내 눈길을 거북해하는 것처럼 느껴졌다. 나는 몸을 돌리고 탁자에 팔꿈치를 올려놓은 채 두 손으로 머리를 괴고 그녀에게 말했다.

"좀 전에 내 말이 좀 심했소. 미안하오."

그러자 그녀가 내게 다가오고 있는 소리가 들렸다. 이어서 내 이마에 그녀의 손가락이 가볍게 놓이는 것을 느낄 수 있었다. 그녀는 마치 눈물이라도 머금은 양 다정한 목소리로 말했다.

"가엾은 양반!"

그런 후 그녀는 곧바로 방에서 나갔다.

처음에는 수수께끼 같기만 했던 그녀의 말은 나중에야 이해할 수 있었다. 여기서는 내가 처음에 받아들인 그대로 그녀의 말을 적어놓았을 뿐이다. 당시 나는 제르트뤼드가 이 집을 떠날 시기가 되었다는 생각에만 오로지 사로잡혀 있었다.

3월 12일

나는 매일 몇 시간을 제르트뤼드를 위하여 할애하는 것을 나의 의무로 삼았다. 그때그때 내가 해야 할 일의 사정에 따라 몇 시간이 될 때도 있었고 짧은 시간일 때도 있었다. 아멜리와 대화를 나눈 다음 날 내게는 시간이 꽤 많았고 날씨도 좋았기에 나는 제르트뤼드를 숲을 지나 쥐라산맥 한 자락까지 데리고 갔다. 맑은 날이면, 장막처럼 펼쳐져 있는 나뭇가지들 사이로, 그리고 저 아래 굽어보이는 광활한 지역 너머로, 엷은 안개 위에 솟아 있는 흰 눈 덮인 알프스의 경이로운 풍경까지 눈에 들어오는 곳이었다. 우리가 자주 와서 앉곤 하던 장소에 이르렀을 때 해는 벌써 왼쪽으로 기울고 있었다. 짧은 풀들이 촘촘하게 자라고 있는 초원이 우리 발밑에 펼쳐져 있었고 저 멀리서 암소 몇 마리가 풀을 뜯고 있었다. 산에서 기르는 암소들의 목에는 방울이 달려 있었다.

제르트뤼드는 방울 소리를 들으며 말했다.

"방울 소리가 경치를 훤하게 그려주는 것 같아요."

그녀는 산책할 때면 늘 그랬듯이 우리가 멈춰 서 있는 곳의 풍경을 묘사해달라고 했다.

나는 대답했다.

"하지만 네가 이미 잘 알고 있지 않니? 알프스가 보이는 바로 그 언덕 기슭이란다."

"오늘 경치가 잘 보여요?"

"웅장한 모습이 한눈에 들어온단다."

"목사님은 그날그날 매번 경치가 다르다고 말씀하셨지요?"

"그래, 오늘은 어디에 비유하면 될까? 여름 한낮의 목마름 같다고나 할까, 밤이 되기 전에 이 경치가 전부 공기 속으로 깨끗이 녹아들 것 같아."

"우리들 앞에 있는 대초원에 백합이 있는지 말씀해주세요."

"제르트뤼드야, 백합은 없단다. 백합은 이런 고지에서는 자라지 않아. 있더라도 몇몇 희귀한 종자가 있을까……."

"들백합이라고 불리는 건 없어요?"

"들에는 백합이 없단다."

"뇌샤텔 근처 들판에도 없어요?"

"들백합이라는 건 없는 법이란다."

"그렇다면 주님께서는 왜 '들에 핀 백합을 보라'(「마태복음」 6장 28절)라고 말씀하셨나요?"

"그 시대에는 있었던 모양이다. 그러니 그런 말씀을 하신 거지. 하지만 사람들이 재배하면서 들에서 사라지게 됐단다."

"목사님이 이 땅에서 제일 필요한 것은 믿음과 사랑이라고 자주 말씀하셨던 게 생각나요. 사람들에게 조금 더 믿음이 생긴다면 그 꽃을 들에서 다시 볼 수 있지 않을까요? 목사님의 그 말씀을 들으면 제게는 그 꽃이 분명히 보여요. 괜찮으시다면 어떻게 생겼는지 묘사해볼까요? 마치 불꽃으로 만든 종 같아요. 사랑의 향기가 가득한 하늘빛의 커다란 종들이요. 저녁 바람에 한들한들 흔들리고 있어요. 목사님은 왜 우리 앞에 그 꽃이 없다고 하시는 거예요? 저 초원을 가득 채우고 있는 게 보이는데요."

"제르트뤼드야, 세상은 네게 보이는 것 이상으로 아름답지는 않단다."

"그보다 덜 아름다운 것도 아니라고 말씀해주세요."

"그래, 꼭 네게 보이는 것만큼 아름답단다."

이어서 그녀는 그리스도의 말씀을 인용했다.

"'내가 진실로 너희에게 이르노니 솔로몬의 그 모든 영광으로도 입은 것이 이 꽃 하나만 같지 못했느니라'(「마태복음」6장 29절)."

그녀의 목소리가 얼마나 감미로웠는지 나는 그 말씀 자체를 아예 처음으로 듣는 것 같았다. 그녀는 '그 모든 영광으로도'를 깊은 생각에 잠겨 되풀이하고는 얼마간 아무 말 없이 가만히 있었다. 내가 입을 열어 다시 말했다.

"제르트뤼드야, 내가 이런 말을 한 적이 있지. 두 눈을 가진 사람은 제대로 보는 법을 모른다고."

그러자 내 마음 깊은 곳에서 '오, 하느님, 지혜 있는 자들에게는 감추시고 비천한 자에게는 보여주심을 감사하나이다(「누가복음」10장 21절)'라는 기도 소리가 크게 울리는 것만 같았다.

바로 그때 그녀가 기쁨에 고양된 목소리로 이렇게 외쳤다.

"아, 목사님이 이 모든 걸 제가 얼마나 쉽게 상상할 수 있는지 아실 수만 있다면! 목사님, 제가 이곳의 경치를 보여드릴까요? 우리 뒤를, 위를, 그리고 주변을 온통 송진 냄새 풍기는 전나무들이 둘러싸고 있어요. 검붉은 줄기에 어두운 색의 긴 가지들이 옆으로 뻗어 있고 가지들이 바람에 휘어지면서 구슬픈 소리를 내고 있어요. 우리 발밑에는 거대한 푸른 초원이 산을 책받침 삼아 마치 그 위에 비스듬히 놓인 책처럼 알록달록하게 펼쳐져 있어요. 그늘진 곳은 푸르스름하고 해가 비치는 곳은 금빛이에요. 꽃들이 바로 그 책에 쓰인 글씨들이지요. 용담꽃, 할미꽃, 미나리아재비도 있고 저 솔로몬의 아름다운 백합꽃도 있어요. 암소들이 방울을 울리며 다가와 그 철자들을 한 자 한 자 읽고 있어요. 천사들도 내려와서 읽고 있는 게 보여요. 사람들눈은 닫혀 있어서 보이지 않는다고 말씀하셨지요? 그 책 아래로는 자욱이 안개에 감싸인 채 신비로운 심연을 감싸고 도는 우윳빛 큰 강이 보여요. 너무나 광대한 강이어서 저기 우리 앞멀리 보이는 눈부시게 아름다운 알프스 산이 바로 그 강가이고……. 자크가 가야 하는 곳은 바로 저기지요. 목사님, 말씀해주세요. 자크는 정말 내일 떠나나요?"

"그래, 내일 떠나야 한단다. 네게 말해주던?"

"아뇨, 말해주지 않았어요. 하지만 전 알아요. 오랫동안 떠나 있겠지요?"

"한 달……. 제르트뤼드야, 네게 물어볼 게 있단다……. 그 애가 너를 만나러 교회에 왔었다는 걸 왜 내게 이야기해주지 않은 거니?"

"저를 보러 두 번 왔었어요. 아! 목사님께 숨기려던 것은 아니었어요! 그냥 목사님께 걱정을 끼쳐드릴까 봐……."

"그 이야기를 안 하면 오히려 걱정이 되지."

그녀가 내 손을 더듬더듬 잡았다.

"떠나기 싫어하는 것 같아요."

"제르트뤼드야, 말해보렴. 그 애가 널 사랑한다고 하든?"

"말한 적은 없어요. 하지만 말하지 않아도 저는 느낄 수 있어요. 하지만 목사님만큼 저를 사랑하는 건 아니에요."

"그리고, 제르트뤼드 너는? 너도 그 애가 떠나는 게 슬프니?"

"목사님, 제가 사랑하는 건 바로 목사님인 걸 아시잖아요……. 아, 왜 손을 빼내시는 거예요? 목사님이 결혼을 하지 않으셨다면 이런 말은 안 했을 거예요. 아무도 눈먼 여자를 아내로 맞이하지는 않을 거잖아요. 그러니 우리가 서로 사랑하지 않을 이유가 없는 거 아닌가요? 목사님, 말씀해주세요. 목사님을 사랑하는 건 죄인가요?"

"사랑에는 죄란 없는 법이야."

"저는 제 마음에 오로지 선한 것만 있다고 느껴요. 저는 자크를 괴롭히고 싶지 않아요. 아무도 괴롭히고 싶지 않아요……. 오로지 행복만을 주고 싶어요."

"자크는 네게 청혼할 생각이었단다."

"그가 떠나기 전에 이야기를 나누어도 괜찮겠어요? 저를 더이상 사랑해선 안 된다는 걸 알려주고 싶어요. 목사님, 목사님은 제가 그 누구와도 결혼할 수 없다는 걸 아시잖아요. 그에게 말하게 해주세요, 목사님."

"오늘 저녁에라도 이야기하렴."

"아녜요, 내일 하겠어요. 그가 바로 떠날 무렵에……."

해는 강렬한 빛을 발하며 지고 있었다. 대기는 포근했다. 우리는 몸을 일으키고는 이야기를 주고받으며 어둠이 깔린 길을 되돌아왔다.

둘째 노트

4월 25일

꽤 오랫동안 이 노트를 펼치지 못했다.

마침내 눈이 녹았으며 곧이어 길이 트이자 마을이 오래 고립되어 있는 동안 미룰 수밖에 없었던 많은 일들을 처리해야만 했다. 어제가 되어서야 겨우 약간의 한가한 시간을 낼 수가 있었다.

지난 밤 나는 내가 이제까지 쓴 것을 모두 다시 읽어보았다.

그토록 오랫동안 고백하지 못했던 내 마음속 감정을 이제 명확하게 알 수 있게 된 지금에 와서 보니, 내가 지금까지 그 감정을 어떻게 혼동할 수 있었는지, 내가 이미 쓴 바 있는 아멜리의 말들이 어떻게 내게 수수께끼처럼 여겨졌는지, 제르트뤼드의 그 순진한 고백을 듣고도 내가 그녀를 사랑하고 있다는 것을 어떻게 의심할 수 있었는지 좀처럼 납득이 되지 않는다. 당시 내가 결혼 이외의 사랑도 허용될 수 있다는 사실을 좀처럼 인정하고 있지 않았기 때문이기도 하고, 또한 제르트뤼드를 향해 강하게 끌리던 내 감정 속에 그 어떤 금지된 것이 들어 있다는 사실을 전혀 인정하려 하지 않았기 때문이다.

그녀의 고백이 그토록 순진하고 솔직했다는 사실이 나를 안심시키기도 했다. 그녀의 고백을 듣고 나는 생각했다. 그녀는 어린아이다. 진정한 사랑이라면 그토록 당황하지 않을 수도 없으며 얼굴이 붉어지지 않을 수도 없다. 한편 내 입장에서, 나는 장애를 지닌 아이를 사랑하듯 그 애를 사랑하고 있다고 확신하고 있었다. 나는 환자를 돌보듯 그녀를 돌보았다. 그리고 그녀를 훈련시키는 일을 도덕적 책임이자 의무로 삼고 있었다. 그렇다. 실제로 그녀가 우리의 사랑에 대해 그토록 순진하게 이야기한 그날 저녁에도 내 영혼은 너무 가볍고 즐거워서 나는 여전히 내 감정을 오해하고 있었으며 그녀의 말을 옮겨 적는 동안에도 마찬가지였다. 나는 사랑이란 비난받아 마땅한 것이라고 믿고 있었고 비난받을 만한 짓은 그 어떤 것이건 영혼을 짓누르기 마련이라고 생각하고 있었기에 내 영혼에 아무런 짐을 느끼지 않던 나는 그것이 사랑이라고는 생각하지 않았다.

　나는 그날의 대화를 있는 그대로 옮겨 놓았을 뿐 아니라 그 것을 옮겨 적을 때도 대화가 있던 당시와 똑같은 기분이었다. 사실상 오늘 밤 그것을 다시 읽으면서야 비로소 모든 것을 이 해하게 되었던 것이니…….

　여행에서 돌아온 자크가 떠나고 나자 다시 생활은 평온하게 정상 궤도로 돌아왔다. 방학이 거의 끝나갈 무렵에 돌아온 자 크는 제르트뤼드와 자유롭게 말할 수 있도록 내버려두었음에 도 불구하고 일부러 그녀를 피하는 것 같기도 했고 내 앞에서 가 아니면 말을 걸지도 않는 것 같았다. 제르트뤼드는 이미 합 의가 되었던 대로 마드무아젤 루이즈의 집에서 함께 지내게 되 었고 나는 매일 그녀를 보러 갔다. 하지만 다시 사랑 이야기가 나올까 두려워 나는 우리의 마음을 뒤흔들 만한 이야기는 일체 그녀와 하지 않으려고 애썼다. 나는 오로지 목사 입장에서만, 그것도 대개 마드무아젤 루이즈가 함께 있는 데서만 이야기했 으며, 특히 그녀의 종교 교육과 부활절에 그녀가 받기로 되어 있는 성찬식 준비에 대해서만 신경을 썼다.

　부활절에 나 역시 성찬식을 치렀다.

그로부터 보름이 지났을 때였다. 자크가 일주일간의 방학을 이용해 집에 와 있었다. 그런데 놀랍게도 자크가 내가 인도하는 성찬식에 참석하지 않았다. 그리고 아멜리까지도 우리가 결혼한 이래 처음으로 불참했다는 사실을 유감이지만 밝히지 않을 수 없다. 이 엄숙한 모임에 불참함으로써 나의 기쁨에 어두운 그림자를 던지기로 둘이 미리 입을 맞춘 것만 같았다. 나는 다시 한번 제르트뤼드가 눈이 보이지 않는다는 사실에 감사했다. 덕분에 이 무거운 그림자의 무게를 나 혼자 감당할 수 있었던 것이다. 나는 아멜리를 잘 알고 있었기에 그녀가 자신의 행동을 통해 그 무언가 간접적으로 나를 비난하고 있음을 얼마든지 눈치챌 수 있었다. 그녀는 결코 드러내 놓고 내게 반대하는 경우가 없었다. 하지만 동떨어진 혼자만의 행동을 통해 자신이 반대하고 있다는 것을 보여주려 하곤 했다.

이런 식의 불만, 솔직히 말하자면 생각하기조차 싫은 그런 불만을 이유로 아멜리의 영혼까지 숭고한 일로부터도 등을 돌리게 될 정도로 비뚤어졌다는 사실에 대해 나는 정말 가슴이 아팠다. 나는 집으로 돌아오자 진심으로 그녀를 위해 기도했다.

자크가 불참한 것은 전혀 다른 이유에서였음을 얼마 뒤 그와 나눈 대화에서 확인할 수 있었다.

5월 3일

　제르트뤼드에게 종교 교육을 시킨 덕분에 나는 복음서를 새로운 눈으로 볼 수 있게 되었다. 복음서를 재차 읽으면 읽을수록 그리스도 신앙을 이루고 있는 많은 개념들이 그리스도의 말씀이 아니라 사도 바울의 해석에 따른 것처럼 보였다. 나는 얼마 전에 자크와 바로 그 문제에 대해 토론을 벌였다. 딱딱한 기질을 타고난 자크의 사유는 마음으로부터 충분한 양식을 취하지 못하고 전통주의적이고 교조주의적이 되어 갔다. 그는 내가 기독교 교리 중에서 '내 마음에 드는 것'만 취한다고 나를 비난했다. 하지만 나는 그리스도 말씀 중에서 이런 것, 저런 것을 택하는 것이 아니다. 단지 나는 그리스도와 사도 바울 중에서 그리스도만을 택할 뿐이다. 자크는 두 분을 대립시키는 게 두려워 둘을 분리, 구분하려 하지 않으며 둘 사이에 영감의 차이가 존재한다는 것을 느끼려 하지 않는다. 그리고 내가 사도 바울에게서 인간의 목소리를, 그리스도에게서 하느님의 목소리를 듣는다고 말하면 그는 내게 항의한다. 하지만 그의 추론을 들어보면 들어볼수록 그리스도의 가장 사소한 말씀 속에도 스며들어 있는 신성(神聖)성을 그가 전혀 느끼고 있지 못하고 있다는 확신이 강해진다.

나는 복음서를 통해 계명이나 위협이나 금지를 찾아보려 하지만 헛수고일 뿐이다. 그 모든 것은 오로지 사도 바울에게서 나온 것이다. 그리스도의 말씀 가운데서는 그런 것들을 발견할 수 없다는 것, 바로 그 사실이 자크를 난처하게 만든다. 그와 비슷한 영혼들은 곁에 보호자와 난간, 창살이 없다고 느끼는 순간 어쩔 줄 모르는 상황에 빠진다. 게다가 그들은 자신들이 포기한 자유를 남들이 누리는 것을 참아내지 못한다. 그리고 사람들이 그들에게 사랑의 힘으로 주려하는 것을 속박의 힘으로 얻으려 한다.

"하지만 아버지," 자크가 말했다. "저 역시 영혼의 평화를 갈구하고 있어요."

"아니다, 애야. 네가 갈구하는 건 복종이란다."

"행복은 바로 그 복종에 있어요."

더 이상 길게 쓸데없는 말다툼을 하기 싫어서 나는 그의 말에 더 이상 대꾸하지 않는다. 하지만 나는 단지 행복의 결과에 지나지 않는 것을 구하려다가는 오히려 행복을 위태롭게 할 수 있다는 것을 잘 안다. 사랑하는 영혼은 자발적으로 기꺼이 복종을 하게 되어 있다고 생각하는 것은 옳을지라도 사랑 없이 복종을 하는 것만큼 행복으로부터 멀어지는 길은 없다.

어쨌든 자크는 논리가 아주 정연하다. 그 젊은 정신 속에 벌써 저렇게 딱딱한 교조적인 생각이 들어 있는 것을 보고 내가 안타까워하는 일만 없었다면 그의 논증이 뛰어나고 논리에 일관성이 있다고 나는 감탄했을 것이다. 나는 이따금 내가 자크보다 더 젊은 것처럼 보인다. 그리고 어제보다 오늘 더 젊어진 것 같아서 자주 이렇게 되뇌곤 한다.

'너희가 돌이켜 어린아이와 같이 되지 아니하면 결단코 천국에 들어가지 못하리라'(「마태복음」 18장 3절).

복음서 안에서 '행복한 삶에 이르는 방법'을 본다는 것이 그리스도를 배반하는 것이며 복음서의 가치를 깎아내고 모독하는 것일까? 우리의 의혹, 우리의 굳은 마음이 가로막고 있는 기쁨에 이르는 것, 그것은 기독교도에게는 의무이다. 그 누구에게든 많든 적든 기쁨을 맛볼 능력이 있다. 누구든 그 기쁨을 향해 손을 내밀어야 한다. 제르트뤼드의 미소 하나만으로도 내가 그녀에게 가르쳐준 것보다 더 많은 것을 그에 대해 내게 가르쳐준다.

이어서 '너희가 만일 눈이 멀었다면 죄가 없으련만'(「요한복음」 9장 41절)이라는 그리스도의 말씀이 눈부시게 내 앞에 우뚝 솟아오른다. 죄란 영혼을 어둡게 하는 것이며 기쁨에 맞서는 것이다. 제르트뤼드라는 존재 전체에서 빛을 발하고 있는 그녀의 행복은 그녀가 죄에 대해 아무것도 모르기 때문에 가능한 것이다. 그녀 안에는 오직 밝음과 사랑밖엔 없다.

나는 그녀의 조심스러워하는 두 손에 네 권의 복음서, 시편과 요한 계시록, 그리고 요한이 쓴 세 편의 서신서를 들려주었다. '나는 세상의 빛이니 나를 따르는 자는 어두운 데서 행하지 않을 것이니라'(「요한복음」 8장 12절)는 말씀을 이미 복음서에서 읽었듯이 그녀는 요한의 서신서에서 '하느님은 빛이시니, 그 속에는 조금도 어둠이 없느니라'(「요한 1서」 1장 5절)라는 말씀을 읽을 수 있으리라.

나는 그녀에게 사도 바울의 서신들은 주지 않을 것이다. 그녀가 앞을 보지 못함으로써 죄를 전혀 알지 못한다면 '이는 계명으로 말미암아 죄로 심히 더 죄 되게 하려 함이라'(「로마서」 7장 13절)라는 말씀과 그에 따르는 변증법을 읽혀서—비록 제아무리 훌륭한 논증이라 할지라도—그녀를 불안하게 만들 필요가 어디 있겠는가?

5월 8일

의사 마르탱이 어제 라쇼드퐁에서 왔다. 그는 오랫동안 검안

경으로 제르트뤼드의 눈을 검사했다. 그는 로잔의 안과 전문의
인 루 박사에게 이미 제르트뤼드에 대해 이야기했으며 자신이
검사한 결과를 그에게 보고하기로 했다고 내게 말했다. 두 사
람 다 제르트뤼드의 수술이 가능하다는 의견이었다. 하지만 그
녀에게는 보다 더 확실해질 때까지는 이야기하지 않기로 했다.
마르탱은 루 박사와 상의한 뒤에 내게 와서 결과를 알려주겠다
고 했다. 이내 꺼져버릴지도 모르는 희망의 불을 제르트뤼드에
게 밝혀준들 무슨 소용이 있겠는가? 게다가 그녀는 이대로 행
복하지 않은가?

5월 10일

부활절에 내가 보는 앞에서 자크와 제르트뤼드가 다시 만났
다. 어쨌든 자크가 제르트뤼드를 다시 만나서 그녀에게 말을
한 것이다. 하지만 별 의미 없는 사소한 말만 했을 뿐이다. 그는
내가 염려했던 만큼 흥분한 모습을 보이지 않았다. 비록 작년
에 여행을 떠나기 전에 제르트뤼드가 그에게 그의 사랑은 가망
이 없을 것이라고 잘라 말하긴 했더라도 만일 그의 사랑이 진
정으로 열렬했다면 이토록 쉽게 식어버리지는 않았을 것이라
고 나는 다시 한번 확신할 수 있었다. 나는 이제 그가 제르트뤼

드에게 존댓말을 쓰는 모습을 볼 수 있었으니, 아주 바람직한 일이다. 내가 그렇게 하라고 시킨 적도 없는데 스스로 깨닫고 그렇게 한 것이니만큼 나는 더욱더 기쁘다. 확실히 자크에게는 장점이 많다.

하지만 자크의 이런 복종 뒤에는 분명 내면의 갈등과 투쟁이 있었을 것이라고 나는 생각한다. 유감스러운 것은 그가 스스로 자기 마음에 가했던 이 속박을 이제 그 자체로 좋은 것이라고 여긴다는 점이다. 그는 그 속박이 모든 사람에게 가해지기를 원한다. 내가 앞서 소개한 그와의 최근 토론에서도 그 사실은 여실히 드러나 있다. 정신은 자주 마음에 속는다고 라로슈프코 (프랑스 17세기 모랄리스트 – 옮긴이 주)가 말하지 않았던가? 물론 나는 즉석에서 자크에게 그 점을 지적하지 않았다. 나는 그의 기질을 잘 알고 있었으며, 토론을 하면 할수록 점점 더 고집스럽게 자기 생각에 집착하는 경향이 그에게 있음을 알고 있던 때문이다.

하지만 그날 저녁 바로 사도 바울의 말씀 중에서 그에게 대답해줄 말을 찾아내어(그를 이기려면 그의 무기를 쓸 수밖에 없다) 그 말씀을 쪽지에 적어 그의 방에 갖다 놓았다.

'먹지 않는 자는 먹는 자를 비판하지 말라. 하느님이 그 사람도 받아들이셨음이라'(「로마서」 14장 3절).

나는 그 말씀에 이어지는 '내가 주 예수 안에서 알고 확신하노니 무엇이든지 스스로 속된 것이 없으되 다만 속되게 여기는 그 사람에게는 속되니라'(「로마서」 14장 14절)라는 말씀을 옮겨 적어 놓을 수도 있었을 것이다. 하지만 나는 그렇게 하지 않았다. 혹시 제르트뤼드를 향한 내 마음에 대하여 그에게 무슨 부당한 오해를 불러일으킬까 봐 두려웠던 것이다. 그에게 추호라도 그런 생각이 스쳐 지나가면 안 될 일이다.

물론 사도 바울의 그 말씀은 음식에 관한 이야기이다. 하지만 이중, 삼중으로 해석될 수 있는 성경 구절이 그 얼마나 많은가? ('만일 네 눈이……'의 말씀[「마태복음」 18장 9절], 작은 빵으로 여럿을 먹이신 일[5병 2어의 기적, 「마태복음」 14장 17절~21절], 가나의 혼인 잔치에서 물을 포도주로 바꾸신 일[「요한복음」 2장 1~11절] 등등) 물론 여기서 쓸데없는 논쟁을 장황하게 벌이자는 게 아니다. 다만 이 구절의 뜻이 넓고 깊다는 말을 하고 싶을 뿐이다. 구속은 율법으로 행해질 것이 아니라 사랑으로 행해져야 한다. 사도 바울도 곧바로 '만일 음식으로 인하여 네 형제가 근심하게 되면 네가 사랑으로 행치 아니함이라'(「로마서」 14장 15절)라고 외치지 않았는가! 악마가 우리를 습격할 때는 우리에게 사랑이 없을 때이다. 오, 주여! 제 마음에서 사랑에 속하지 않는 것은 모두 몰아내 주옵소서! 하지만 자크를 자극한 것이 내 잘못이었으니……!

다음 날 나는 내 책상 위에 내가 성경 구절을 옮겨 적었던 바로 그 쪽지가 놓여 있는 것을 발견했다. 그 쪽지 뒤에 자크는 다른 말 하나 없이 다음과 같은 성경 구절을 적어 놓았다.

'그리스도께서 대신하여 죽으신 형제를 네 음식으로 망하게 하지 마라'(「로마서」 14장 15절). 나는 「로마서」 14장 전체를 다시 읽어보았다. 그것은 끝없는 논쟁의 출발점이다. 그러니 제르트뤼드의 맑디맑은 하늘을 이 당혹스런 문제들로 어지럽히고 이 어두운 구름으로 흐려놓아야 한단 말인가? 우리의 유일한 죄는 남의 행복을 해치거나 우리 자신의 행복을 위태롭게 만드는 것이라고 그녀에게 가르치고 믿게 만들 때 나는 그리스도 곁에 가까이 있는 것이며 그녀 자신을 그리스도 곁에 머물게 하는 것이 아닌가?

그러나 아아, 애석하게도 행복에 대하여 유별나게 반항하는 영혼들이 있다. 그 영혼들은 행복에 대하여 무능하며 어색해한다. 나는 불쌍한 아내 아멜리를 떠올린다. 나는 그녀를 끊임없이 행복으로 초대하고, 행복을 향해 떠다밀며, 억지로라도 행복을 강요하고 싶다. 그렇다, 나는 모든 사람들을 하느님 곁으로 들어 올리고 싶다. 하지만 그녀는 끊임없이 빠져나가며, 마치 아무리 해가 내리쬐어도 꽃을 피우지 않는 식물처럼 자기 안에 움츠린다. 눈에 보이는 모든 것이 그녀를 불안하게 만들고 그녀를 괴롭힌다.

"여보, 내가 장님으로 태어나지 않은 걸 어쩌겠어요?"라고 그녀가 언젠가 내게 대꾸한 적이 있다.

오, 그녀의 이런 식의 비꼬는 말투가 나는 괴롭다. 아, 이런 말을 듣고도 마음이 흔들리지 않으려면 얼마나 큰 덕목을 갖춰야만 하는 것인지! 하지만 제르트뤼드의 불구를 암시하는 이 말이 특히 내게 얼마나 큰 상처를 주었는지 아멜리 자신이 먼저 깨달아야만 하리라. 아멜리의 그 말은 제르트뤼드가 그 얼마나 한없이 온유하며, 내가 그 사실에 그 얼마나 감탄하고 있는지를 분명히 깨닫게 해주었다. 나는 그녀가 단 한 번도 다른 사람을 향해 자그마한 불평이라도 하는 것을 들어본 적이 없다. 물론 그녀에게 상처를 줄 만한 것은 내가 하나도 가르쳐주지 않은 것이 사실이긴 하지만······.

행복한 영혼이 사랑의 빛을 발함으로써 주변에 행복을 퍼뜨리듯 아멜리 주위에서는 모든 것이 어두워지고 침울해진다. 아미엘(19세기 스위스의 작가 – 옮긴이 주)이라면 그녀의 영혼은 검은 광선을 내뿜고 있다고 쓸 것이다. 가난한 사람들, 병든 사람들,

고통당하는 사람들을 종일 방문하면서 싸움하듯 하루를 보낸 뒤 나는 날이 저물 무렵 기진맥진한 채 휴식과 애정과 따스함이 나를 맞이하기를 기대하며 집으로 돌아온다. 하지만 대개의 경우 집에서 나를 기다리고 있는 것은 걱정이나 비난, 그리고 갈등뿐이다. 차라리 밖에서 비바람을 맞으며 추위에 떠는 게 낫겠다는 생각을 내가 얼마나 자주 했는지 모른다.

　나는 로잘리 할멈이 언제나 제멋대로라는 것을 잘 안다. 하지만 할멈이 언제나 틀린 것도 아니고 그녀를 몰아세우는 아멜리가 언제나 옳은 것도 아니다. 나는 샤를로트와 가스파르가 몹시 부산스러운 아이들이라는 것도 잘 안다. 하지만 아멜리가 아이들에게 소리를 좀 덜 지르고 좀 더 부드럽게 대해준다면 오히려 더 나아질 것 아닌가? 그렇게 늘 잔소리하고 야단만 치다가는 아이들은 마치 바닷가 조약돌처럼 뾰족한 날을 다 잃고 둥글둥글해져서 그런 잔소리, 야단들을 나보다 훨씬 예삿일로 여겨버리게 될 것 아닌가? 막내 클로드에게 이가 나오고 있다는 중이라는 것을 나는 잘 알고 있다(최소한 아이 엄마는 아이가 약을 쓰기 시작할 때마다 그렇다고 주장한다). 하지만 그럴 때마다 아내나 사라가 쫓아가서 아이를 어르는 것은 계속 그렇게 떼를 쓰라고 부추기는 것이 아닌가? 내가 집에 없을 때 몇 번 그냥 그렇게 악을 쓰게 내버려둔다면 그렇게 울부짖는 일이 훨씬 더 줄어들 것이라고 나는 확신한다. 하지만 그럴 때마다 그녀들이 아이를 더 어르고 달래려 한다는 것을 나는 안다.

사라는 제 어미를 쏙 빼닮았다. 내가 그 애를 기숙사에 들여 보내고 싶어 하는 것은 그 때문이다. 그런데 애석하게도 그 애 는 그 나이 때의 엄마를 전혀 닮지 않았다. 그 애는 약혼 시절 의 제 어미를 닮은 것이 아니라 물질적 생활고 때문에 변해버 린 제 어미를 닮은 것이다(나는 '물질적 생활고를 키우면서'라고 쓸 뻔했다. 분명 에밀리가 그 생활에 대한 걱정을 열심히 키워왔으니까). 과연 지금의 아 멜리에게서 그때 내가 마음속 열정이 용솟음 칠 때마다 그녀 에게서 보았던 미소 짓는 천사의 모습을 찾을 수 있을까? 내가 어떻게든 내 삶과 하나로 결합시키기를 꿈꾸었고 앞장서서 나를 빛으로 인도해줄 것만 같았던 그 천사를 다시 찾을 수 있을까? 혹은 사랑 때문에 그때 내 눈이 흐려졌던 것일까?

어쨌든 사라에게서는 속된 관심사밖에는 찾을 수 없다. 그 아이는 어머니를 본받아서 오로지 쓸데없는 걱정거리들을 갖 고 씨름한다. 게다가 얼굴 표정에서도 내적인 영혼의 불꽃은 전 혀 찾아볼 수 없고 오로지 침울하게 굳은 모습만 보일 뿐이다. 그 애는 시에는 아무런 흥미도 없으며 독서도 별로 하지 않는다.

그리고 그 애는 내게 끼어들고 싶다는 생각을 불러일으키는 대화를 제 어미와 나눈 적이 한 번도 없다. 그래서 나는 서재에 혼자 있을 때보다 그녀들 곁에 있을 때 더 외로움을 느끼며 그 때문에 점점 더 자주 서재에 틀어박히게 된다.

가을이 되자 해가 빨리 떨어지는 것을 이용해서 나는 내 순회 방문 일정이 허락할 때마다, 말하자면 집에 꽤 일찍 돌아갈 수 있을 때마다 곧장 집으로 가지 않고 마드무아젤 드 라 M의 집에 가서 차를 마시는 습관을 들였다. 나는 루이즈 드 라 M이, 세 달 전부터 제르트뤼드 외에도 마르탱이 맡긴 세 명의 맹아들을 떠맡아 돌보고 있다는 이야기를 아직 하지 않았다. 제르트뤼드는 그 애들에게 글 읽기와 기타 자잘한 일들을 가르쳤으며 아이들은 벌써 꽤 능숙해졌다.

이 '곳간'의 따사한 환경 속으로 들어갈 때마다 나는 그 얼마나 큰 휴식과 위안을 느꼈던가! 그리고 이삼일 정도 그곳에 가지 못하게 되면 그 얼마나 허전했던지! 마드무아젤 드 라 M이 제르트뤼드와 세 명의 기숙생들을 거두어주고 있으면서 귀찮게 여겼거나 양육비용 때문에 힘겨워하지 않았음은 물론이다. 세 명의 하녀가 헌신적으로 그녀를 도우면서 그녀의 수고를 덜어주었다. 자신이 지닌 재산과 여가 시간을 어찌 이보다 더 잘 쓸 수 있을 것인가! 루이즈 드라 M은 내내 가난한 사람들을 열심히 돌보며 살아왔다. 그녀는 종교적 신앙심이 깊은 여자였으며 오로지 이 땅을 돌보기 위하여, 오로지 사랑을 위하여 살아가는 것만 같았다. 머리에 레이스 모자를 쓴 그녀는 이미 거의 백발이 되었음에도 불구하고 비할 바 없이 순진한 웃음과 더없이 부드러운 자태, 마치 음악처럼 아름다운 음성을 지니고 있었다. 제르트뤼드는 그녀의 행동, 말투, 목소리 음정뿐 아니라 그녀의 생각, 혹은 그녀라는 존재 자체를 닮아갔다. 나는 둘이 너무 닮았다며 자주 놀려주곤 했지만 두 사람은 전혀 그런 줄 모르겠다고 말했다.

그녀들 곁에 좀 늦게까지 앉아서 둘이 서로 붙어 앉아 있는 모습을 바라보며—제르트뤼드는 머리를 드라 M의 어깨에 기댄 채 한 손을 그녀의 두 손에 맡기고 있다—라마르틴이나 위고의 시를 읽어줄 때 내 마음은 그 얼마나 감미로움에 젖었던가! 그녀들의 맑은 영혼 속에서 이 시들이 공명하고 있는 모습을 바라본다는 것은 그 얼마나 즐거운 일인가! 세 명의 어린아이들조차 그에 무감할 수는 없었다. 아이들은 이렇듯 평화롭고 사랑스러운 환경 속에서 놀랄 만큼 발전했고 괄목할 만큼 진보했다.

마드무아젤 루이즈가 그 애들에게 건강과 오락을 겸해 춤을 가르쳐주겠다고 했을 때, 나는 처음에는 웃었다. 하지만 지금은 그 애들이 취할 수 있게 된 율동을 보고 나는 감탄한다. 하지만, 아아, 그 애들은 자신의 아름다운 율동을 볼 수 없다! 그러나 루이즈는 아이들이 비록 자신들의 춤을 볼 수는 없지만 근육을 통해 그 조화를 느낄 수 있다고 내게 설명해준다. 제르트뤼드도 우아하고 정말로 사랑스럽게 그 춤에 녹아든다. 그뿐 아니라 춤을 추면서 정말 생기발랄해지고 즐거워한다. 이따금 드라 M이 아이들의 놀이에 끼어들 때가 있는데 그럴 때면 제르트뤼드는 피아노 앞에 앉는다. 그녀의 연주 솜씨는 놀랄 만큼 발전했다. 이제 그녀는 일요일마다 교회 오르간을 연주하며 찬송가에 짧은 전주곡을 즉흥적으로 덧붙이기도 한다.

일요일마다 그녀는 우리 집에 와서 점심을 든다. 아이들은 날이 갈수록 그녀와 취미가 달라졌음에도 불구하고 그녀를 기쁘게 맞이한다. 아멜리도 별로 신경이 곤두 선 모습을 보여주지 않아 식사는 별 탈 없이 끝난다. 그런 후 온 집안 식구가 제르트뤼드를 데려다주고 그곳 '곳간'에서 간식을 먹는다. 루이즈가 아이들 응석을 다 받아주고 맛있는 것을 실컷 먹여주니까 아이들에게는 그날이 잔칫날이다. 아멜리조차도 남의 친절을 모른 척하는 사람은 아니기에 얼굴에 주름이 펴지고 더 젊어 보인다. 그런 그녀의 모습을 바라보며 나는 앞으로 그녀의 고달픈 삶의 행진에서 이런 휴식이 없이는 견디기 어려울 것이라는 생각을 한다.

5월 18일

이제 다시 날씨가 좋아졌기에 나는 제르트뤼드를 데리고 밖으로 나갈 수 있게 되었다. 오래전부터 나는 산책을 할 수 없었으며(최근에 다시 눈이 내려 며칠 전까지만 해도 길이 엉망이었기 때문이다) 그녀와 단둘이 있게 된 것도 오랜만이었다.

우리는 빠른 걸음으로 걸었다. 시원한 바람에 그녀의 뺨이 붉게 물들었고 금발이 끊임없이 그녀의 얼굴에 흩날렸다. 이탄갱을 따라 걸으면서 나는 등심초 꽃을 몇 송이 꺾어서 그 줄기를 그녀의 모자 아래 넣고 떨어지지 않도록 머리카락으로 엮어 주었다.

오랜만에 둘이 있게 된 게 어색해서 처음에는 둘 다 말이 없었다. 그런데 갑자기 제르트뤼드가 마치 나를 바라보듯 고개를 돌리며 물었다.

"자크가 아직 저를 사랑한다고 생각하세요?"

"너를 포기하기로 결심한 것 같다." 내가 재빨리 대답했다.

"하지만 목사님이 저를 사랑하신다는 걸 그가 알까요?" 그녀가 다시 물었다.

내가 이미 적은 바 있는 지난여름의 대화 이래 둘 사이에 사랑이라는 단어는 한 마디도 나온 적도 없이(내게는 그 사실이 놀라웠다) 반 년 이상이 흘렀다. 이미 말했듯 둘이 있을 기회가 전혀 없었으며 또 그러는 편이 훨씬 나았다……. 제르트뤼드가 묻는 말에 가슴이 너무 두근거리는 바람에 나는 걸음을 늦추어야만 했다.

내가 외쳤다.

"하지만 제르트뤼드야, 내가 널 사랑한다는 건 세상 사람이 다 알지 않느냐."

하지만 제르트뤼드는 속지 않았다.

"아니에요, 목사님. 목사님은 제 질문에 대답해주지 않으셨어요."

그녀는 잠시 침묵에 잠기더니 고개를 숙이며 다시 말을 이었다.

"아멜리 아주머니는 그걸 알고 계세요. 그 때문에 슬퍼하신다는 것도 저는 알아요."

"그 사람은 그러지 않아도 슬픈 사람이란다." 나는 그녀의 말에 반박했지만 목소리에는 자신이 없었다. "그 사람은 원래 성격이 그래."

"아, 목사님은 여전히 저를 안심시키려고만 하세요." 그녀의 목소리에는 일종의 조바심이 담겨 있었다. "하지만 제가 바라는 건 안심하는 게 아니에요. 저를 불안하게 하거나 괴롭게 만들까 봐 목사님이 제게 알려주시지 않은 게 많다는 걸 저는 알아요. 저는 정말 모르는 게 많아요. 그래서 때로는……."

그녀의 목소리가 점점 더 낮아졌다. 그녀는 숨이 차는 듯 말을 멈추었다. 나는 그녀의 말끝을 잡고 되물었다.

"그래서 때로는?"

그러자 그녀가 쓸쓸한 어조로 대답했다.

"그래서 때로는, 목사님께서 제게 주신 모든 행복이 모두 제가 무지해서 느끼는 것은 아닌가 하는 생각이 들어요."

"하지만 제르트뤼드야……."

"아니, 목사님, 마저 말씀드리게 해주세요. 저는 그런 행복은 원치 않아요. 저는…… 저는…… 그냥 행복하기만을 바라고 있는 게 아니라는 걸 목사님은 아시겠어요? 저는 알고 싶어요. 세상에는 제가 볼 수 없는 일들, 그중에서도 슬픈 일들이 많을 거예요. 목사님에게는 제가 그런 것을 모르게 만드실 권리는 없어요. 겨울 내내 저는 곰곰이 생각해보았어요. 목사님, 저는 이 세상이 목사님이 제게 믿게 만드신 만큼 아름답지는 않을까 봐 두려워요. 오히려 그런 것과는 거리가 먼 세상이 아닌지…….”

“사람들이 종종 이 세상을 추하게 만드는 것도 사실이란다.”

나는 조심스럽게 말했다. 그녀 생각이 엉뚱하게 비약할까 봐 두려웠던 때문이고 성공하리라는 확신은 할 수 없으면서도 그녀의 생각을 다른 곳으로 돌리기 위해서였다. 그녀는 내 입에서 그 말이 나오기를 기다리고 있었던 것 같았다. 마치 사슬을 맺어주는 고리라도 잡은 듯 그녀가 외쳤던 것이다.

“바로 그거예요! 제가 악에 보탬이 되고 있는 것은 아닌지 확실히 알고 싶어요!”

우리는 꽤 오랫동안 말없이 걸었다. 무슨 말을 하려고 해도 그녀가 생각하고 있다고 느껴지는 것에 가로막혔다. 나는 우리들의 운명을 좌지우지할 몇 마디 말이 그녀 입에서 나올까 봐 두려웠다. 게다가 그녀의 시력이 회복될 수도 있을 것이라는, 마르탱이 해준 말이 생각나서 크나큰 불안에 가슴이 조여 왔다.

마침내 그녀가 다시 입을 열었다.

“목사님께 여쭤보고 싶은 게 있어요. 하지만 어떻게 말씀드려야 할지……."

분명 그녀는 한껏 용기를 내고 있었다. 나 역시 그녀의 말을 듣기 위해 용기를 다하고 있었다. 하지만 이런 문제로 그녀가 괴로워하고 있을 줄 어찌 짐작이나 할 수 있었겠는가.

"눈먼 여자가 낳은 아이는 눈이 먼 채 태어나나요?"

이 대화가 우리 둘 중 누구에게 더 고통스러웠는지 나는 알 수 없다. 하지만 이제 와서 그만둘 수는 없었다. 내가 그녀에게 말했다.

"아니란다, 제르트뤼드. 아주 특별한 경우가 아니라면. 반드시 그래야 할 이유는 전혀 없어."

그녀는 크게 안심이 된 듯했다. 이번에는 내가 그녀에게 왜 그런 질문을 하는지 묻고 싶었다. 하지만 차마 용기가 나지 않아 어색하게 말을 이었다.

"하지만 제르트뤼드, 아이를 낳으려면 결혼을 해야 한단다."

"목사님, 그런 말씀하지 마세요. 그렇지 않다는 걸 저도 알아요."

"네게 해주기에 알맞은 표현을 한 것뿐이야." 내가 항의했다. "자연의 법칙에서는 인간과 하느님의 법칙이 금하는 것도 허용되는 경우가 있어."

"목사님은 하느님의 법칙은 사랑의 법칙이라고 제게 자주 말씀해주셨지요."

"그때의 사랑이란 자비라고 불리는 것을 말한단다. 여기서 말하는 사랑과는 달라."

"목사님이 저를 사랑하시는 건 자비심에서인가요?"

"그렇지 않다는 건 네가 잘 알지 않니, 제르트뤼드."

"그렇다면 우리들의 사랑이 하느님의 법칙에서 벗어난다는 것을 인정하시는 거예요?"

"그게 무슨 말이냐?"

"오, 목사님도 아시잖아요. 제가 대답해드릴 수 있는 말씀이 아니잖아요."

나는 우물우물 지나쳐버리려고 했지만 헛일이었다. 나의 지리멸렬한 논리가 패배해서 퇴각하고 있음을 알리는 북소리인 양 가슴이 심하게 뛰었다. 나는 정신없이 외쳤다.

"제르트뤼드야……, 너는 네 사랑이 죄라고 생각하는 거냐?"

그녀가 내 말을 바로 잡았다.

"'우리의' 사랑이지요……. 저는 그렇게 생각해야 한다고 봐요."

"그래서……?"

나는 내 목소리가 애원조에 가까워지는 것을 느끼고 놀랐다.

하지만 그녀는 숨도 돌리지 않고 마저 말했다.

"그렇지만 저는 목사님을 향한 사랑을 멈출 수 없어요."

이 모든 것이 어제 일어났던 일이다. 나는 처음에는 이 대화에 대해 쓸까말까 망설였다……. 산책이 어떻게 끝이 났는지 도무지 기억이 없다. 우리는 마치 도망치듯 빨리 걷고 있었으며 나는 그녀의 팔을 꽉 부여잡고 있었다. 내 영혼은 내 육체를 완전히 떠나 있어 길에 자그마한 조약돌이 하나만 있어도 둘 다 그대로 땅에 고꾸라질 것 같았다.

5월 19일

마르탱이 오늘 아침 다시 찾아왔다. 제르트뤼드의 수술이 가능하다는 것이다. 루가 장담했으며 그녀를 얼마간 자신에게 맡겨달라고 했단다. 나는 반대할 수가 없다. 하지만, 정말 비겁하게도 나는 생각해보겠다고 대답했다. 나는 그녀가 천천히 마음의 준비를 할 시간을 달라고 했다……. 내 마음은 기쁨에 들떠야 마땅했다. 하지만 이루 표현하기 어려울 정도로 무거운 불안이 내 마음을 짓누르는 것만 같다. 제르트뤼드에게 그녀가 시력을 회복할 수도 있으리라는 사실을 알려주어야 한다는 생각에 나는 온몸에 기운이 쭉 빠졌다.

5월 19일 밤

나는 제르트뤼드를 다시 만났지만 그녀에게 아무 말도 하지 않았다. 오늘 저녁 '곳간'에는 아무도 없었기에 나는 그녀의 방까지 올라갈 수 있었다. 우리는 단둘이 있었다.

나는 그녀를 오랫동안 껴안았다. 그녀는 조금도 뿌리치려 하지 않았다. 그녀가 나를 향해 고개를 들었을 때 우리들의 입술이 포개졌다…….

5월 21일

주여, 이토록 깊고 이토록 아름다운 밤을 만들어주신 건 우리들을 위해서인가요? 혹은 저를 위해서인가요? 공기는 따스하고 열린 창문을 통해 달빛이 들어옵니다. 그리고 저는 저 하늘들의 무한한 침묵에 귀를 기울이고 있습니다. 오, 제 마음은 말 없는 황홀경 속에서 주께서 창조하신 삼라만상을 향한 걷잡을 수 없는 경배에 빠져들고 있사옵니다. 저는 오로지 미친 듯 기도드릴 뿐이옵니다. 사랑에 경계가 있다면 그것은 하느님 당신으로부터 오는 것이 아니라 인간이 만든 것일 뿐입니다. 오, 하느님, 저의 사랑이 인간들의 눈에는 죄악으로 보이더라도 하느님 당신의 눈에는 거룩한 것이라고 말씀해주십시오.

저는 죄라는 관념을 초월하려 애쓰고 있습니다. 하지만 제게 죄는 견딜 수 없는 것처럼 보이며 그리스도를 저버릴 수 없습니다. 그렇습니다. 저는 제르트뤼드를 사랑하오나 제가 죄를 범한다는 생각도 받아들일 수 없습니다. 제 마음에서 이 사랑을 없애려면 제 마음 자체를 없애지 않고는 불가능합니다. 왜일까요? 제가 그녀를 더 이상 사랑하지 않게 되더라도 그때는 연민으로 그녀를 사랑해야만 할 것입니다. 그녀를 더 이상 사랑하지 않는 것은 그녀를 배반하는 것이 될 것입니다. 그녀는 제 사랑을 필요로 하고 있습니다…….

주여, 저는 더 이상 모르겠나이다……. 하느님, 당신 외에는 모르겠나이다. 저를 인도해주옵소서. 때로는 제가 어둠 속에 빠져드는 것 같사오며 그녀에게 돌려주려고 하는 시력을 이제 제가 잃은 것만 같사옵니다.

제르트뤼드가 어제 로잔의 병원에 입원했다. 20일 후에야 퇴원하게 될 것이다. 나는 그녀가 돌아오기를 지극히 불안한 마음으로 기다린다. 마르탱이 그녀를 우리에게 데려다줄 것이다. 그녀는 그때까지는 자기를 보러 오지 말 것을 내게 약속하라고 했다.

5월 22일

마르탱에게서 편지가 왔다. 수술이 성공했다는 것이다. 하느님, 찬양받으소서.

5월 24일

이제까지 내 모습을 보지 못한 채 나를 사랑했던 그녀에게 내 모습을 보여준다는 생각,—그 생각에 견딜 수 없을 만큼 괴롭다. 그녀가 나를 알아볼 것인가? 생전 처음으로 나는 거울을 열심히 들여다보았다. 만일 그녀의 눈길에서 그녀의 마음이 보여준 것보다 덜 너그러운 기미를 느끼게 된다면, 덜 사랑스러워한다는 것을 느끼게 된다면 나는 어떻게 될 것인가? 오, 주여, 당신을 사랑하기 위해서는 그녀의 사랑이 필요하다는 것을 저는 때때로 느낍니다.

5월 27일

며칠 동안 일이 많았기에 나는 초조함을 이기고 지낼 수 있었다. 나를 잊게 만들 수 있는 일들은 그 무엇이건 고마울 뿐이다. 하지만 하루 종일 그 어떤 일을 하건 그녀의 모습이 나를 따라다닌다.

내일이면 그녀가 돌아온다. 아멜리는 이번 주 내내 무척 상냥하게 나를 대해주었다. 그녀는 제르트뤼드가 곁에 없다는 사실을 내가 잊어버릴 수 있게 하기 위해 애쓰는 것 같았다. 그녀는 아이들과 함께 그녀를 맞을 준비를 했다.

5월 28일

가스파르와 샤를로트가 숲과 초원을 돌아다니며 보이는 대로 꽃들을 꺾어왔다. 로잘리 할멈이 굉장한 케이크를 만들었고 사라가 케이크에 금박으로 뭔가 장식을 하고 있다. 그녀는 오늘 정오에 도착할 예정이다.

나는 기다리는 초조함을 잊기 위해 이 글을 쓰고 있다. 11시가 되었다. 나는 매번 고개를 들고 마르탱이 탄 마차가 오게 되어 있는 길 쪽을 바라본다. 나는 마중을 나가지 않기로 했다. 아멜리를 봐서라도 혼자 마중 나가지 않는 것이 낫다. 내 마음이 저 앞으로 달려 나간다……. 아, 저기들 온다!

5월 28일 저녁

오, 그 얼마나 무시무시한 어둠 속으로 나는 빠져들고 있는 것인가!

불쌍히 여기소서! 주여, 불쌍히 여기소서! 그녀를 향한 사랑은 단념하겠사오니, 주여, 제발 그녀가 죽지 않게만 해주옵소서!

오, 나는 공연히 두려워한 것이 아니었다! 그녀가 무엇을 했던가? 무엇을 하려 했던가? 아멜리와 사라는 그녀를 마드무아젤 드라 M이 기다리고 있는 '곳간' 문 앞까지 데려다주었다고 내게 말했다. 그렇다면 그녀가 다시 나가려고 했다는 것인데……. 대체 무슨 일이 벌어진 것일까?

나는 생각을 좀 가다듬어보려 한다. 내가 전해 들은 이야기들이 너무 이해하기 어렵고 앞뒤가 맞지 않는다. 머릿속이 온통 뒤죽박죽이다……. 드라 M의 정원사가 방금 정신을 잃은 그녀를 '곳간'에 데려다 놓았다. 그의 말로는 그녀가 개울가를 걷고 있는 모습을 보았다고 했다. 이어서 그녀는 다리를 건넜고 몸을 숙이더니 사라졌다고 했다. 처음에는 그녀가 개울에 떨어진 것을 몰랐기에 빨리 달려가야 했음에도 불구하고 그러지 않았다. 그는 그녀를 작은 수문에서 발견했다. 물결에 떠내려간 것이다. 얼마 후 내가 그녀를 다시 보았을 때 그녀는 아직 의식을 회복하지 못했다. 하지만 정확히 말한다면 다시 정신을 잃었다. 곧 열심히 손을 쓴 덕분에 그녀는 의식을 되찾았던 것이다.

마르탱은 천만다행으로 아직 떠나지 않고 있었다. 그는 그녀가 다시 빠져든 혼수상태와 무감각을 이해할 수 없다고 했다. 그녀에게 물어보아도 아무 소용이 없었다. 그녀는 어떤 말도 귀에 들어오지 않거나, 아무 말도 않기로 작정한 것 같았다. 그녀의 호흡이 너무 가빠서 마르탱은 폐충혈이나 일으키지 않을지 걱정했다. 그는 찜질 연고를 바르고 부항을 뜬 다음 내일 다시 오기로 약속했다.

우선 그녀를 살리고 봐야겠다는 생각에 젖은 옷을 오랫동안 그대로 입혀 놓은 것이 잘못이었다. 개울물이 얼음처럼 차가웠던 것이다. 유일하게 그녀에게서 몇 마디 말을 들을 수 있었던 마드무아젤 드라 M의 말에 따르면 그녀는 개울가에 우거진 물망초 꽃을 따려다가 아직 거리를 재는 데 익숙하지 않아서였는지, 혹은 물 위에 떠 있는 물망초 꽃 무더기를 굳은 땅으로 잘못 알고 그랬는지 갑자기 발을 헛디뎠다는 것이었다……. 오, 그 말을 믿을 수만 있다면! 단순히 사고일 뿐이라고 믿을 수만 있다면 내 영혼에 가해진 그 무서운 짐에서 벗어날 수 있으련만!

점심 식사 내내 즐거운 분위기였지만 그녀가 내내 짓고 있는 이상한 미소 때문에 나는 불안했다. 그녀에게서는 결코 볼 수 없었던 억지 미소였다. 나는 그녀가 눈을 뜨게 된 때문일 것이라고 믿으려 애썼다. 마치 눈물처럼 그녀의 눈으로부터 얼굴로 흘러내리는 것 같은 미소였고 그 미소를 보고 있자니 나는 다른 사람들의 속된 기쁨이 역겨울 정도였다. 그녀는 결코 그 기쁨과 함께 하지 않았던 것이다! 그녀는 마치 무슨 비밀이라도 알아낸 것 같았다. 오, 그녀가 나와 단둘이 있었다면 분명 그 비밀이 무엇인지 내게 털어놓았으리라! 그녀는 거의 말 한 마디 없었다. 하지만 평소에도 다른 사람들이 옆에 있거나 그들이 떠들어대면 댈수록 그녀는 잠자코 있던 적이 많았기에 그 누구도 이상하게 생각하지 않았다.

주여, 간절히 바라옵나이다. 그녀와 이야기할 수 있게 해주옵소서. 저는 알아야 합니다. 그렇지 않고서야 어찌 제가 계속 살아갈 수 있겠나이까?

만일, 만일, 그녀가 살아가기를 원치 않았던 것이라면 그것은 그 무언가를 '알았기' 때문일까? 무엇을 알았던 것일까? 오, 제르트뤼드여, 그대는 도대체 무슨 몸서리쳐지는 것을 알게 되었단 말인가? 내가 그대에게 감춰온 것, 그대가 단번에 알아볼 수 있었던 치명적인 그것은 도대체 무엇이란 말인가?

나는 그녀의 머리맡에 두 시간을 더 머물러 있었다. 그동안 내내 나는 그녀의 이마, 그녀의 창백한 뺨, 슬픔을 간직하고 있는 다시 감긴 가냘픈 눈꺼풀, 아직도 젖은 채로 흡사 해초처럼 베개 위에 치렁치렁 널린 머리칼에서 잠시도 눈을 떼지 못했다. 그녀의 고르지 못한 거친 숨소리에 귀를 기울이며……

5월 29일

마드무아젤 루이즈 양이 오늘 아침 나를 부르러 사람을 보냈다. 내가 '곳간'으로 가려고 막 나서던 참이었다.

비교적 평온한 밤을 지낸 후 제르트뤼드는 마침내 혼수상태에서 벗어났다. 내가 방으로 들어서자 그녀는 나를 향해 미소 지으며 곁에 와서 앉으라는 손짓을 보냈다. 나는 물어볼 엄두가 나지 않았으며 그녀도 내가 질문할까 봐 두려워하고 있는 것이 틀림없었다. 곁으로 가자마자 마치 감정 토로를 미리 막으려는 듯 그녀가 먼저 입을 열었던 것이다.

"제가 시냇가에서 꺾으려던 파란 꽃 이름이 뭐예요? 마치 하늘빛 같았어요. 목사님은 저보다 손재주가 좋으시니까 꽃다발을 하나 만들어주시지 않으시겠어요? 침대 곁에 놓고 싶어요……"

그녀가 억지로 쾌활한 목소리를 꾸며냈기에 나는 가슴이 아팠다. 그녀가 내 기분을 눈치챈 것이 분명했다. 그녀가 보다 심각하게 덧붙였던 것이다.

"오늘 아침에는 목사님께 말씀드릴 수가 없어요. 너무 피곤해요. 제게 꽃을 꺾어다 주시지 않으시겠어요? 조금 있다 다시 오세요."

한 시간 뒤 내가 물망초 꽃다발을 들고 돌아왔을 때 제르트뤼드가 다시 잠이 들었으며 저녁때까지는 만날 수 없을 것이라고 마드무아젤 드 라 M이 내게 말했다.

그날 저녁 나는 그녀를 다시 만났다. 그녀는 높이 세워놓은 쿠션에 등을 기댄 채 마치 앉은 것처럼 누워 있었다. 머리카락을 모아서 이마 위로 땋아 올려놓았으며 내가 그녀에게 꺾어다 준 물망초꽃들이 거기에 꽂혀 있었다.

그녀는 열이 있었으며 무척 숨가빠했다. 그녀는 내가 내민 손을 펄펄 끓는 것 같은 두 손으로 움켜쥐었다. 나는 그녀 곁에 서 있었다.

그녀가 입을 열었다.

"목사님, 고백할 게 있어요. 오늘 밤에 죽을까 봐 겁이 나서예요. 오늘 아침 목사님께 거짓말을 했어요. 꽃을 꺾으려던 게 아니었어요……. 제가 자살하려 했다고 하더라도 저를 용서해 주시겠어요?"

나는 그녀의 가냘픈 손을 여전히 내 손에 쥔 채 침대 옆에 털썩 무릎을 꿇었다. 그러자 그녀가 손을 빼내더니 내 이마를 어루만지기 시작했다. 나는 눈물을 감추기 위해, 또한 터져 나오는 흐느낌 소리를 막기 위해 침대 시트에 얼굴을 묻었다.

"목사님은 그건 아주 나쁜 짓이라고 생각하시지요?" 그녀가 상냥하게 다시 말했다. 내가 아무 대답도 않자 그녀가 다시 말했다.

"오, 목사님, 저는 목사님의 마음과 삶에서 너무 큰 자리를 차지하고 있어요. 목사님 곁으로 돌아오자마자 금세 깨달을 수 있었어요. 적어도 제가 차지하고 있던 자리가 다른 분의 것이고 그분이 그 때문에 슬퍼하고 있다는 걸 깨달은 거예요. 그걸 더 일찍 느끼지 못한 게 제 죄예요. 아니면 최소한 그걸 알고 있으면서도—벌써 알고 있었거든요—목사님이 저를 사랑하게 내버려둔 게 죄예요. 그런데 갑자기 그 얼굴이 내 앞에 모습을 보였을 때, 그 불쌍한 얼굴 위에서 그토록 슬퍼하는 모습을 보았을 때, 내가 그 얼굴을 그토록 슬프게 만든 장본인이라는 생각을 견딜 수 없었어요……. 아네요, 목사님, 조금도 자책하지 마세요. 저를 떠나보내시고 그분을 다시 기쁘게 해드리세요."

그녀의 손은 더 이상 내 이마를 쓰다듬고 있지 않았다. 나는 그녀의 손을 잡고 입을 맞추었다. 그녀의 손 위로 내 눈물이 흘러내렸다. 그러나 그녀는 참지 못하겠다는 듯 손을 빼냈다. 그녀는 새로운 고통에 사로잡힌 것 같았다.

"아니에요. 제가 드리고 싶은 말씀은 그게 아니에요." 그녀가 반복해 말했다. 그녀의 이마가 땀에 촉촉이 젖어 있었다. 그녀는 눈꺼풀을 내리깔고 얼마 동안 눈을 감은 채 있었다. 마치 생각을 가다듬으려 하는 것 같았고, 애당초의 불구 상태로 되돌아가려 하는 것 같기도 했다. 그리고 처음에는 느릿느릿하고 침통한 목소리로 말을 시작했다. 하지만 눈을 뜨면서 목소리가 높아졌고 나중에는 흥분한 듯 격렬한 어조가 되었다.

"목사님이 제 눈을 뜨게 해주셨을 때, 제 눈앞에 펼쳐진 세상은 목사님이 꿈꿀 수 있게 해주셨던 세상보다 훨씬 아름다웠어요. 그래요, 정말이에요. 저는 그렇게 밝은 날을, 그렇게 빛나는 대기를, 그토록 광활한 하늘을 상상하지는 못했어요. 하지만 사람들 얼굴이 그토록 앙상하리라고 상상하지도 못했어요. 목사님 댁으로 들어갔을 때 제일 먼저 눈에 띈 게 뭔지 아세요? 아아, 힘들더라도 말씀드려야겠어요. 제가 제일 먼저 본 것은 우리들의 과오, 우리들의 죄였어요. 아니, 반박하지 마세요. 목사님, '너희가 만일 눈이 멀었다면 너희에게는 죄가 없으리라'(「요한복음」 9장 41절)는 그리스도의 말씀 기억나세요? 하지만 저는 지금 눈이 보여요…….

목사님, 일어나세요. 그리고 여기 내 곁에 앉으세요. 그리고 제 말을 끝까지 들어주세요. 병원에 누워 있는 동안 나는 그때까지 제가 모르던 성경 구절을 읽었어요. 아니 누가 읽어주었어요. 제가 하루 종일 되뇌었던 사도 바울의 말씀이 지금 생각나요. '전에 율법을 깨닫지 못했을 때는 내가 살았더니 계명에 이르매 죄는 살아나고 나는 죽었도다'(「로마서」 7장 9절)."

그녀는 극도의 흥분 상태에서 말을 했고 목소리도 높았다. 그리고 마지막 말을 할 때는 거의 소리치는 것 같았기에 나는 밖에서 누군가가 듣지나 않을까 당황할 정도였다. 그녀는 다시 눈을 감더니 이 마지막 구절을 마치 혼잣말을 하듯 중얼거렸다.

"'죄는 살아나고 나는 죽었도다.'"

나는 몸이 떨렸고 일종의 공포로 마음이 얼어붙는 것 같았다. 나는 그녀의 생각을 돌려놓고 싶었다.

"누가 그 구절을 읽어주었니?"

"자크예요." 그녀가 다시 눈을 뜨며 말했다. 그녀는 나를 똑바로 쳐다보며 말을 이었다. "목사님은 그 사람이 개종한 걸 아세요?"

차마 더 이상은 들을 수가 없었다. 나는 그녀에게 제발 더 이상 이야기를 말아 달라고 사정하려 했다. 하지만 그녀는 이미 말을 계속하고 있었다.

"목사님, 제 이야기를 들으시면 많이 고통스러우실 거예요. 하지만 우리 사이에 거짓이 조금이라도 남아 있으면 안 돼요. 제가 자크를 보았을 때 저는 제가 사랑한 것은 목사님이 아니라는 것을 홀연 깨달았어요. 그건 자크였어요. 그가 바로 목사님의 얼굴을 하고 있었어요. 제가 상상하고 있던 목사님 얼굴을……. 아! 목사님, 왜 제게 그를 물리치게 만드셨어요? 그 사람과 결혼할 수도 있었는데……."

"하지만 제르트뤼드야, 지금이라도 그럴 수 있어!" 나는 절망적으로 외쳤다.

"그 사람은 성직자의 길로 들어섰어요." 그녀가 격렬하게 외쳤다. 이어서 몸부림을 치며 흐느껴 울었다. "아, 그이에게 고백할 수 있다면……." 그녀는 거의 무아지경에서 중얼거렸다. "목사님도 아시다시피 이제 제게는 죽는 길밖에 없어요. 아, 목이 말라요. 제발 누구 좀 불러주세요. 숨이 막혀요. 절 혼자 있게 해주세요. 아, 목사님께 모든 걸 말씀드리면 마음이 가벼워질 줄 알았는데……. 이제 그만 가세요. 우리 이제 더 이상 보지 말아요. 더 이상 목사님을 보는 걸 견딜 수 없어요."

나는 그녀 곁을 떠났다. 나는 마드무아젤 드라 M을 불러 내 대신 그녀 곁에 있어 달라고 했다. 그녀가 극도로 흥분해 있는 것이 걱정이었지만 내가 곁에 있으면 그녀 상태가 더 악화되리라는 것을 고려해야만 했다. 나는 그녀의 병세가 더 나빠지면 알려달라고 당부했다.

5월 30일

오, 슬프게도 그녀의 잠든 모습밖에는 더 이상 볼 수 없다. 밤새 헛소리를 하며 괴로워하다가 오늘 아침 동틀 무렵에 그녀는 세상을 떠났다. 제르튀르드의 마지막 소원을 따라서 그녀가 숨을 거둔 지 몇 시간 후에 자크가 도착했다. 마드무아젤 드라 M이 전보로 알린 것이다. 자크는 아직 시간이 있었을 때 신부를 부르지 않았다고 나를 맹렬하게 비난했다. 하지만 로잔의 병원에 있는 동안—분명 자크의 강요에 의해서였겠지만—그녀가 개종한 것을 모르고 있었던 내가 어찌 그럴 수 있었겠는가? 그는 자신과 제르트뤼드가 개종했다는 사실을 나에게 한꺼번에 알렸다. 이리하여 동시에 두 존재가 내 곁을 떠났다. 살아 있는 동안 나로 인해 떨어져 있던 두 존재가 나로부터 도망가서 하느님 앞에서 다시 맺어지기로 계획한 것만 같았다. 하

지만 자크의 개종에는 사랑보다는 논리가 더 많이 개입되어 있
으리라고 나는 믿는다.

자크가 내게 말했다.

"아버지, 아버지를 비난하는 건 도리가 아닙니다. 하지만 아
버지의 과오가 본보기가 되어 저를 이끌어준 겁니다."

자크가 다시 떠나자 나는 아멜리 앞에 무릎을 꿇고 나를 위
하여 기도해 달라고 간청했다. 내게는 도움이 절실했던 것이다.
그녀는 단지 "하느님 아버지……"라고만 읊조렸을 뿐이었다.
하지만 긴 침묵으로 이어진 구절과 구절 사이를 우리들의 간절
한 탄원이 채우고 있었다.

나는 울고 싶었다. 하지만 내 마음은 사막보다도 더 메말라
있는 것 같았다.

『좁은 문·전원 교향곡』을 찾아서

이 세상에서 가장 우매한 질문 중의 하나를 던져보자.

"진정한 사랑이란 과연 어떤 것일까?"

그 질문이 우매한 질문인 것은 그 누구도 '이것이 바로 진정한 사랑이다'라고 정답을 제시할 수 없기 때문이다. 그런데 그질문을 "과연 진정한 사랑은 존재하지 않는가? 그 누구도 진정한 사랑을 할 수 없는 것일까?"라고 바꾸면 수많은 사람이 아니, 대부분의 사람이 진정한 사랑은 존재한다, 누구나 진정한 사랑을 할 수 있다고 답할 것이다. 또한 속으로, '남들은 진정한 사랑을 못 해보았을지 몰라도 나만은 진정한 사랑을 해봤어'라고 생각하는 사람도 많을 것이다. 진정한 사랑은 그렇게 정답이 없으면서도 실제로는 무수히 존재하고 누구나 실현 가능하다.

사랑에 왜 정답이 없을까? 사랑은 사랑하는 사람 간의 구체적 체험을 통해서만 존재할 수 있기 때문이다. 사랑은 추상적인 답 속에 존재하는 것이 아니라 사랑하는 당사자 간의 만남을 통해서만 존재할 수 있기 때문이다. 따라서 진정한 사랑이란 이런 것이다, 라는 유일한 정답이나 정의는 존재할 수 없지만, 역설적으로 모든 사랑이 다 진정한 사랑이 될 가능성을 향해 열려 있는 셈이다. 그것은 마치 삶이란 이런 것이다, 라고 아무리 훌륭한 정의를 내리더라도, 우리의 삶의 의미는 그 정의 속에 존재하는 것이 아니라 살아간다는 구체적 행위를 통해서만 드러나는 것과 같다. 그렇기에 이 세상에는 이 세상을 살아가는 사람 수만큼의 삶의 의미가 존재하는 것과 같다. "진정한 사랑이란 과연 어떤 것일까?"라는 질문이 우매한 질문인 것은 그 질문에 정답이 없기 때문이 아니라, 진정한 사랑을 구체적으로 체험하는 사람만큼 그 답이 많기 때문이다.

앙드레 지드(André Gide, 1869~1951)의 『좁은 문』의 사랑은 그런 수많은 진정한 사랑 중의 하나이다. 하지만 그런 수많은 진정한 사랑 중에도 아주 예외적이고 특별한 사랑이다. 그와 비슷한 체험을 하는 사람이 매우 드물 수밖에 없는 사랑이기 때문이다. 그 사랑이 거의 종교적인 믿음과 어깨를 겨루는 사랑이기 때문이다.

『좁은 문』의 사랑은 어떤 의미에서는 불구적인 사랑이다. 아니, 불구적이라기보다는—만일 사랑에 이런 수식어를 붙이는 것이 가능하다면—'지나친' 사랑이다. 하긴 진정한 사랑은 어느 정도 지나칠 수밖에 없긴 하지만……. 그 사랑은, 사랑이 부족해서가 아니라 사랑이 너무 넘쳐서 사랑하는 사람끼리 맺어 주지 못한다. 이루어질 수 없는 사랑의 극치이다. 그 사랑은 외적인 조건 때문에 이루어질 수 없는 사랑이 되는 것이 아니라, 그 사랑 자체의 내적인 속성 때문에 그렇게 된다. 그 비극적인 사랑의 내용은 작품의 몇 대목만 읽어보면 금세 알 수 있다.

아, 내 친구! 나는 너를 여전히 사랑해! 아니, 오히려 네가 내 가까이 오자마자 내가 느꼈던 그 동요와 어색함, 바로 그것 덕분에 나는 내가 너를 얼마나 깊이 사랑하고 있는지 그 어느 때보다 절실하게 느낄 수 있었어. 하지만 절망적이었어. 고백하지만 나는 멀리서만 너를 사랑할 수 있었으니까. 오, 내게는 전에도 그런 생각이 들었었어! 그런데 그도록 고대하던 우리의 만남이 내게 그걸 확인시켜준 거야. 그리고 너도 그걸 받아들여야 해. 안녕, 진정으로 사랑하는 내 동생! 하느님께서 너를 지켜주고 인도해주시기를! 우리는 누구나 하느님 곁으로 다가갈 때만 아무런 죄의식을 느끼지 않을 수 있어. (152~153쪽)

때때로 나는 내가 그에게서 느끼는 것을 사람들이 말하는 바의 사랑이라고 할 수 있는지 망설여진다. 사랑에 대한 일반적인 묘사는 내가 묘사할 수 있는 것과 너무 다르기 때문이다. 나는 사랑에 대해 아무것도 말해지지 않기를, 내가 그를 사랑하는지 알지도 못하는 채 그를 사랑하고 싶다. 특히 내가 그를 사랑한다는 것을 그가 모르는 채 그를 사랑하고 싶다.

그 없이 살아가야 한다면 그 어떤 것도 내게 더 이상 아무런 즐거움이 되지 못한다. 내가 지켜내려는 모든 미덕은 오로지 그의 마음에 들기 위해서이다. 하지만 그의 곁에 있으면 내 미덕이 허약해지는 것을 느낀다. (209쪽)

나는 어렸을 때부터 이미 제롬 때문에 아름다워지고 싶었다. 이제 와서 보니 내가 '완전을 지향'했던 것도 오로지 그를 위해서였다. 그런데, 그 완전은 그가 없어야만 도달할 수 있다는 것, 그것이, 오, 하느님, 당신의 가르침 중에서 저를 가장 당혹하게 합니다! (213~214쪽)

아, 이제 나는 그것을 너무나 잘 깨닫게 되었다. 하느님과 그 사이에는 오로지 '나'라는 장애물만이 존재한다는 것을! 그가 말했듯 나를 향한 그의 사랑이 처음에는 그를 하느님께 인도했다면 지금은 그 사랑이 그것을 방해하고 있다. 그는 내 앞에서 머뭇거리고 있고 나를 택한다. 나는 그의 우상이 되었고, 그 때문에 그가 더 높은 덕성을 향하여 전진하는 것을 막고 있다. 우리 둘 중의 하나는 거기에 도달해야 한다. 오, 나의 하느님, 비열한 제 마음은 이 사랑을 극복할 수 없어 절망하고 있사오니 그가 저를 사랑하지 않게 만들 힘을 제게 주옵소서! 그리하여 저의 공덕에 비해 무한히 훌륭한 그의 공덕을 당신께 바치리니! 오늘, 제 영혼이 그를 잃은 슬픔에 흐느끼더라도 그것은 장차 당신의 품에서 그를 되찾기 위함이 아니옵나이까. (215쪽)

알리사와 제롬은 너무 사랑하기에 둘이 맺어지지 못한다.

위의 인용문들에서 알리사가 신앙과 사랑 사이에서 갈등을 느끼다가 신앙을 택한 것으로 읽었다면 잘못 읽은 것이다. 알리사는 신앙과 사랑 사이에서 갈등한 것이 아니며 신앙 때문에 사랑을 버린 것이 아니다. 알리사는 '하느님'을 향한 사랑 때문에 그를 버린 것이 아니라, '그'를 향한 사랑 때문에 그를 버렸다. 그를 하느님 곁으로 보내기 위해……. 하느님으로부터도 비난을 받을 만한 사랑이다. 알리사는 결국 삶을 택한 것이 아니라 죽음을 택했으니 결국 죄를 범한 셈이기 때문이다. 자신이 죄를 범해서라도 사랑하는 사람을 하느님 곁으로 보내기 위한 사랑! 그것이 그들의 사랑의 방식이다. 그 정도 되면 제롬을 향한 알리사의 사랑이 거의 종교 수준으로 이상화된 것이고, 그에 따라 제롬도 이상화된 것이라고 보아도 된다. 바슐라르라는 프랑스 철학자는, 사랑하는 연인은 몽상 속에서 상대방을 이상화하고, 서로를 서로에게 투영한다고 말한 바 있다. 그 사랑하는 연인들의 몽상 속에서 연인들은 천상의 왕이 되고 왕녀가 된다.

그렇게 이상화된 사랑은 비현실적인 사랑이다. 그 비현실적인 사랑은 『좁은 문』에서는 종교적인 색채를 띤 내세의 사랑, 초월적인 사랑이 된다. 그 사랑은 현실적인 사랑도 아니고 육체적인 사랑도 아니다. 사랑을 한다면 당연히 둘이 맺어져야 하는 것이 상식이지만, 둘이 현실적으로 맺어지는 것은 그들의 진정한 사랑을 훼손하는 행위가 된다. 둘 사이에 '약혼'이라는 단어가 금기시 되는 이유가 바로 거기에 있다. 그뿐이 아니다. 그들이 진정한 사랑을 이루기 위해서는 상대방을 현실에서 지워야 한다. 그 사랑은 현실적인 사랑 너머에 있으며 지상의 모든 가치 너머에 있기 때문이다.

다시 말하지만 그런 이상화된 사랑을 하는 존재들은 그 사랑과 함께 높아진다. 이상이 높아지는 것이다. 이상이 높아지면 어떻게 되는가? 한없이 순수한 사랑을 꿈꾸게 된다.『좁은 문』의 비극은 그 순수한 사랑이 그 순수한 사랑을 낳게 한 상대방을 지워야만 이룩될 수 있다는 데 있다.『좁은 문』의 제롬과 알리사는 단테의『신곡』에서의 단테와 베아트리체와 비슷하다. 두 쌍 다 지상에서 맺어지지 못한 사랑을 한다. 그런데『신곡』의 베아트리체는 단테를 천상으로 안내해주지만『좁은 문』의 알리사는 제롬을 영원히 떠나버리고 그를 슬픔 속에 머물게 해놓는다. 어떻게 하여 그 차이가 있게 되었는지 비교하려면 못할 것도 없지만 부질없는 짓이다. 세상에는 온갖 종류의 사랑이 다 존재하는 법이니까……. 또한 그 비교를 위해서는 이 작품에서 절대적인 위치를 점하고 있는 '사랑'을 외부의 다른 잣대로 재야만 하니까…….

　다시 말하지만 『좁은 문』의 사랑은 비극적인 사랑이며 비현실적인 사랑이다. 현실 너머에서 이루어지기를 꿈꾼다는 의미에서 비현실적이고, 그 사랑을 현실 속에서 실현할 수 없다는 의미에서, 그 사랑을 온전히 간직한 채 현실을 살아갈 수 없다는 의미에서도 비현실적이다. 하지만 그 사랑은 지극히 현실적이기도 하다. 우리는 그런 비현실적인 사랑을 가끔 꿈꾸면서 현실을 살아가기 때문이다. 따라서 『좁은 문』의 사랑을, 그 사랑 속의 세계를 현실 세계 자체와 비교하면서 평가하고 판단하는 일을 부질없는 일이다.

　젊은 시절 나를 아련한 감동에 젖게 했던 『좁은 문』을 다시 읽고 번역하면서 나는 나이에 걸맞지 않게 다시 한번 감동에 젖는다. 아직 내게 그렇게 비현실적이고 철이 들지 않은 자아가 남아 있었나보다. 나는 여러분에게도 그 절절한 사랑에 그냥 다시 한번 젖어들기를 권한다. 어찌 보면 비루할 수밖에 없는 우리의 현실적 삶의 잣대로 이 작품을 재려 하지 말기를 권한다. 이 작품을 읽으면서 사랑과 덕목, 행복과 의무 중에 어느것이 더 중요한지, 진정한 신앙은 어떤 것인지 왈가왈부 않기를 바란다. 그냥 이 애절한 사랑에 젖어 함께 눈물 흘리고, 함께 비통해하고, 함께 행복해하고, 함께 절망에 빠지고, 함께 고양되고, 그러다가 문득 다시 깨어나고…… 그런 뒤에 제롬과 알리사의 사랑이 비현실적이라고 눈 흘기지 말고 바로 그 비현실성 때문에 더 감동받기를 바란다. 사랑은 비현실적이면 비현실적일수록 더 숭고해지고 이상적이 되는 법이니까…… 우리는 비록 스스로 실현은 못할지언정 숭고함 앞에서는 감동에 젖어 눈물을 흘리는 법이니까…….

앙드레 지드의 『전원 교향곡』은 베토벤의 교향곡 제6번 「전원」에서 제목을 따왔다. 베토벤의 「전원 교향곡」은 그의 아홉 편의 교향곡들 중에서 유일하게 자연이 선사해주는 행복과 평화로움을 한껏 느낄 수 있게 해주는 곡이다. 물론 폭풍우가 휘몰아치는 격정적인 톤이 나오긴 하지만 그조차 전반적인 자연의 분위기를 돋우는 데 일조한다. 그 때문인지 앙드레 지드의 『전원 교향곡』을 펼치면서 서정적이고 아름다운 세계가 펼쳐지리라고 기대하는 사람이 많을지도 모르며 실제로 이 작품에 대해 그런 평가를 내리는 사람들도 적지 않다.

하지만 지드의 『전원 교향곡』은 베토벤의 「전원 교향곡」을 들을 때처럼 지그시 눈을 감고 자연에 몰입할 수 있게 해주는 작품이 아니다. 물론 작품 곳곳에 아름다운 자연을 묘사하는 부분이 나오고, 특히 주인공 제르트뤼드가 상상 속에서 묘사하는 자연 풍경은 실제의 자연의 아름다움을 뛰어넘는 이상향에 가깝다. 하지만 그 아름다운 자연은, 그리고 그 자연에서 느끼는 행복은 이 작품 전체를 지배하고 있는 테마가 아니다. 그 아름다운 자연, 그 지극한 행복은 지드의 『전원 교향곡』에서는 그 자체 질문과 성찰의 대상이다.

그렇다. 비교적 길지 않고 줄거리도 명확한 이 작품은 그 길이에 비해, 그 줄거리의 명료함에 비해 수많은 질문을 우리에게 던져준다. 아니, 작품 전체가 심각하기 그지없는 질문으로 일관하고 있다고 보아도 된다. 그 질문은 그 누구보다 이 작품의 화자인 목사를 중심으로 제기된다.

장님 소녀를 뜻하지 않게 맡아 키우게 된 목사는 그 일을 하느님의 소명으로 삼고 열의를 다해 소녀를 돌본다. 그는 그녀(제르트뤼드)를 돌보는 데서 그치는 것이 아니라 이제껏 잠들어 있던 그녀의 영혼을 깨우고 발전시킨다. 그 덕분에 무지와 본능의 어두운 혼돈세계에 머물러 있던 제르트뤼드는 깊은 우물에 드리워진 한 가닥 밧줄을 잡고 조화와 사랑이 충만한 빛의 세계로 깨어난다. 동시에 제르트뤼드는 목사를 사랑하게 된다.

마치 새가 알에서 깨어나 처음 대면하는 존재를 어미로 인식하 듯 자연스러운 사랑의 감정이다. 그리고 그와 함께 목사도 그 녀를 사랑한다. 얼핏 보기에 둘 사이의 사랑의 감정에는 아무 런 흠결도 없다. 목사는 그녀를 향한 사랑을 느끼면서도 아무 런 죄의식을 느끼지 않는다. 그녀로부터 자신을 사랑한다는 고 백을 듣고도 목사는 그 사랑 자체에 대해 아무런 의심도 하지 않는다.

그녀의 고백을 듣고 나는 생각했다. 그녀는 어린아이다. 진정한 사랑이라면 그토록 당황하지 않을 수도 없으며 얼굴이 붉어지지 않을 수도 없다. 한편 내 입장에서, 나 는 장애를 지닌 아이를 사랑하듯 그 애를 사랑하고 있다 고 확신하고 있었다. 나는 환자를 돌보듯 그녀를 돌보았 다. 그리고 그녀를 훈련시키는 일을 도덕적 책임이자 의 무로 삼고 있었다. 그렇다. 실제로 그녀가 우리의 사랑에 대해 그토록 순진하게 이야기한 그날 저녁에도 내 영혼 은 너무 가볍고 즐거워서 나는 여전히 내 감정을 오해하 고 있었으며 그녀의 말을 옮겨 적는 동안에도 마찬가지 였다. 나는 사랑이란 비난받아 마땅한 것이라고 믿고 있었고 비난받을 만한 짓은 그 어떤 것이건 영혼을 짓누르기 마련이라고 생각하고 있었기에 내 영혼에 아무런 짐을 느끼지 않던 나는 그것이 사랑이라고는 생각하지 않았다. (314~315쪽)

목사가 제르트뤼드의 고백을 듣고도 마음이 가벼울 수 있었던 것은 자신이 그녀를 사랑하지 않고 있다고 생각한 때문이며, 환자를 돌보듯 그녀를 돌보고 있다고 생각한 때문이다. 그러나 실은 묘하다. 그것은 그의 착각일 뿐 실은 그는 그녀를 사랑하고 있었다. 그런데 왜 그런 착각이 가능했던 것일까? 화자는 자신의 영혼에 아무런 짐도 느끼지 않고 있었기 때문이라고 쓰고 있다. 그것이 사랑이라고는 생각하지 않았기 때문이라고 쓰고 있다.

그렇다면 그는 왜 자신이 그녀를 사랑한다는 사실을 아예 눈치조차 채지 못했던 것일까? 한 마디로 말하자. '사랑을 하면 눈이 멀기 때문이다.' 그의 아내 에밀리가 그를 향해 불쌍한 사람이라고 속삭이는 것은 그 때문이다. 그는 아주 자연스럽게, 자신이 그녀를 사랑하고 있다는 사실조차 모를 정도로 그녀를 사랑한 것이다. 그렇다면 그 사랑은 말 그대로 순수한 사랑으로 아름답게 보아야만 하는가?

그렇지 않다. 사회적, 제도적 금기, 종교적 금기가 그 사랑에 개입한다. 더 쉽게 풀이하면 이미 결혼한 몸으로서, 게다가 하느님의 사랑을 실천한다는 목사의 몸으로서 딸처럼 키운 상대를 사랑한다는 것은 누가 보아도 죄를 범하는 일이다. 그리고 그녀를 돌보면서 그를 행복으로 이끌었던 기독교적 사랑이, 그 교훈이 그를 죄인으로 만든다. 그래서 그는 절규한다.

> 주여, 저는 더 이상 모르겠나이다……. 하느님, 당신 외에
> 는 모르겠나이다. 저를 인도해주옵소서. 때로는 제가 어
> 둠 속에 빠져드는 것 같사오며 그녀에게 돌려주려고 하
> 는 시력을 이제 제가 잃은 것만 같사옵니다. (339쪽)

실은 이 소설의 화자인 목사 당사자만 모르는 것이 아니다. 감히 말하지만 우리 아무도 모른다. 아니, 대부분의 사람은 그런 질문조차 않고 죄를 범하며 살아간다.

이 작품의 화자인 목사를 윤리의 이름으로, 종교의 이름으로 단죄하기는 쉽다. 그가 그런 불행에 빠지게 된 원인을 논리적으로 분석하는 일은 쉽다. 하지만 그런 금기조차 잊고 사랑에 빠지는

일은 흔하지 않다. 그런 의미에서 목사에게 정신 차리라고 호통을 치지 않는 에밀리는 현명하다. 그 사랑 자체가 인간이 지닌 불행의 조건이라면 그냥 그 불행까지 감수해야 한다. 그리고 목사처럼 '오, 주여, 어찌해야 좋단 말입니까!'라고 끝까지 물어야 한다.

그 질문은 구체적으로는 진정한 사랑이란 무엇입니까? 진정한 행복이란 어떤 것입니까? 진정으로 행복하기 위해서는 인간의 불행과 악을 외면해야만 합니까? 두 눈을 뜨고 인간 삶의 실상을 바라본다는 것은 과연 축복입니까, 저주입니까? 그 무언가를 안다는 것은 과연 인간을 낙원으로부터 추방하는 일입니까, 아니면 축복받아야 할 일입니까? 등등의 진지한 질문으로 이어진다.

좋은 작품이란 매번 읽을 때마다 다른 느낌과 의미를 주기 마련이다. 여러 가지 이유가 있겠지만 세상 살아가면서 그때그때 우리의 가치관과 인생관이 달라지기 마련이기 때문이다. 특히 『전원 교향곡』처럼 온통 질문으로 이루어진 작품은 읽을 때마다 그 의미와 느낌의 편차가 클 수밖에 없다. 어떤가? 사랑과 행복에 대해 내가 지금 어떤 생각을 하고 있는지 한번 확인해보기 위해 『전원 교향곡』을 다시 한번 찬찬히 읽어보지 않겠는가? 딱 한 가지, 이미 외부로부터 주어져 있는 윤리적 잣대나 교회의 교리라는 잣대로 판단하려는 자세를 버린 채…….

앙드레 지드는 1869년 11월 22일 파리의 개신교 신자 집안에서 태어났다. 아버지는 파리 법과 대학 교수였으며 루앙 출신의 어머니도 신앙심이 깊은 개신교도였다. 지드는 그 부부의 유일한 혈육이었다.

지드가 12살 되던 해 아버지가 세상을 떠나자 지드의 교육은 어머니와 백모, 전에 어머니의 가정교사였던 애너 섀클턴 등 오로지 여자들의 손에 맡겨졌으며 특히 어머니의 과잉보호 하에 엄격한 종교적 분위기에서 성장했다. 그의 대표작『좁은 문』에서 주인공 제롬을 둘러싸고 있는 환경과 그에 대한 묘사는 지드의 자전적인 묘사라고 보아도 된다. 실제로 그는 두 살 위인 외사촌 누이 마들렌 롱도를 사랑하게 되고 소설과는 달리 우여곡절 끝에 1895년 10월에 결혼하게 된다. 지드의 어머니가 세상을 떠난 지 5개월 만이었다. 나중에 밝혀진 일이지만 지드는 마들렌 같은 순결한 여자에게는 성적인 욕망이 없을 것이라고 단정하고 그녀와 부부관계를 맺지 않았다. 그의 작품『배덕자』의 마르슬린,『좁은 문』의 알리사에는 그녀의 모습이 짙게 투영되어 있다.

지드는 1897년『지상의 양식』을 1902년『배덕자』를, 1909년 『좁은 문』을 잇따라 발표했다. 특히『좁은 문』은 무려 18년간 이나 구상한 노작으로서 오랜 기간 전 세계 독자들의 사랑을 받았으며 그 작품으로 노벨문학상을 수상하기도 했다(1947년). 이후 1914년『교황청의 지하실』, 1919년『전원 교향곡』을, 1924년『코리동』을 발표하며 그중『전원 교향곡』은 전 세계 독자들로부터 가장 많은 사랑을 받았다. 그는 1926년『위조 지폐범들』을 발표한 이후에도 1951년 82세를 일기로 사망할 때까지 왕성한 작품 활동을 했다.

앙드레 지드하면 빼놓을 수 없는 두 가지 에피소드가 있다. 바로『위조 지폐범들』집필 동기에 얽힌 마르셀 프루스트와의 관계 및 1935년의 소련 기행에 관한 이야기이다.

앙드레 지드는 작가로서도 위대한 업적을 남겼지만 그 외에 또 한 가지 중요한 업적을 남긴다. 그중의 하나가 1908년에 자크 리비에르와 함께 월간 문예지『누벨 르뷔 프랑세즈(N.R.F)』를 창간하고 1911년 이 잡지를 모태로 갈리마르 출판사를 창립한 일이다. 프랑스 문단에 새바람을 불어넣은『N.R.F』는 오늘날까지도 프랑스의 영향력이 가장 막강한 중요 문예지 중의 하나로 존재하며, 당시 신인들을 대거 발굴하여 등단시킨 갈리마르 출판사는 지금도 프랑스에서 가장 유력한 출판사 중의 하나이다. 또한 전 세계 중요 작가들 전집이라고 할 수 있는「갈리마르 총서」에 이름이 올라간 작가는 지금도 세계 문학사에서 '객관적'으로 인정받은 작가의 반열에 오르는 셈이 된다.

갈리마르 출판사를 통하여 세상에 이름을 알린 작가는 수도 없이 많으며 당시 거의 모든 작가 지망생들이 그 출판사를 통해 작품 출간을 원했다고 해도 과언이 아니다. 그리고『잃어버린 시간을 찾아서』의 작가 마르셀 프루스트도 그 대하소설의 첫 권인『스완네 집 쪽으로』를 갈리마르 출판사에 투고했다. 하지만 무슨 연유에서인지 지드는 그 책의 출간을 거절하고 프루스트는 다른 출판사에서 그 책을 출판했다. 나중에 그 작품을 읽어본 지드는 자신의 잘못을 인정하고 프루스트에게 사과했다고 한다. 하지만 그 사실을 씻을 수 없는 오점으로 생각한 지드는 다른 방법으로 그 오점을 씻으려 했다.『잃어버린 시간을 찾아서』에 필적할 만한 작품을 구상 집필한 것이다. 그 작품이 바로『위조 지폐범들』이다. 지나는 길에 지적하는 것이지만, 프루스트의『잃어버린 시간을 찾아서』는 과거를 다시 살아내는(단순한 회상이 아니다) 소설이다. 지드는『위조 지폐범들』을 통해 결정되지 않은 미래를 살아가는 소설을 쓰려 한 것이며, 그 때문에 소설 집필과 함께 『위조 지폐범들 일기』를 쓴 것은 유명한 사실이다.

지드가 남긴 또 하나의 중요한 에피소드는 바로 그의 소련 기행이다. 제1, 2차 세계대전을 전후할 무렵 프랑스의 지식인들은 거의 모두 좌파였고 공산주의자였다고 해도 과언이 아니다. 앙드레 지드도 그 물결에 휩싸여 1932년 공산당 전향 선언을 했다. 하지만 1935년 다른 여러 작가들과 함께 소련을 직접 다녀온 후 그의 환상은 깨졌다. 그는 스탈린 독재 정치의 현실을 직접 목격한 후 자신이 착각했음을 고백하며 공산주의 체제에 대한 환멸을 토로하면서 소련의 붕괴를 예언(?)한 『소련 기행』을 발표하고 이듬해 내용을 보강한 『나의 소련 기행 수정』을 발표했다.

그의 『소련 기행』은 그의 혜안을 보여주는 책이면서 동시에 지식인으로서의 용기와 정직성이 어떤 것인가를 우리에게 가르쳐주는 책이다. 당시 스탈린에게 매료되었던 많은 프랑스 지식인들이 지드와 마찬가지로 소련을 직접 방문했다. 그들 중 많은 사람들이 지드와 마찬가지로 실망했을 것이며 공산주의 체제의 모순을 목도했을 것이다. 하지만 그중에 그 사실을 솔직하게 폭로한 사람은 지드가 유일하다. 당시 스탈린을 비판하거나 반공산주의 선언을 하는 것은 마치 자신은 지식인이 아니라고 선언하는 것과 비슷했다. '지식인 = 좌파'의 등식이 자연스럽게 성립되는 분위기였던 때문이다. 그의『소련 기행』은 지식인으로서의 시대적 양심이 어떤 것인가를 보여주는 귀감으로 삼을 만한 업적이다.

앙드레 지드는 1951년 지병인 폐결핵이 발병하여 82세를 일기로 사망한다.

좁은 문·전원 교향곡

생각하는 힘: 진형준 교수의 세계문학컬렉션 75

펴낸날	**초판 1쇄 2022년 5월 18일**

지은이	**앙드레 지드**
옮긴이	**진형준**
펴낸이	**심만수**
펴낸곳	**(주)살림출판사**
출판등록	**1989년 11월 1일 제9-210호**

주소	**경기도 파주시 광인사길 30**
전화	**031-955-1350** 팩스 **031-624-1356**
홈페이지	**http://www.sallimbooks.com**
이메일	**book@sallimbooks.com**

ISBN	**978-89-522-4389-8 04800**
	978-89-522-3984-6 04800 (세트)